U0585295

李春元　著

霾之殇

雾霾三部曲之二

作家出版社

图书在版编目（CIP）数据

霾之殇/李春元著. –北京：作家出版社,2015.11
（2015. 12 重印）
　ISBN 978 – 7 – 5063 – 8246 – 5

Ⅰ.①霾… Ⅱ.①李… Ⅲ.①长篇小说 – 中国 – 当代
Ⅳ.①I247.5

中国版本图书馆 CIP 数据核字（2015）第 256032 号

霾 之 殇

作　　者：李春元
责任编辑：省登宇
装帧设计：张亚群
出版发行：作家出版社
社　　址：北京农展馆南里 10 号　　邮编：100125
电话传真：86 – 10 – 65930756（出版发行部）
　　　　　86 – 10 – 65004079（总编室）
　　　　　86 – 10 – 65015116（邮购部）
E – mail：zuojia@ zuojia. net. cn
http://www.haozuojia.com（作家在线）
印　　刷：三河市北燕印装有限公司
成品尺寸：152 × 230
字　　数：300 千
印　　张：21.5
版　　次：2015 年 11 月第 1 版
印　　次：2015 年 12 月第 5 次印刷
ISBN　978 – 7 – 5063 – 8246 – 5
定　　价：36.00 元

目录

序

时政文学的入局与出局

文/孟繁彪

　　一年多前，李春元长篇小说《霾来了》问世，竟产生了不小的效应。这部小说先是由中国文联出版社出版，而后又被权威的作家出版社推出。一时，他的小说引发生态文学领域的热议，环保界、文学界、新闻界齐相关注这部作品：环保界认为这是部宣扬环境保护、倡导绿色生态的逢时之作；文学界首肯这类时政文学体现了不规避矛盾的社会贴近性；而新闻界则对春元环保局长创作生态小说有着浓厚的兴趣，纷纷聚焦这一新闻亮点。

　　就在人们以为春元要背倚《霾来了》，享受这份成果时，春元倒像是善于脱身的孙悟空，留下了一部作品任人评说，他已经阔步前行、辛勤笔耕了。现在，他又拿出了这部厚厚的《霾之殇》手稿，倒真给人一个措手不及。看来，我们以那种惯用思维套用春元写作模式还是有落差的。在这样的落差里，我就想，我们对于他以及他的作品，究竟欠缺着怎样的探究？有哪些还没有形成无缝对接？他的作品真实的指向又是什么？这些，我们都应该斟酌一番的。

　　承蒙春元先生抬爱，邀我为他付梓的这部小说写篇序。我就想，春元的生态小说该是归入时政文学行列的，那么我就时政文学，再结合他的近期写作，谈些我的看法。

　　时政小说难写。为什么说写时政小说难？这是由这类小说的特点决定的。首先要作者有与时俱进的敏感。应该说，我们身边的生活是最可感的，它有温度，有厚度，让你看得见摸得着，它与日月同生共起，充满着鲜活性。然而，这种生活的可感一疏忽又是稍纵即逝的，快到我们难于捕捉。我们的日常生活与工作又是碎片式的，在这样的碎片里，又如一面面镜子，依然真实地映照出社会的本来面目。难点就在于，我们往往会感到习以为常。那么，要在这样的琐碎里捕捉到生活本真，就必须饱有勤于捕捉的心情与心境；否则，就是一盘散沙，就是日复一日的简单叠加。这捕捉有多难，就可想而知了。读春元小说，字里行间你就会感受到他对于生活的那份热度，他不逃避，不推脱，而是迎头向前。这为他写作时政小说做好了铺垫，原本是写作中的一个难点，在他的作品里成为看点和热点，就不足为奇了。

有了这样的敏感，就为作者深度写作提供了可能。文学总是要处理好贴近性和空间感这一课题，就时政小说来说，就是要在"入局"与"出局"间穿行。这很像在鸡蛋上跳舞，既要脚踏实地又要舞姿翩翩，才能展示出艺术的美感来。

先说入局。入局就是对于现实生活的贴近，保证文学的真实性。这里就有个如何直面矛盾的问题。作家迟子建说过，"一个作家的作品是需要长点皱纹的。"这话的意思就是小说从来就不是平板的，不是单一色彩的。就如一个人阅尽沧桑不能没有皱纹一样，我们的小说也不能回避矛盾，不能是简单的歌功颂德。矛盾就是我们生活的真实反映，只有在正视这一路的矛盾中，我们才能破解它，才能奋然前行。迟子建还说，"一个作家把自己看得小了，世界就会大了；把自己看得过大，世界就一定小了。一个人要想真正融入世界中，一定要把自己变得小一些，最好小如微尘，这样，世界才能升腾起来。"她也是在强调，一个作家要想让自己的作品可读耐读，就必须在现实面前学会隐身，多让作品的故事说话，多让人物说话，作品才会有魅力。

这几年，一个原本生疏的概念——"霾"让我们对于生态环境，尤其是大气有了新的认识，对于我们赖以生存的环境终于有了"杞人之忧"。春元身为环保工作者，以文学的形式塑造出了一系列鲜活人物，构思出一个个生动的故事，引领人们对于环境，甚至对于我们的日常行为进行反思，这是强烈责任意识的驱使。有时我就想，假定春元没有走上环保岗位，而是从事的其他行业，他还会不会写出如此有分量的作品呢？就我对他的了解，我相信他同样可以写出这类敢于直面现实的佳作来的。读春元的作品，很容易让一些人对号入座，他作品的人物，总会让我们在身边人中找到一些影子。可是读了之后，又会让人觉得他的表达那么真诚，在我们共同面对的环境保卫战中，谁也不能当看客。所以，我们都必须对照人物，深深反思自己。一些看似习以为常的习惯，已经是造成环境污染的诱因了。我们会在阅读中形成一个共识，培养一种良好生活习惯，从自己做起，从现在做起。春元写作的可贵之处就在于他不当看客，而是一种唤起，时时提示我们应该做些什么。

再说说关于文学的"出局"。出局不是指回避现实，而是说要会运用艺术手段来感染读者。春元的写作是接地气的，如果仅仅这样，显然还不能使小说产生魅力。用排除法说，文学既不是宣讲稿，也不是新闻作品。因此，文学创作必须按照艺术规律来行事。文学感染力的形成是作者、作品、读者三方面作用的结果，读者通过对作品所呈现的主动体验唤起审美感受，才会实现文学感染。这是艺术的特性，也是艺术的魅力所在。

春元在《霾之殇》中，依然延续着他写作《霾来了》的风格。我认为他的写作具备着几个长处：一是人物刻画的鲜活性，二是发展故事的延续性，三是表述语言的灵动性。他的小说直面重大题材，却不刻板，人物不高大上，却有着生活的真切；语言时时处于幽默之中，却让人在微笑之余能够掩卷反思。他的作品不是直接传达的，而是能够引发思考的。这是春元式的高明。在这部作品中，我高兴地看到又有一些人物闪亮登场，看魏县长怎样执政，看康大仙家霾兄霾弟怎样为孽、怎样醒悟，看环保人执法的尺度把控，还有小模特、吕县长、盼姐和马二哈等众多人物，个个都有自己的精彩。砺是什么？砺就是砥砺刀具的石头，看谁能磨出自己的锋芒。

　　时政文学不好搞，因为它既需要政策把握，又需要艺术支撑，它不像那些抗日神剧那样靠想象、靠想当然就能完成，它需要的是一颗火热的心，春元做到了，这很让人佩服。总之，我以为，这是部可以在轻松阅读中感受艺术、引发思考的佳作。

（孟繁彪，廊坊日报社总编辑）

自序

请读者支招

自从《霾来了》问世，就不断有人用电话、书信、短信和传信儿等方式，甚至当面五次三番向我询问三个问题：

你小说中讲的E县和胡县长，原型到底是谁？

河北人问：是天津的吗？天津人问：是北京的吗？北京人问：是河北的吗？我多答：说是就是，不是也是；说不是就不是，谁也不是。也可能是在长三角、珠三角的，但一定会有这样的人和事儿。我的出发点不是要写谁，是要写事儿。一切积极的对号入座都是有益的，一切郁闷的对号入座，都属无聊，不属望元先生的本意。

你为什么要写这些事儿？

我不是要有意点拨谁，我更不是要启发谁去对号入座，从而引来麻烦。我和无数的市、县领导有一个同样的心情，天天为防霾治污着急上火。所不同的是，我没有他们那样的指挥权、决策权、影响力，我只是在自己的小小岗位上尽心尽能尽责。

雾霾三部曲的第二部、第三部，你想写些什么？

第二部今天亮相了。呐喊与批评，警示与启示，是其立书之要。呐喊也是呼唤；批评外含抨击；警示寓在防范；启示召示德行。如果说《霾来了》曾经引起"轰动"，那么，我相信，《霾之殇》会引发"爆炸"。"炸"开雾霾背后的黑心与丑行，"炸"开向污染宣战的心路与新路。而且，我还相信，一定会有人在狭隘对号后，以多种方式找点茬。我求您，把精力用到治霾上去，多从正面给第三部"锦上添花"，因为我正为难，第三部写什么、该怎么去写呢！

在《霾来了》出版后的这一年多时间里，我是一边写着第二部，一边琢磨着第三部应该怎么写。这中间，从书名到框架，从思想主旨到具体情节，从切入点到目标值，周围的同事、朋友们也都始终关注、直接点拨。看着网友们的发帖与评论；看着已经持续见多的这个蓝、那个蓝；看着雾霾之下仍然惹人动怒的诸多不快，我时常鼓励自己扒缝挤时地拿起笔来。

这两年，为寻治霾良方妙计，京津冀、长三角、珠三角，我都有踏足；相关书刊、媒体报道，我多有领略；各界朋友讲过的治霾过程中的酸甜苦辣，很多都成为我似乎亲身体验和令我惊讶的创作素材；《霾之殇》也不是一下子就急成的，也是经历反复酝酿与情感挤兑才有的。相比《霾来了》，《霾之殇》在时空发展、故事情节、人物链接、雾霾主题、法规宣传、呐喊博弈上都是持续的。不同的是，我自我感觉，构思更加巧妙、情节更加复杂、故事更加生动、人物更加个性、焦点更加鲜明、矛盾更加激烈、正能量更加饱满。我自己读着，都感到更像小说啦！但我一定要和读者、网友讲明白，我写的小说，几乎找不到艺术上的价值，我只是想给人类治霾留下一处思考的空间。

三部曲之三写什么、怎么写？很多读者、朋友帮我支了很多招儿，甚至帮我起好了书名：《霾伏》《霾葬》《霾去了》《霾蔫了》……我很迷惘。

治霾也是一场人民战争。因此，作为治霾过程中的一种宣传方式，写小说也好，著"大说"也罢，都应该努力把治霾战争真正变成群众的战争，发动群众、依靠群众，把小说写得更加贴近公众的心坎，更加富有激进的动员力、鞭策力！这个启发来自前不久，有网友在当当网和京东商城留言，要我"帮助"制霾多端的胡县长"上吊"，我便"遵命"帮胡县长做了适当安排。我觉得，这种"互动"，本身就很有"滋味儿"，因此，我写"序"时定了这么个标题，意在恳求广大读者、网友，为我第三部的创作支招；我衷心期待大家为我提供素材、讲出故事，帮我凑分儿；我诚请有识之士为我出思路、谈妙计、定书名，一起创作。在此，我邀请您成为"创作团队"成员，并叩首待奖，先行致谢啦！

霾急了。如狼似虎的霾，现今在向污染宣战的人民战争的汪洋大海之中，已经开始放下"霾刀"、半闭"癌牙"、控制"嘚瑟"与"任性"，向人类低头。作为用良知与道义武装的人啊，我们在霾的警告面前，是否已经真的醒悟了呢？

《霾来了》，当面对许多人问我"E县是哪，胡县长、康大仙原型是谁"的时候，我十分疑惑地反问过自己，为什么没有人问盼姐、的哥、吕局长、马二哈原型是谁呢？如按这个思路延续发问，看过《霾之殇》之后，会不会有更多的人向我追问：魏县长、庄孙仔、小模特和啵一口原型是谁、F县又在哪里呢？盼姐、的哥、马二哈、吕正天、师博士是谁，会有人关心、过问吗？

治霾的目的是为了更好地活着。在这场人霾之战的"颜色革命"中，对霾的无视，就是对自己生命的轻视。当我们面对污霾而观望懒作的时候，激励自己投入行动的最好方法，就是问一问自己：在霾中活着好吗？我们是想让霾革自己的命吗？改发展方式，改生产方式，改能源方式，改生存方式，改生活方式，改出行方式，改饮食方式，甚至，改传统风俗相传方式，这几年，霾逼着这个社会，这个传宗接代几千年的社会，顺着让霾覆灭之路，该改的都开始改了。那么，霾，是不是应该离人远去了呢？此时，我忽然想起，今年6月中旬，环保部陈吉宁部长到河北调研时，听了保定、廊坊两位市长的工作汇报后，对两市"党政同责"、对廊坊"专家引路"防污治霾给予的充分肯定。他说："大气污染防治不仅需要扎实推进，更需要科学推动。人努力，天帮忙时，我们也不能松懈，要考虑老天爷不帮忙和帮倒忙的时候怎么办？要依靠科技支撑，精准防治，解决矛盾，破解瓶颈，增强治污的科学性、系统性。"面见国家级部长的机会实属难得。会后，当我的右手和陈吉宁部长的右手紧紧相握的时刻，我精神振奋地和他讲了这样一句话："陈部长，请您放心。只要还有一口气，我们基层环保人，就会和您一起，在治霾的战场上战斗下去。"听了我的誓言，陈部长温和的眼光中，透露出满意的神情。后来，我的直接上司张贵金局长再三嘱托我，写小说时，一定要把廊坊环保人有幸面见陈部长的真情实感写进去。

我写上边这些话的时刻，大约是在凌晨四点。只因为有了早晨写小说的习惯，我近年时常在半夜三更里，就突然地被一个莫名的灵感叫醒，开始创作。因此，不规则的早起床，成了常态。当我一鼓作气写完这些心里话，扭头瞄向石市宾馆窗外天空的时候，忽见东方天已泛白，好像闷在茧中的蛹，正在等待冲破壳掩，飞向太空一般。我想，此时的蓝天，一定在迫切地期待飞翔，去会面白云。兴许，这只是我个人此时的所思所想。

掩卷时刻，我才又忽地发现，我把上边这些要说的话，全都写在了上午要给省环保厅汇报大气污染防治工作材料的背面上了。处暑之夜，动笔匆匆，一面是工作，一面是小说，文与事合，反正呼应，好像是谁事先安排好了的一样，要我带着治霾的工作任务，向期待常驻的蓝天，发出新的呐喊与请愿。

值此《霾之殇》出版之际，特向张贵金、孟繁彪、省登宇、李铮、孟德明、王克金等鼎力支助者，表示诚挚感谢！

2015年8月28日

农历七月十五日

004

胡阵雨自寻绝路，他用那根细麻绳子的一头，抖动着做了个套儿，套在了自己的脖子上。然后，猛地一甩，绳子的另一头，飘向了空中。绳头绕过黑水渠边上那棵老歪脖死树的主杆后，上搭下垂，又飘回了胡阵雨的手中……

　　胡县长自杀的传闻，由此被"吐槽"。

　　胡县长到底自杀了没有？在C市、在E县，至今仍然是一个万众关心的热门话题。有人说，亲眼见到了胡县长的自杀过程；有人说，前几天还见胡县长在广场上跳广场舞；有人说，大家这样关注胡县长的事儿，其实只是为探究霾何时去、眼巴前儿霾为什么还时轻时重，找个起头的话茬儿而已；还有人干脆在网上发布新闻，说是吕正天在胡县长即将一命归天的一刹那，把胡县长抱住了……

　　立秋刚过二十天，距离北京纪念世界反法西斯战争暨中国人民抗日战争胜利70周年大阅兵还有七天的时候，我做了这样一个梦。那天，本是一个难得的晴天，但，天空却漂浮着浓重的烟尘，霾得连一颗星星也看不到的寒夜里，睡梦中，我突然见到一个灰头、黑身、黄脸、凶牙利齿的家伙，张牙舞爪地向我发问：

　　"世上有想借助我的魔毒，实现自己慢性自杀愿望的人吗？"

　　"不知道！"好像有人在替我回答。

　　"有想让我的魔毒，去伤害自己家庭幸福的人吗？"

"不知道！"

"有想让我的魔毒，去持续殃及自己子孙世代健康的人吗？"

"不知道！"

"有想借助我的魔毒，替你去找你的仇人索命的人吗？"

"不知道！"

尔后，我又听到那个凶恶的家伙火急火燎、爆笑如雷地发出了凄厉的呼叫："你们人类真是可笑，你们太不拿我当回事儿啦！面对我的肆虐与毒害，你们怎么还总是耍花活儿呢？告诉你们吧，我就是霾，普天之下，最恶残的杀人凶手莫过于我，最公平的杀人工具也莫过于我的霾毒。因为，在我面前，没有好人与坏人之分，也没有亲人与仇人之别，更不会有高低贵贱之虑。我会利用一切可能的空间，把让你们人类受伤害的机会，平均分配给地球上的每一个人，让生我养我的人类，自己在选择养育我的误途之后，紧接着，就得去选择，你自己遭受伤害的时空与惨态。我虽然很任性、很嘚瑟，但我不想再潜伏沉默了，我要用良心、善意警告你们人类：别再欺骗自己了，别再弄虚作假了，别再装腔作势了，别再懈怠懒政了，别再嫁祸于人了，别再装神弄鬼了，别再唯利是图了，别再伤害自然了，别再用你们的不作为，去伤害养活了你们的星空、田地、水源了……"

夜静人虚，我几乎吓出了一身冷汗，但霾仍在那里猖狂咆哮着："我之毒，猛于虎，生死路，你们快用良心与德行去抉择吧！哈、哈、哈、哈、哈、哈、哈……"

桃园故事会

一

据专家考证，霾和年和狼一样，都曾是凶恶的动物。只是现今的人类只勉强见到过狼，而没有见过活着的霾和年长什么样子。但再凶恶的动物也有一怕，狼怕火，年怕响儿，而霾怕风。除法西斯集中营外，现今考证，能与日本人1937年在南京实施惨无人道大屠杀同等凶恶的，可能就是现实的霾毒了。2013年，以让人类致癌丧命为最终恶端，疯狂袭来的霾，席卷了大半个中国。

也就是在此后的2014年的6月初吧，有一本由基层环保人创作的环保小说诞生了。《霾来了》一经面世，世界便有几百万人代表几千万知情者发出了惊呼：盼姐，你为什么不早来？的哥，你为什么不早来？二哈你为什么不早来？吕局长你为什么不早来？很多人甚至叫喊着作家的名字说道：你为什么不早来？你来了，胡县长才被下岗，重新换回蓝天；你来了，康大仙才洗心革面，净化社会灵面；你来了，大呼哨才被绳之以法，服刑入监。

我在一片似乎是责怪又似乎是企盼的洪声呼唤之中，长叹一声，拖着疲惫不堪的思路，慢慢进入了用创作向公众叙说抗霾艰辛的梦里云端。那天的梦，应算是一场噩梦加惊梦，是由于此前邻市突发的一场大火又引发化学危险品持续强烈爆炸，并导致了重大人员、财产损失所致。像地震、像惊雷，在我心灵深处留下了一个大大的阴影。火中的伤害，强烈持续爆炸中的毒害，足以让已有的各类霾毒望而兴叹，让人类望而生畏，让我的神经惊怵。梦中，有人问我，"三百六十五天，你出生在哪一天？"

"阴历七月十五日。中元节。"

"那天不是鬼节吗？"

"是。"我说，"我是上苍派来，专门向违法排污者收费来的使者。"

"听着怪瘆人的。"

"别怕，只要从现在开始改邪归正，还是来得及的。"

话毕，又有人问："你是哪边的？"

我答："你猜呢？"

"我有点害怕。"

"你别怕，我的头上是蓝天。我只是用小说劝诫避邪，送污霾快去阴间。"

梦中，我已飘进了"羊羊得意"之秋，并在期望中，见到了白云。白云穿上了洁白的婚纱。白云，白云，我爱你。随即，一首说不清是诗不是诗的诗，在蓝天开始荡漾：

我爱白云

蓝天大，

白云小，

蓝天与白云是姐妹。

蓝天说，

我来了，

白云，

你在哪呢？

白云答，

蓝天姐，

我在你下边，

你在我上边。

蓝天问，

咱们姐妹，

你和我，

虽为同父同母，

但，总不能嫁去一家。

白云答，

姐呀，

没有你，

我是一片乌云，

没有你，

我会失去洁白，

蓝天说，

只有你，才能证明，

我的存在，

只有你才能体现我的价值，

只有你与我相伴，

世人才觉豁达。

只有你我，

才是一家。

白云说，

姐呀，

没有你，

世人看不到我的美丽，

没有你，

会玷污了我洁白的婚纱。

你是蓝天，我是白云，

让我们一起走进梦想。

白马王子来了，说，

蓝天和白云，

在你们面前，

让我不知爱谁为佳。

蓝天说，

白云年轻。

白云说，

蓝天待嫁。

蓝天说，

我的婚姻，

爹娘做主，

世人，我都叫一声，

爸爸、妈妈。

白云说，

我的心愿，

正是姐的表达。

白马王子顿迷音哑，

求来红娘，

指点谁嫁。

红娘仰天，

真言既发：

蓝天在上，

白云莫眼，

王子还有一兄，

正等谁嫁。

他兄生态，

一胞不差。

我爱白云，

兄嫂莫愁。

白马呼唤，

其音强大。

蓝天听罢，

顿含羞涩，

妹夫做媒，

姐不仇嫁！

白云闻言，

红云扑颊，

姐呀、姐呀，

我不要陪你，

一块儿出嫁！

此时雾来，

拍手泪下！

二

相约羊年，三伏首日，金秋荡漾，伏暑仍酷，众友相聚，桃林飘香。盼姐、的哥、老康、我，还有二哈，最后闻声偷偷而来的还有老黄和大铃铛，齐聚桃林。此时的蓝天与白云，争着抢着，为它们的相聚，布景添花。

"望元先生，爬格子写书，没有几个人愿入列到这个行当，你怎么还总是加班干呢？"老康问。

老黄抢答："扰乱法度去干事儿的来钱多、来钱快，失去自由也快。"

老康立马哑巴了。

盼姐闻听，忙发诗意，缓解尴尬：

霾在空中摇，

人心难净飘。

而今蓝天回，

白云把伞摇。

揭开他人短，

聚友心气儿孬。

老黄做检讨，

望元快出招——

众友齐呼赞同，我早有预料，"今日大家约聚，想必心路逍遥，不如讲些故事，大家分享良宵。"

"对，中央号召读好书，讲好中国故事，咱今天就讲身边治霾故事好不好？"

盼姐之呼，换来众吁。

大侃接上话茬儿，彰显才子新招，"光讲故事不行，必有诗文陪悄儿。开头以诗为序，结尾以诗评教。各讲故事二三，最后望元接招。"

二哈闻言不语，老康起身补道："外甥女婿从政，说话尺寸限量，但也不能无语，讲点苦辣添香。"

众友达成协议，以霾为题开讲。谁的故事精彩，望元稿酬发奖。

老康听罢又急："俺可时间有限，三天就要回牢。"

我闻言立答，安慰老康莫急："保外就医日短，盼你减刑早回，请你算上一卦，污霾何日告别。"

盼姐听罢起身，强迫我赔礼。老康却很冷静，连赞我的话有理。但是说起算卦，日后不再沾边，还是先讲故事，最后再下定论。

　　阳光之下，红桃咧嘴，梦境开张，秋风习习，桃枝弯摇……

三

　　盼姐在相聚者中，最有威望，自然优先。于是，她第一个开讲她的所经所历。按规则，盼姐有感而发，即兴手指园中那棵最高、最大，像一把大伞一样，掩盖了足有半亩地的古老桃树，开启了她遵规而行的诗意：

　　　　在霾中，

　　　　有很多人被癌缠住，

　　　　也有许多人，

　　　　离我们而去。

　　　　像我的邻居，

　　　　那位勤劳的霍局长，

　　　　永远不再能，

　　　　与我们同聚。

　　　　而眼前这棵桃树，

　　　　却不管寒来暑去，

　　　　风吹雨打，

　　　　还在一圈圈，

　　　　画着自己的年轮。

　　　　随着时间的流逝，

　　　　我们都会离去，

在C市的大地上，

如果寻找战胜霾毒的记忆，

这棵树，

将是铁证。

它是一部活着的史书，

它是自然与生命的记录，

它是万物的代表，

它会证明，

什么叫天人合一。

它还会超出我们生命的十倍、百倍，

继续在C市的发展史上，

书写下去。

半个世纪后，

当我们的后人来此凭吊，

也许它粗黑的伤口与裂痕，

已经平复，

但总还会留下伤疤，

供后人回忆。

树木无言，

不计功过是非，

在它默默记录的历史中，

环保志愿者的功绩，

将会是，重重的一笔!

我企盼中的梦想是，

作为公众的一员，

在防控霾毒的战场上，

我将用行动，

去求得心净，

用心净，

拾回无悔！

掌声立时响了起来，尽管人少手稀，形不成雷鸣，但此时此刻，也非同一般。

盼姐没有鼓掌，她开始有节有味地，叙起她的追忆。

四

清晨，天刚蒙蒙亮。这个时间段要是赶在冬季里，天应该还是黑黑的，应该比雾霾的颜色还黑上百倍、千倍。但此时，立有"世代"标牌的公园广场上，跳广场舞的男男女女，已经应约而至，如雁编队，如鸟飞舞。年龄，在这里已没有代沟；性别，在这里已没有差别；权贵，在这里已没有障碍；贫穷，在这里没有区分；职业，在这里已没有阶层，追求的，只剩下健康。

这里有盼姐当环保志愿者服务队队长时的一部分男女老少，但更多的是，盼姐辞掉队长后，才自愿加盟的新队员。

广场上，人流如潮。老黄身上背个收音机，收音机里传出女播音的声音："如今我们的城市已经很少有洁净的空气、清澈的河流、茂密的树林。我们的孩子已很少听到小鸟啁啾、雁鸣蛙叫。就连以往每年春天飞来的燕子也无处寻觅。城市为什么会离自然越来越远？城市命运与人类命运，还是息息相关的吗？"

虽说是表面上听着广播，盼姐的心绪，此时却没有完全集中在广场上。

自从吕正天局长被市委拨乱反正，提升重用为E县主管环保工作的副县长后，盼姐便在的哥郝大侃的劝说下，主动辞职后又被推举为环保志愿者服务队的顾问。说是"主动"，其实盼姐是不情愿的。但现实的社会环境，必定人言可畏呀。县长的夫人当队长，万一工作中有了什么闪失、交往中有了什么矛盾，大家对你的要求，可真的不像一般家庭妇女。很多矛盾，有你出面时，人家首先考虑的是你的身份，办好了，是你自己该做，做不好，还会产生连带关系，让吕县长跟着吃不消。

广场舞已成为新常态里的新时尚，如何引导，让新任队长大铃铛犯了愁。

"大铃铛，响当当，碰到难题就发慌。受骗买过吸尘器，当了队长有架气儿。"邻居老黄因为跳广场舞迟到，挨了大铃铛队长一顿批评，还让他罚站一早晨，心里顿感不快。于是，编了段打油诗，回敬大铃铛。

"老黄，你是有了儿媳妇的人了，别老没正行了。这不是我要罚你，我是在执行队里铁的纪律。"

"一个临时尽义务的组织，你瞎正经个啥呀？"老黄不服。

"你不服也好，你退出去。"

"退出去我去干啥呀？现在老年人的活动这么单调。再说，防治雾霾，人人有责，我也不能等闲视之不是！"

"那就好。只要你有这个觉悟，加入了组织，就要服从队里统一管理，执行队里统一行动。别总牢骚满腹的。"

"我没说不让你管，我是说别太较真儿。"

"不较真秩序就会乱，乱了霾还会加重，加重了一时半会儿就更走不了。你去问问老胡，是不是这个理？"

大铃铛一边慷慨陈词，一边把手指向了正跳俄罗斯舞的老胡。

"瞧你给我找这个样板，让我去问他，我都不服这个气，别说官场了。"老黄话里有话。

大铃铛和老黄你来言，我去语，有两句话很是刺激人。但此时大家看到，被称作老胡的人，却一声没吭，一点气没生，一点异常反应也没有，仍旧按照录音机的轻妙乐点，半眯着双眼，平伸着两臂，慢悠悠地，像大熊猫走路一样，左右摇晃着双肩，认真地做着各式舞姿。

其实，说到老胡，别说广场上的人，全市有几个不知道、不认识原来E县那位要钱不要命、要官不怕污，为拿面子维护自己权威，把当时的环保局长吕正天逼到辞职地步的胡阵雨县长的呢。听风就下雨，只管眼前那一阵子创收点GDP，胡县长把E县的环境搞得一团糟，留下的污染产业，让E县至今难以转型、难逃污霾。吕正天当副县长后，一直在为此拼搏。

胡县长去年被市委拿下、受处分降为副处级，到市直某局当了副调研员。后来，念其工作泼辣、大胆、有股子冲劲儿与热情，在市委组织部的推荐下，胡阵雨又当上了C市大气污染防治指挥部办公室的副主任。据小道谣传，其实老胡这次被重新任用，还是上边有人打过招呼的。但让组织上万万没有想到的是，胡阵雨上任时雄心勃勃，可在这个职位上干了不足三个月，他就主动抱病，坚决要求辞职退养，等待退休，不管谁说什么、怎么去做他思想工作，他死活也不干了。组织上满足了他的要求。辞职后的当天晚上，他就去找大铃铛，想报名加入小区环保志愿者组织。

大铃铛说："你当过那么大官，改当志愿者，归我这小老百姓管，你受得了吗？"

老胡答："只要能为环保干点事儿，让我的心踏实下来，谁管我，我都服气！"

"要是让你现身说法，给大家讲讲你的痛心经历和伤心感受，你会做吗？"大铃铛用这样生硬挖损的口气问老胡，其实是不想收他当队员。可让大铃铛万万没有想到的是，老胡二话没说，斩钉截铁般答道:"知耻而后勇,我心无怨。以我为戒,我心无畏。献身志愿,我心无悔。"

既使这样,大铃铛也是勉勉强强才收下了老胡。老胡很是感激,当晚便在小区门口的饭店,请大铃铛和几位有威望的老队员吃了顿麻辣烫。

老胡要入队的事让老黄知道了,老黄不干,坚决反对。于是大铃铛吃人嘴短,给老胡支招说:"老黄爱喝酒,你看着办吧。"

当晚老胡像做贼一样,深更半夜提着两瓶糊涂仙二曲,找到老黄家里,请老黄放他一马。老黄见酒心软,问了句:"你来时没让对门人看见吧?"

老胡说:"没有。看见了也没事,那两口子都是厚道人。"

老黄说:"明早见。我教你跳舞。"

话毕,老黄悄悄开门,老胡轻轻下楼,脚步轻得比盼姐家原来寄养过的那只老猫走步还轻。老黄趴玻璃看老胡走远了,回过头来哈哈大笑着对老伴说:"这人可真他妈不能犯错,他堂堂胡大县长,过去见了市里的局长们都不理不睬的,今天深更半夜来给我送礼,简直是他妈天方夜谭啊。哈哈哈哈······"

五

老胡到底是因为什么,在"起死回升"的官路上,又自讨官场"绝路",坚决要求辞职下岗的呢?这在众多人的心里,始终是个谜团。盼姐早就略知一二,但真情内幕,她也是一点一点才凑成故事、形成链条的。

马年来了,C市在全市上下轰轰烈烈地开始了大气污染防治攻坚行动,还专门成立了攻坚指挥部办公室。也就是在这时刻,胡阵雨在省里一名大官的直接关照下，当上了指挥部办公室的专职副主任。副主任是正处级职位，胡振雨自然提升了。

"胡阵雨当这个角色合适吗？"市政府领导拍板前，就有人提出疑问。

"他是养霾制污的反面教材呀，防霾治污又让他当指挥部副主任，这不是倒行逆施吗？"

"浪子回头金不换嘛，说不定有他这样背景的人，干这个行当更合适。"

"听他的名字就不吉利。如果大气污染防治像刮阵风、下阵雨一样抓，肯定达不到长治久别的成效。市里主要领导还说，要退出全国重污染城市排名，有他在，我看希望不大。"

"大气污染防治是一项长期工程，不行再换也不误时。"

胡阵雨上任后，可以说，真的是兢兢业业了88天。他不辞辛劳地陪同市领导查局查县查工程；他没节没假没早没晚地加班加点和办公室的同志研究政策起草法规；他不留情面、不留死角地提建议、发通报讲评县、局工作；他甚至还把工作中发现的问题，直接写成了长篇建议，递到市领导手中，供领导决策参考。最著名的一篇工作调研文稿标题是这样写的：《大气防治差点啥？》

盼姐讲到此处，从手提的包包中取出一份文稿，递到了大侃手中。大侃急不可待读起来。盼姐见后有些失意，借口先去找个卫生间方便一下，主动打断了自己的思路。借大家等待闲聊的时间，大侃足力开读：

"《大气防治差点啥？》《京津冀及周边地区重点行业大气污染限期治理方案》日前出台，笔者闻讯欣喜不已。去年以来，大气污染防治行动以防霾治霾为主攻目标，攻坚克难，呈现良好态势。但在基层实际工作中，笔者也发现，由于大气污染防治工作开展时间还短，缺少经验，各项防治工作仍处在起步、研究、摸索阶段，思想认识欠缺、合力形成不足、政策法规不完善等问题还十分明显。笔者认为，当前各地大气污染防治，应从以下几个方面进行深入探求，使防治走向持续、深入、科学、良性发展轨道。"

"文章有多长？"二哈问。

"长着呢！慢慢听，比较接地气。"大侃说，"一个是要区域互动不差劲。大气污染防治必须走大区域联防联治，小区域同心专治，持续化科学施治之路。着眼联防联治工作中存在的问题和症结，笔者认为，必须解决好两个问题：一是合心和谐。各行政区划地必须树立大局意识，少算自家经济账，要站位大局，勇于担当，敢于牺牲，树立真合心、真合力的理念。只有心往一处想，劲儿往一处使，才能使区域联防联治尽快实现。二是合力合谋合拍。例如，在区域污染源解析、产业结构转型发展、电气能源分配利用和应急响应机制等方面，要防止一哄而上，忙乱投资，更不能相互责怨，你争我抢。以京津冀地区为例，北京作为地区优势集中的龙头市，在投入规划上，要统筹与周边地区协调；从保护措施上，要京津冀同向而行。"

"嘿，你还别说，老胡肚子里还真有点水。"老康插话。

"别打岔。"大侃说，"再一个是要法规互动不岔劈。大气污染防治行动起步急、任务重、压力大，相应法规、政策尚不完善，特别是在淘汰落后产能、关停重污染企业等方面，暴露出很多矛盾和问题。例如，一些地方一味要求淘汰燃煤锅炉，实施煤改电、煤改气。电、气能源供应实际上缺口很大，根本不能满足急改需求。在这种情况下，有的地方在既没有相关政策，也没有具体扶持措施的前提下，便下达刚性文件，试图推动落实。但很多文件仓促下发后又不得不无果收回。像这样关停缺少法规依据、拆改缺少能源政策保障、奖补缺少政策支撑、推广使用新技术产品缺少技术标准的现象与问题，在实际工作中比比皆是。笔者认为，当前国家和各省（市）应围绕大气污染防治出台相关法规政策。地方法规的制定，应首先建立在维护国家法规政策的严肃性的基础上。地方出台的一些治理措施、奖励政策、推行标准，要尽量考虑与国家现行法规政策合拍。不能盲目推动缺少法规支持的关停治理，不能推广使用无国家质量认证的所谓新技术、新产品，以免因法规不到位在防治上出偏差，导致社会矛盾加剧，防止资金投入上盲目浪费，产生欲速则不达的苦果。"

"尝苦果的味道他老胡体会很深呢。所以写文章也有声有切。"老黄不知啥时候凑进来了。大侃朝他一笑，示意他接着听。

"第三要上下互动不差钱。笔者发现，一些地方，大气污染防治存在上热下冷的情况。一些基层政府和纳入整治范围的企业，常常以资金紧张、经营困难为由，层层递减治理任务，拖延工作落实。为推动大气污染防治，国家和各省（市）每年投入成百上千亿专项资金。但在资金的使用上，存在两大现实问题。一点是有的地方没有按国家要求备足配套资金，导致国家资金不能在基层和企业充分发挥引领作用。再一点是上级下拨的资金出自多部门。一些地方政府没能充分整合使用，形成了撒胡椒面式的花钱形态。导致重点治理区域政府和企业缺少积极性。笔者建议，围绕大气污染防治工作，国家和省一级，应首先统筹专项资金的划拨。地方政府应把上级下拨给发改、城建、环保、水务、工信和农业部门的资金，实行政府统一管理、统一规划、统一奖补、统一下拨的政策措施，整合多条块资金，形成拳头，抓住本地的重点防治工程，把钱用在实处，从而有效发挥专项资金效能，保证重点治理项目落实。同时，县级以上政府，应本着实事求是的原则，认真落实国家大气污染防治地方资金配套投入的相关要求，确保上级资金使用好，本级配套不差钱。此外，着眼大气污染防治区域性联防联治才能出真成效、大成效的现实，一线城市要特别关注周边二三线城市的防治需求。在二三线城市治理资金严重不足，而治理项目又特别需求的情况下，一线城市应及时伸出援助之手，确保二三线城市不因缺钱而误工殃邻。"

"还没读完呢？"盼姐回来了。

"还有两段，念完了您再讲好吗？"大侃问。

"行。"盼姐答。

"四要部门互动不差责。笔者发现，在大气污染治理行动中，仍然存在两种倾向：一是有的职能部门参与大气污染治理热情不高，实际工作落实中存在职责不明、细化不够、抓得不实，部署多、落实少，政策规定多、具体执行少，讲起来滔滔不绝，干起来拖拖拉拉的现象。二是有的部门怕担责任怕得罪人，工作中推诿扯皮，落实中偷工减料，工作中放低标准。由此，导致政府下达的大气污染防治任务落实标准大打折扣。笔者认为，改变上述弊端，迫切期待各地严肃落实部门责任，真正操起问责大棒，把不落实的问责追究到具体人身上，让不落实没有规避的空间，让南郭先生没有立足之地。"

"老胡这不是骂自己呢吗？他过去不就是这样子吗？"

"听着听着。"盼姐训老黄。

"五要大小互动不差点。防治行动中，有些地方很注重抓大工程，如对重污染大企业关停并转、黄标车大量淘汰、燃煤锅炉改气改电、城市扬尘多手段抑制等。但对一些小污染行业、居民生活源治理却不够关注。如某地实施一系列重大治理举措后，却发现煤烟污染依然严重。经专家调研分析，原来是城中村和城边村几十万户散烧煤小炉具排放所致。事实上，有些看似不起眼的小污染、小企业，积少成多，其危害往往超过一些大企业、大锅炉。因此，在防治中，一定要切记抓大不放小，积少可成多。六要城乡互动不差活。大气污染成因复杂，因素多样，渠道广泛。在大气污染联防联治中，大家往往把治理的视线盯在大中小城市群上，精力、财力投入也往往顾城轻农。殊不知，农村的面源污染、秸秆焚烧污染、垃圾污水的污染、生活起居的炊烟污染，在气象条件的作用下，往往起到农村包围城市的负效应。因此，治理中，各地不仅要心联心、城联城，还要注意城联村。要在防治规划的制定、资金的分配、技术的使用、防治的目标上，始终注意树立城乡联防联治的理念。把大气污染防治，与农村环境综合治理融为一体。只有形成城乡并治的大格局，才能让大气污染防治取得长治久效的善果。"

大侃念了足有十分钟，盼姐虽然回来了，等于是又陪学了一遍老胡的论文。

"这稿写得多好啊。应该登报、应该采纳、应该见效。老胡这么用心，说明他很在意这个工作、这份责任，怎么还会辞职呢？"

听到大侃的提问，盼姐长叹一声，答道："天有不测风云呀。只因老胡太负责任了，这篇文稿才惹着人了。"话毕，盼姐接着讲老胡辞职的故事。

老胡把文稿递到了市长手里。市长对号入座，把相关部门叫来，针对工作中不落实、少落实、低标准落实的问题，一是一对一，对各部门的一把手进行了点名批评，二是要求纪检监察部门实施问责，处分、撤职了三名处级干部和两名县区干部。

"我看老胡的调查报告全都是点问题、说现象、出主意，没有点到哪个县、哪个局、哪个部门、哪一个人头上啊。"

"你看的都是主件，还有直奔问题和人头的附件呢。全是直截了当、不留情面的现场现实、现场镜头、现场访问。"

"那也不至于让书记、市长发那么大火，又撤人又处分的吧？"

"怎么不至于？由于这些不落实问题的存在，全市2013年至2014年的大气污染防治预期目标泡汤了。不处分人，责任谁来负呢？"

"噢，老胡真是英雄啊！"

"市长也是这么夸他的。可接下来的事，让老胡吃不消了。"

"出什么事啦？"

六

有群更好

不分大款土豪，

不分百姓领导。

每天早上醒来，

有群问候就好。

有了雾霾预报，

预警信息更早。

线上线下活动，

不怕路途遥遥。

大家群里相传，

堪比多年至交。

聚会欢乐多多，

美食美景妖娆。

乾坤斗转星移，

霾天不断变少，

进群开心闲聊，

好似无霾干扰。

群友个个不凡，

生活事业有道。

蜜蜜老友常叙，

友情保持到老。

人生远离灰霾，

有群真的更好。

互联网让很多人成为朋友，很多信息传递变为"零距离"。当很多人通过互联网心旷神怡的时候，胡阵雨却迎来了心堵的一夜。

互联网上告老胡的风波是在一个雾霾之夜，与市里启动雾霾重污染天气六级响应一起，都是在深夜发生的。

"刘星，你问问白平，启动六级应急响应的通告发到网上去了吗？"

胡副主任连问三遍，可一向机智灵活的办公室干部刘星，却双眼直勾勾地盯着电脑屏幕始终一声没吭。

"刘星，你要是困了，发完了就先睡一会儿，别工作没干完就睡着了误事儿。"

"胡主任，胡主任，您快来看看，网上怎么提到您了？"

"提我干什么？快发通告！"

"不是通告，好像是诬告。"刘星讲话的语气好像是急而不解加无奈！

老胡急忙凑到刘星身后，看了几句话后，又一把把刘星推开，看着看着，脸色由黄变红，由红变黑，随之，汗珠子也从额头下来多串儿。

"什么玩意儿？什么东西？什么损招都使，啊——"

胡振雨气得不知说什么才好。此时，他的思绪，已经回到了几天前，他写的那篇主题为揭露治霾中形式主义害死人的文章上。

胡阵雨的那篇文稿在递到市长手里之前，先是在一家大报见报了。标题是《推广环保小炉具，农民为啥不买账》，文稿说：

> 某县环保小炉具达不到农民一炉多用的要求，造成"燃煤更多""负担更多""排放更多"。大气污染防治工作必须往细里做，才能让好政策发挥最大效能，让群众满意。
>
> 加大"城中村"和城乡接合部散烧煤的治理，已成为多个地方防治大气污染的一项重要举措。仅以"城中村"为例，一个二十万人口左右的县城，"城中村"往往有几万住户，城边

村住户更多。把这部分散烧煤的零散排放治好了，对大气污染物减排来说是积少成多，贡献很大，政府理应采取得力措施，公众理应大力支持。

但是，最近笔者听说这样一件事。F县为了减轻散烧煤的无序排放，减轻大气污染，决定把城边村的散烧煤炉换成环保小炉具，先在一些村试点，农民不用掏一分钱，每户更换一套，并可获得政府补贴的几吨优质煤。这本来是既节能减排、又让农民得利的好事情，但农户们却不愿占这个"便宜"。

原因何在？调查后发现，给城边村农家更换的新炉具，只能用于取暖，不能像过去家里用的小炉具一样又能烧水做饭，又能取暖过冬。

进一步了解得知，目前当地已经升级推广使用的环保小炉具，存在不少问题。一是有些炉具虽然冠以节能环保招牌，实际上却是外观鲜亮，效果糟糕，远远达不到宣传单上所说的燃烧值，减排量很有限；二是有些小炉具挂上节能环保招牌后，立马身价倍增。如果普遍推广，不可能完全免费，但这样的产品除非政府全额补贴，否则农户不愿掏钱；三是有些小炉具从设计上就只是奔取暖而来，达不到农户要求的一炉多用的目的。

实际上，农户用上这样只能取暖的环保炉具，烧水做饭还要另起炉灶，还要烧煤烧柴，不但达不到减排的目的，而且用农户的话说是"燃煤更多了、负担更多了、排放更多了"。

散烧煤小炉具市场为什么如此混乱？原因多种多样。笔者认为，目前国家对散烧煤小炉具缺少统一的行业技术标准是最主要的原因。当前，大气污染治理任务紧迫，炉具市场鱼龙混杂，于是乎一些地方在推广使用散烧煤小炉具过程中，便出现了无据可依、各行其是的局面，甚至还出现了不顾客观实际，强行推广"跛脚"炉具的问题。如何解决这一问题？这里提出四条建议。

一是各地在大气污染防治中，切忌像某县那样头脑发晕，办事武断。面对混乱的小炉具市场，权威部门要尽快出台统一的质量技术标准，各级政府也要通过检测、论证把好推广使用关，切不可在推广使用散烧煤小炉具中"看谁门牌硬""看谁关系硬""看谁吹得硬"，以这"三硬"作为判定标准，而是要科学论证与决策，让市场说话，尊重用户的选择。二要加强大气污染防治专项经费使用的监督核查，向乱拍板、乱投入亮黄牌、打板子、严问责。只要是国家的钱，不论是哪一级领导，都不能自拍脑门个人说了算，办劳民伤财的事。三是有关部门要加强市场监管和技术标准把关，对确实达不到节能减排目标的小炉具，要坚决予以取缔，让国家配给的低硫煤"好马配好鞍"。四是各地要从基层实际出发，坚决克服形式主义，把大气污染防治的工作往细里做，把实事办好，好事办实，让每一项举措真正发挥减排作用，让国家和地方的好政策发挥最大效能，让群众满意。

"胡主任，英雄啊，他开始向防霾治污怪状开火了。"听到这里，老康喊道。

七

胡阵雨提出辞职那天，正巧赶上邻居M市大气污染防治考察团来C市考察学习C市大气污染防治经验。市长安慰胡阵雨说："网上告你状的事，组织正在调查，事情会有结果的，你别压力太大，先静下心来，把我市向污染宣战、向不落实宣战、向防霾治污中的腐败现象宣战的经验总结一下，一会儿兄弟市的领导来了，你介绍，我补充，给人家邻市留个好印象，也好把我们联防联治的决心，向兄弟市好好展示一下。"

老胡心有不愿，但嘴上还是答应着："行、行、行。但我只能介绍前两部分，腐败问题我就不讲了，还是您讲吧。"

"一块讲了呗。"

"今天网上又给我加了几条腐败之罪。我估计网通天下，人人可看，人家早就了解了，恐怕是，我讲了没有说服力。"

"那好，那好，我来讲，我来讲。"

圆满接待M市考察团之后，市长打开了网络，他要看一看，到底网上都告了胡阵雨哪些事儿。在前些日子告胡阵雨工作消极、不负责任的基础上，今天新添加的内容，是直接告他与制假贩假锅炉商，内外勾结，使用假环保炉具，骗取国家补贴资金，继而影响大气污染防治预期目标的。此时，市长心里明白，胡阵雨自从上任以来，工作扎实肯干，所做各项工作，特别是涉及钱财的事，他都是依法依规按程序先请示后办事的。而且他没有直接办过一件花钱的事。网上的帖子，应该是属于诬告。原因是由于他的认真，反而得罪了小人。

不能让胡阵雨辞职，同意了他的辞职，就等于是支持了小人，支持了违法邪气。

市长下了这样的决心，按理说再加上纪委监察部门"查无证据"的结论，胡阵雨的官应该能保住，还应受到表扬。但事情的发展却不能按市里领导的意图。接下来，一个又一个来自"天边"的电话，反复提醒书记、市长，换用一个人是小事，维护C市官场稳定更为重要……来头有点大了……

八

讲到此处，盼姐话轻语停，转弯儿说起了另一个话题："正天这几天也在接受纪检调查呢。"

话一出口，众人齐问："为什么？"

"还是当局长时候的事。也牵扯到了胡阵雨。"

"吕县长当局长时不是很正派的吗？有问题、翻旧账，也该由胡县长负责呀。"

"说的是，但有些事说不清。"

"怎么说不清呢？"

"前边我不是说了吗，胡阵雨挨告主要讲了两件事：一是乱批条子，让一家非法化工厂未批先建，造成了E县发生过一场重污染事故。二是私自移用县里建污水处理场的钱，去给安全生产管理局建办公楼，导致县城污水处理能力不足，污染了大西河。"

"事情过去几年了，怎么才提起？"

"你忘了，县里的环保志愿者没有忘。你说过去了，新《环保法》说要终身追究。"

"新《环保法》说这之前过去的事情还要翻旧账了吗？"

"官场上好多退休了多年的不是也找回来进去了吗？这件事也不是翻旧账，是前几天连日暴雨后，原有的一家化工厂污染，又伤害农田和群众了。由于污水处理场资金始终没补上，现场污水问题一直没处理好，群众不干。"

"看来老胡挨告不是空穴来风啊？"

"也是，也不是。你若不得罪人，这事没人提起，有人给压着，就算没事儿。你惹着了人，得罪人了，这事早晚一告一准儿呀！"

"这不是告老胡吗？"

"是告他，但他说了，我当时是县长，环保局有一票否决权，不能让我一个人担吧？这不就牵扯上老吕了吗？"

"偷建化工厂，有他胡县长写的条子；移用公款，是吕正天坚决反对的，还因此被逼辞职，正天负什么责吗？"

"老胡说了，把我写的条子拿来。结果老吕没找到。老胡还说，当时你要求辞职，可县里没有下过你停职、撤职的文书，等于你还在职，你怎么说移用公款，与你无关呢？"

"嘿，这叫他妈什么话？这样说的话，老胡还真他妈该撤、该判，怎么这么不担当、乱咬人。"

"是非早晚会有结论的。老吕很坦荡，他在积极配合组织调查，主动要求接受处分，因为，毕竟上级有一岗双责的要求，还签了责任书，躲是躲不过去的。"

"我前几天听说，田地里受伤害的乡亲们，知道这两件事与正天有牵连后，都在主动要求撤状，不再告了。"

"那是乡亲们主动保护吕县长，与有没有问题是两码子事儿。真有事儿的话，不告了也照样要追究的。"

此时，全场的人都好像变成哑巴了。你看看我，我看看你，好像谁都不认识谁了一样。傻坐了好大半天，好像是把讲故事的事儿全都忘记了一样，过了许久，还是盼姐先开口，才把话题又扯回到了胡振雨辞职的话题上。

九

"其实，老胡辞职的原因不仅是网上有人告他、炒他，原因还多着呢。"盼姐说，"他亲口对我讲过，革命几十年，当了个正县，还被撤过一回了，好不容易托关系、找门子又复原了，弄不好再撤回去，犯不着。"

"到底人家告他的事儿有没有？"老黄问。

"过去的事有点儿，现在的没落实，看样子是没有。老胡自己说是有人反咬他一口。"盼姐先答后又接着续说。

这天，老胡带着大气办的人到F县检查指导大气污染防治工作，他还没讲几句话，就先吃了魏县长的闭门羹。

"我说老胡啊。过去咱们是邻居，各自为主。你那里污染比我这儿还重。今天你来了，横挑鼻子竖挑眼的，难道我F县还不如你过去的E县保护得好？组织上怎么不把我提到市里当调研员去啊？"

"魏县长啊，话可不能这样说。今非往日，责任在身，我不能再昧良心视而不见呀！你们县大气污染防治两年多了，怎么越治数越高了？PM2.5不降反升，这是事实吧？我来帮你会会诊，也是责任所系，毫无私心的，你应该正确看待才是。"

"算了吧！有话明说也可，干吗非去领导那儿打小报告，干吗到媒体上去炒作，这难道都是好心吗？"

"现在形势变了，该干的干好，该治的治好，别给全市拉后腿，这才是正道。"

"你也会说走正道了？好，我给你安排一个小品，你自己看看像谁！"魏县长说着话一招手，立马有一大帮子服务人员走进了宽大的会议室，有一个壮汉雄起起，直奔老胡而来。

"老魏，你这是干什么？打架吗？"老胡立身站起。

"行了吧，我会像你处事那么火急火燎不考虑后果吗？那小伙子是帮你搬椅子、端杯子，让你从桌中间坐到前排来，仔细看看好节目。"

看阵势，魏县长今天是有备而做啊。老胡被请到了会议桌最南端的第一排，对面的地板上，有一个新制作的、铺着红布面的小舞台。

"节目开始。"随着魏县长一声令下，舞台上大幕拉开，随之出现了足有二十人就座的一个会场场面。主持人小姐上场宣布："下面演出独幕话剧，《滚一边去》。"

魏县长这是演的哪一出呢？老胡心里忐忑着，猜测着。

十

"我是一把县长，听我的就是讲政治，不听我的就是自由主义，无政府主义，就是破坏发展！"节目开始了，一个穿西服、扎领带，说话底气十足，十分具有县官打扮模样的男子，坐在与会人群对面首先开腔。紧接着，节目深入延伸。

"县长啊，我们环保局执法也不能进企业了吗？那污染怎么控制呢？"

"吕局长，你少来这套，我刚才讲的是县政府所有执法部门去企业执法都得先报告，后按要求进行，你没听清楚吗？你环保局不归政府管是吗？"

"听清楚了，归政府管。但那家化工厂偷排偷放的事儿，我局已向政府报告多次了，怎么批不下来呢？"

"报不报在你，批不批在我，你这样质问我，是不有点狂妄了？"

"县长啊，这不是我狂，是法有授权必须为呀。"

"什么法？"

"环保法。"

"哈哈哈，你吕大局长回去找找建国以来所有的上级文件，哪级政府定过，你环保局是执法部门了？你属于执法部门序列吗？"

此时，场上宁静，演员肃静，观众身静心不静。

好大一会儿，那个扮演吕局长的男子，才又语重心长地发出声音，并且，音响里还发出了低沉的哀乐声。

"县长啊，现在污染够重了，我们不能再走先污染后治理的老路了，不能昧良心了，快把污染从源头上治治吧！"

"先污染后治理有什么不好吗？"

"污染好治，害死了人命还治得回来吗？"

"滚一边去……"

"停、停、停！"魏县长边喊停边起身说，"教训我，你有什么资格！"

魏县长气儿不顺儿，老胡却很冷静。

"魏县长，形势今非昔比，面对现实，别翻旧账了，到一时说一时吧。"

"你说得倒轻巧。今天的霾，与历史、与邻居，都有关系。我的难处你知道吗？操！"

"魏县，有问题咱慢慢改，有话咱慢慢说行吗，骂人干什么？"

"谁骂人啦？"

"你'操'什么？"

"我说'操'谁了吗？我操霾！散会！"

话毕，魏县长扭头扬长而去。会场上只留下了老胡和陪他同行的刘星。

魏县长，算你狠，你给我演回忆剧，让我难堪堵我嘴，损死你。老胡看了小品节目心血冲冠，脸红着，心恨着，回忆着，气得差点骂娘。不过，他此时也心怀很多对吕正天往日的愧疚。

"胡主任，咱们吃饭去吧？"

"还有人管饭吗？这他妈演的是哪一出戏啊！回去，不干了。"老胡的急脾气又上来了。

"老胡就这么撂挑子不干了？"

"哪呀，离事儿说清楚，还早呢！"

装傻：故事会链接之一

十一

故事会正在进行中，老黄悄悄趴到大侃耳边问："二哈讲的意思，是说老胡网上挨炒与魏县长有关系吗？"

"不知道。"大侃没抬头。

"刚才说的那小品，演的是胡县长过去的事儿吗？"

"不知道。"大侃稍一抬头。

"老胡辞职后得了抑郁症，天天睡不着觉，经常半哭半笑，你听说过吗？"

"不知道。"大侃这回突然猛地头一抬，看了一眼老黄，言语变了方向，"比崔永元病得还重吗？"

"是的。我没骗你！"

大侃点头。老黄吧唧嘴。

突然，一只橙黄色的老猫从草丛中飞身跃起，紧接着，两只、三只，好家伙，足有七八只颜色各异的猫，大大小小，花花绿绿，如鱼贯穿，紧随大黄猫之后，朝着公园东南方向，飞速奔驰，并很快消失在绿草花仙之中。

此时，就在大黄猫腾空一跃之时，盼姐看得清清楚楚，跑在最前边的那只大黄猫的肚皮上，有一片圆圆的、红红的毛。盼姐担心，怕不是妹子家的大猫变成流浪猫了吧！

V043的传说

十二

C市政坛近日传绯闻有点像闹地震，沸沸扬扬，总有新闻和疑问传出。

"听说了吗？市长被省纪委带走了。"

"别胡说，刚才我还和市长一起开会来着。被带走的是X市的市长，是中纪委直接带走的。"

"X市？那就对了，怪不得网上说，无论从左往右看还是从右往左看，都与'C'有直接关系呢。苍蝇拍下，官商勾结这年头可是十分危险呀！我早听说新市长和老板们来往特别密切了。"

"你可别乱传瞎掰啊——咱们新来的市长，人很清廉能干，和商人来往密切，也是工作需要。造谣你也不挑个时辰，现在可不是前几年了，瞎说八道、上网胡说，是要负法律责任的。"

十三

盼姐的故事还没有讲完，大侃就伴随着老黄的追问与对话率先入"梦"了。他劝盼姐先休息一会儿，让他先讲一段C市大气办副主任大气污染工作的事儿，也好解开老黄的话题之谜。

"大气办副主任不是老胡吗？"老康问。

"哪里，主任是主管环保的刘副市长兼着，副主任有三个，还有一位是市环保局的雷雨局长。"

"噢，噢，原来如比啊！"老黄说了句俏皮话，一个"比"字，把大伙全逗乐了。

"大侃呀，你先来一段也行，但不许光说大话、讲大道理，必须讲点有意思的事儿。"老康说。

"光讲不行啊——还没作诗呢！"老黄说。

"好，那就先诗一把。"大侃好像胸有成竹，但实际上，他的诗，真的比不上盼姐作的诗美，更缺乏浓浓梦意。

日升东方蓝透红，
C市人人称英雄，
蛇年天空霾还重，
骏马拼杀天变晴。
蓝天白云奇缘配，
科学发展展宏图，
靶向治理见疗效，
全市人民都立功。

"嗨，大侃的诗全是大话、空话，诗意哪去了？"没等大侃话音落净，老黄首先找起大侃毛病。

"饶过他吧，高才生不一定都会情意绵绵。你没见好多博士厚士的，连对象都找不着吗？哪像盼姐当年那么有情有义地靠上吕公啊。"老康跟上打趣。

哈哈哈哈。众人开了心。盼姐抽了老康一巴掌。大侃接着开腔叙事。

十四

C市环保局机关食堂吃饭的人最近渐多。有十几个人都是生面孔。其中有两位长相魁梧健壮，面容和善的男人，十分惹人注意。

"看着面熟啊，好像在哪见过，想不起来那两位是谁了！"

"昨天来了，今天又来了，是不是省厅新来的厅长啊？"

"那两位是咱们的书记、市长啊。天天电视里见着，怎么一见面发蒙啦？"

"哎，对，对，对！我说面熟不是。书记、市长咋来咱环保局吃自助餐来了？"

"治大气、治大气，一把带头先下去。这两天书记、市长一直在调研环保工作和大气治理情况。正课上班下县，回来到环保局吃饭，不给县里添麻烦。刚才我见了马市长，问他怎么来咱这儿吃自助餐。他说，以后你就习惯了，这会成为新常态。"

"新班子、新气象、新作风。C市的天变蓝的日子，这下不远了。"

其实，汪书记、马市长搭班子，还不足两个月，环保局看大门的刘师傅姓啥叫啥，都成为了见面直呼之声。

"防霾治污不是作秀，谁要不想当罪人，谁就该为官一任，把这保民生、保人命的事儿干实干好。"这掷地有声的话语，在C市基层回荡，在C市媒体回荡，在C市政府大楼里回荡！

大侃说，在市委市政府办公大楼的第10层，有一间被称为"生态室"的会议室。说其生态，不仅是它的房间号每年一变，每年增长一次尾数，而且它是专门用来召开环境保护工作领导小组成员单位会议的会议室，与环保无关的会议，市委、市政府明文规定，不许在此占位。比较巧合的是，马年，正值第43个世界环境日，其房间号，也就成为V043。据知情者透露，其实这根本就不是什么巧合，是早年上过市委常委会的有意"决策"，明确要求房间号要与时俱进，随着环境日的年头往上走。

这间会议室在10层的东头南方，通透明亮，连上阳台，可以胜过除西北角以外的任何空间。

C市从建市的远景规划上，就把思路定位在"宁舍金山银山，确保绿色发展"上。但在过去的几十年中，这个理念也随着环保大气候的风云变幻，有过覆雨翻云，也就是说，尽管会议室登高望远，但始终没有得到"稳帆直行"。

C市新一届常委班子，以换班长、副班长为标志，进入新常态。在确定C市马年发展工作思路时，汪书记、马市长一拍即合，把"绿色发展"这句话，从尾声"抬"到了序幕的位置。明眼人一看便知，这届市委，在推进C市绿色发展上，是要动真格的了。

其实这个会议室面积并不是很大，也就是百余平米，寓意是百年大计。但会议室内的桌椅却是摆得满满的。进这个屋开会，不分官大官小，座椅都是一样的，没有大小、软硬、高低、颜色之分。满屋的椅子，一共是65把。65把椅子从进了这个屋，没换过椅布、椅垫，只是脏了洗，晾干了再重新铺上。10层，寓意实实在在。"65"，肯定寓意"六五"世界环境日。

C市环境保护领导小组成员单位每次开会，下通知时从来不用通知房间号，雷打不动就是这个屋。哪个座席是哪个单位的，局级新老领导交接班时，都要像离职审计一样，严肃交接，否则，哪个单位、哪位领导谁坐错了位子，都是要挨批的。为什么呢？当初安排各单位领导座位次序时，市长明确要求秘书长，按环保法要求，凡是有环境保护目标责任任务的单位领导，都要通过抓阄安排定座，不分单位大小，不论资格老少，不管单位组建早晚，但有一点，每次开会凡是迟到了的单位领导，都要离开自己的位子，坐到主席台前三个固定的，标有

"迟到席"标牌的位子。"迟到席"平日开会，除了市级媒体的记者"添座"，别人谁也不愿去坐。会议室内没设记者席，媒体的记者来参会，特别是电视台的录像记者，有时一天半天都是站着的。所以，记者们每次来，都是早早的，目的是抢先占位。同时，他们也盼着有局长迟到，以便自己求座。

媒体监督，让迟到者脸红、心烧，这招儿让人叫绝。在这间会议室，百年大计，各就各位，各司其职，自我加压，负重奋进的理念，全市皆知。

但让人不解的是，近期一名没中国国籍的老头，突然，在这个会议室，变成了与书记、市长平位而坐的市"官"，而且他说话特别的占地方，"他是谁？"很多人在疑惑。

大侃讲到此处，老黄急不可待地插话："我说什么来着，无风不起浪吧？市长请来的师博士，是不是他家亲戚啊？"

十五

"要论治霾，C市的气候条件有很多先天不足，属低洼、多雾，四风场交汇之处，极易引霾入市。但C市人不弃不馁。后天独创新招，主动作为建功。"大侃说，"C市治霾的高招多，这在黄河以北，是出了大名的。"

2014年，C市在2013年力推斩首行动的基础上，经过理性分析，发现治霾不像扫地那么简单。盐从哪咸，醋因啥酸，都是有冤头债主的。

"治霾不能打糊涂仗，科学实治是出路，解清源头是基础，全力攻坚是关键，全民皆兵是法宝，党政同责创辉煌。"汪书记一语见地，马市长思路清晰。

靶向治理，精准治理，持续治理，重点突破；专家指导，科学决策，全民上阵，党政同责；冬病夏治，抓大治小，防治并举……一系列治霾新理念，多数是从C市率先发出的声音。

C市治霾聘请的专家团队，在全国都是一流的。从京津名牌大学的环境问题专家，到环保顶层的专业"大亨"；从多年研究国内众多地区治霾经验的行家里手，到对伦敦、洛杉矶、东京，乃至全世界霾凶霾蒂，霾源霾根，都科研探因过的专业博士，十二巨头，齐聚C市，把脉开方，把关定向，为市委市政府决策提供科学、准确支撑。

其实，师博士是市委书记亲自从京都请来的，根本与市长无关。师博士被请来当专家组组长众服众佩。他的名字与他多年苦寻治霾之道的性格，极其相似：师伏德。

"你是公众追求蓝天的恩人呀！"汪书记、马市长都这样夸奖他。

师博士人高才重，但面相显黑，与其才华不相协调。为此，他还经常嘲讽自己，"面如霾色，但誓死不做霾凶霾蒂之事。"

师博士人脉好、路子通、高见多。盛夏时节，C市大气上半年环境监测十余个站点的几千组监测数据出炉。这些数据的集中运算、比对、分析结果，将直接牵引C市今后大气污染防治的攻坚方向。

"师博士晕倒了。"

"小点声儿，别让环保局的人听见喽惹事儿。"

"师博士晕了，怕环保局干吗？"

"师博士说，只帮忙，不添乱。"

专家团队的几个年轻人七手八脚把师博士扶上车，直奔医院而去。

"师博士怎么晕倒了？他害怕环保局什么，还躲着藏着的？"大仙问大侃。

"怕不是他像你一样，也有仙气儿吧？"老黄说。

"为了赶在市委、市政府召开'冬病夏治'动员大会前把数据拿出来，师博士带着他的团队，已经两天一夜没休息了。快七十岁的人啦，血压还高，能顶得了吗？"

"这不是玩命吗？"

"是呗。"

为了提升运算速度，昨天，师博士事先联系好了国家天河计算机运算中心，请他们支持。然后带着几个专家，从百里之外赶到天津。

天河计算机运算系统，目前是世界上运算速度最快的计算机，世界领先，国内仅有两台。工作之隙，师博士与公司刘总聊起治霾，浮想联翩。

"刘总啊，咱这天河之名有何来由吗？"

"有啊。先说是中心位于天津，再说是天津有条最知名的海河。毛主席曾发出过动员令，一定要根治海河嘛！"

"噢。这名字，我原以为与大气污染有什么关系。你们的支持我很感动。"

"师博士还有高见吗？"

"在我看来，天河之名非这一种含义。我觉得与生态、环保、大气、生命息息相关，脉脉相连。"

"是吗？听您高见。"

"我感觉，天河即是生命的代名词。因为，天是生的空间，河是活的源泉。与大气污染防治相联系，天河的诞生，天生就是为了帮助我们治理污染而修的一条天地相通之河。"

"高见，高见。您这一解释，让我们思维跨出庐山，重见蓝天了。"

师博士和刘总紧紧抱到了一块儿。由此，C市的大气污染防治紧紧靠上了世界最尖端的科研成果，加注了核能般的新潜力。

师博士以副总指挥长之名，位列C市政府大气污染防治指挥部"四把手"，同政府官员一道，上阵操戈。但是，尽管C市在大气污染防治上下真功，用实劲儿，出实招儿，但一个个阴影，还是时常冒泡围绕攻坚行动顺风顺水的推进。群众的不满意，街头上的牢骚，官场上的灰心情绪和媒体的各种炒作，让市领导时常紧锁眉头，夜眠不安。

十六

就在C市官场沸传市长与专家治理团队不清白的时候，又发生了一件传闻新事。

盛夏将过的那个时节，C市遵命办了一场盛况空前的国际环保产业洽谈会。接受任务后，马市长如坐针毡，心乱如麻。回照往年，这时节正是C市大气环境一个很糟糕的时节。办国际盛会，在C市既是初次，更是考验，而且，最大的考验是上边下了死命令"一定要有蓝天相伴"。

工厂停产、限产；工地停工、限时；车辆限行、限号；公众分时上班、下班。会期只有三天，整个C市却从春节后开始，为此准备了足足六个月。

一停二限三分时的措施果真见了实效。会议期间，整个C市上空蓝天、白云，繁星、月色，让与会的国内外嘉宾备感亲切；让C市的公众备感突然；让马市长备感长脸。

会后，马市长在《C市日报》上热情赞扬市直各部门、各企业和广大公众向污染宣战沥血呕心战果辉煌。但让马市长没有想到的是，在同一天、同一版的《C市日报》上，一篇署名"师博士"的评论文章，却公然与马市长的文章唱起了反调。文题是：《留住"8·18蓝"靠什么》。

此时，大侃一口气背下全文：

老天爷真是帮忙。

2015中国·国际环保产业洽谈会期间，C市的天空白蓝相映，令人神怡。为此，引发媒体赞叹，还有报道直呼：让环保产业留住"8·18蓝"。这种盲目乐观，让我不禁又回忆起北京召开APEC会议期间，京津冀地区曾经有过的会间"APEC蓝"。

"APEC蓝"也好，"8·18蓝"也好，主题词都是一个字：蓝。这足以表明时下世人在雾霾、阴霾、尘霾、灰霾、烟霾的经常笼罩之下，迫切期待冲出霾笼阴影的梦想与急切之情。

霾不是好东西，是害人的污染物，是剥夺和侵害人类健康的大敌。对于这一点，世人已有共识。但共识之下，真的舍土为民，不惜血本，痛下决心，铁腕治霾的基层政府是不是已经100%？舍企为众，坚定守法，绝不再挣制霾黑心钱的企业，是不是已经100%？舍己小利，自觉参与，向霾宣战，自觉行动的公民，是不是已经100%？三个疑问，其核心主题是一个：为留住那个期盼的"蓝"字，你做了什么，你的期盼真实不真实？

2013年以来，C市的大气污染防治工作，在市委、市政府的坚强领导下，扎扎实实落实国省部署要求，通过科学解析，辨明污染源头；通过科学决策，精准防治；通过党政同责，全民参与，成果确实是赫然显见。2014年，C市市区共采样365天，达标天数为188天，与2013年同期相比达标天数增加了27天；重污染天数为79天，与2013年同期相比减少了17天。但C市的蓝天常驻了吗？

2015年，作为C市大气污染防治保"退"（退出全国大气污染倒排前五名）攻坚之年，防治形势依然严峻，防治任务依然艰巨，防治目标可望存险。一个环节、一个部门、一项工程、一项任务稍有松懈，后果都难以后补。为此，市委、市政府出台《大气污染防治攻坚三十条》铁心定计，铁策求保，铁招防范，铁腕施治，不留余力之态，全市皆知。但问市长先生，数月来工作落实如何？

面对曾有的"APEC蓝"，有人曾道"关""停""限"之"难"、之"苦"；面对"8·18蓝"，有人可能已"喜"中忘

"忧"。据专家系统、全面分析，近期我市大气污染状况"异常"向好。持久施治，固然是"8·18蓝"得来之一因，但老天爷帮忙的成分很大很大。近期，我市空气质量之所以基本维持在二级良或三级轻度污染水平，气象因素主要是：北风活动频繁。偏北风日数与频次较多，未形成持续的静稳天气过程，污染物浓度不容易积累；风速较大。无论是偏北风还是偏南风，风力多在3至4级，能够非常有效地降低各项污染物浓度；气温不高。最近我市未出现连续30℃以上高温天气，加上形成O_3的前体物浓度较低，市区未出现O_3浓度超标现象；相对湿度较小，除几次降雨前后出现短暂的湿度升高，其余大部分时段相对湿度较小，气溶胶粒子吸湿作用不明显；逆温出现的频率非常低，持续时间短，对流作用较强，有利于污染物垂直扩散。而不是我们已经彻底把污染防住了、治好了！这一点，必须清醒认知。否则，会掉以轻心，盲目自满，后果难测！

面对蓝天，我们心旷神怡，深呼乐吸！但蓝天不会作假，白云不会虚飘。老天爷也不会天天帮忙。留住蓝天白云常驻，到底靠什么？仅靠环保产业肯定做不到，必须综合发力。这类话题已不新鲜，笔者也不想在此赘言多述，我请市县领导和企业、公众关注这样一个问题：为什么工厂的大烟囱全推倒了，而市区的污染还时常恶性循环出现？这里，我重复几句老话儿，仅供真心实意想留"APEC蓝""8·18蓝"常驻、真心实意想追求健康生存的读者冷静参考：真心实意行动吧，把被污染的政绩观，从决策者头脑中真实洗净；把偷鸡摸狗的挣钱术，从经营者的双手上剥光洗净；把抱怨与观望的阴影，从每一个社会成员的嘴巴上、眼睛里洗净，变成与政府同向而行，同令而动，把我们仍然比比皆见的不作为、乱作为、黑作为和比比皆见的不落实、欠落实、少落实、懒落实、看落实的政府责任、部门责任、企业责任、公众责任，该是谁的谁都能真真实实地担当起来，用管得住、守得住、防得住，治得了、治得精、治得好的成果，赢得蓝天，留住白云，回馈自己，捍卫自然，保卫生命。

这篇与马市长文章异曲异声的评论，让马市长看后很不舒服，但更让马市长烦心的是，第二天又一篇更为恶性的文稿竟又从网上出生。

十七

"快点上网，快点看，今天网上又炒C市啦！"

伴随大辛信息的传达，大侃迅速打开电脑，开始紧急搜索。大侃亲眼看到，此时，胡仙网、布失网、拉单网，同时发布了这样一篇题为《C市防污治霾众生相，六六不顺已寻常》的"四不像"（不像打油诗、不像歇后语、不像小品文、不像浑段子）网文：

都在说，知道霾来了；

都在学，学习防霾术；

都在猜，猜谁出前十；

都在创，创先更难受；

都在听，听听啥天气；

都在念，念风来得少；

都在想，想法不一样；

都在动，动静有大小；

都在喊，喊声有高低；

都在议，议过没结果；

都在干，干法有勤懒；

都在守，保守不张扬；

都在防，防霾更防炒；

都在忙，忙的有瞎正；

都在调，调研有深浅；

都在批，好批难落实……

看到这个"难"字，大侃的心绪突然离开了网文。在他的脑海、眼前与记忆中，陆续呈出现了C市战霾图的众生景观。马市长没日没夜的调度与跑气源、跑煤质、跑治理项目的身影；各责任主体单位，面对新生事物的压力；还有环境监测、监察人员，每天五加二、白加黑、气加累……唉！大侃想着、想着，目光又重新回到网文上。他想，网文既称"六六不顺，"想必还有很多难题与治霾怪象在后边：

都在治，治法有偏准；

都在改，改啥心没底；

都在关，关完税收减；

都在停，停损没人赔；

都在压，压得缺法则；

都在测，测数有真假；

都在查，检查有粗细；

都在评，环评有乱象；

都在违，违规不追究；

都在难，难在不落实；

都在罚，罚款有多少；

都在退，退量有高低；

都在降，降后有回升；

都在考，考法有争议；

都在比，比后生闷气；

都在避，规避被问责；

都在问，问责有冤屈；

都在吹，看谁吹得狠；

都在算，算计早点退；

都在盼，盼出环保圈；

都在写，写有混账话；

都在报，报道有虚实；

都在网，网民跟风跑；

都在炒，炒出副效应；

都在行，行家有真假；

都在找，找人揽工程；

都在抢，抢着卖霾品；

都在赚，赚钱抢红包……

嘀嘀。手机的信息声打扰了大侃。发信息的是大辛：

　　大侃呀，我猜你现在肯定是思绪万千哪！此时你眼睛盯着网文，但你的心脉，肯定在想故事。此时马市长看到网文了吗？康家霾兄霾弟三兄弟看到网文了吗？吕副县长和老胡，还有魏县长……你想得真多呀，怎么不让你当市长呢？

大侃放下手机，他已看到网文的尾声了：

　　都在包，承包网格化；

都在催，催着天快蓝；

都在恨，恨霾害自己；

都在急，急骂不行动；

都在招，招标最误事；

都在误，误事往后拖；

都在拖，拖黄就拉倒；

都在怪，怪人不怪己；

都在排，排污有轻重；

都在享，享福不想责；

都在怕，先怕后不改；

都在管，无利都不管；

都在躲，躲着少干活；

都在跑，跑了没责任；

都在合，嘴合事难合；

都在签，签发一大堆；

都在等，等着霾快去；

都在看，看谁没良心；

都在讲，讲谁又癌了；

都在推，推到殡仪馆；

都在悔，后悔有早晚；

都在跳，跳出正能量！

老康问："谁编的？"

大侃答："不知道！"

盼姐问："谁发的？"

"不知道！"大侃答。

"是师博士吗？"

"不知道。"

老黄问:"有用吗?"

大侃答:"不知道!"

老黄说:"爱知道不知道,反正不是空穴来风。网文可能不够客观,但也颇有道理,符合现实之影、地气味十足。

"有啥道理?"

"你懂的!"

面对这样的连续炒作,很多网民觉得很过瘾,热情传播,电话相告,而马市长和汪书记却突然冷静下来,开始了深刻反思:我们的工作问题,每天都暴露在全媒之下。公众都是记者,无可厚非。但我们该如何面对?如何认识?如何引导?如何纠正?如何改进?如何施出新的聚心良策,把各级政府和全体国家工作人员及广大公众的情绪与动力引导到治霾上来,这才是回答众多"如何"的唯一出路。

"我们C市的蓝天比前两年多了,大家是不是骄傲了?是不是满足了?是不是不够敬业奉献了?"汪书记给出的这三个问号,首先是向全市处级以上干部发出的。继而,C市开始了向为官懒政不作为,防治任务不落实、慢落实、假落实和由此而引发的更深层次,更广范围,更敏感问题宣战的行动开始了……

十八

近两年,C市官场公务员辞职的新闻在增多。辞职原因多种多样,身体有病、政治心态压力、经济收入与消费压力都有。特别是辞职后摇身一变收入巨猛增涨,引发更多人对晋升无望、能力受抑、浪费"价值"的"心动"。顺从现状者中,混日子、不出事,乃成追求常态。辞职潮不断向上位数、高级别的跃升,其背后问题,就像复杂的雾霾成因一样，令人难解难思……

这天上午，C市政府召开大气污染防治阶段工作形势分析会。主席台上摆了六个桌牌：书记、市长居中，左右为常务副市长、主管环保工作的刘副市长和两名市政府副秘书长。

会议正点开始。马市长主持会议，刚要宣布开会，突然，汪书记扭头低声问马市长："师博士没来？"听到书记问话，马市长也感意外。但没有想到的是，通过麦克，汪书记的低声问话，被传到了整个会场。

"书记呀，我来了。"

循声望去，众人看见，师博士坐在会场下席倒数第二排的西北角上。在他的后边，是只有椅子、没有桌子的媒体记者席。

"怎么把师博士安排到下边了？他是政府大气污染防治工作指挥部的副总指挥啊——政府不是发了文件的吗？"汪书记话语有些激动。

"是谁安排的？"

在此布置会场席位的勾副科长在询问声中答道："我是按规矩摆的牌子，师博士是政府编外人员，按常规只能坐主席台下，只能安排到后排。"

"他是政府有任命的副总指挥，你不知道吗？"

"知道是知道，那红头文件还是我亲手印发的呢。不过，那不是为摆样子吗？"勾副科长说。

"什么话？政府文件是摆样子用的吗？"马市长有点火了，"快把师博士请到主席台上来。"

说着话，汪书记、马市长一齐起身，又一齐把各自的桌牌，拉向自己的席位方向，在他俩中间，腾出了一个空位。尔后，马市长走下主席台，走向师博士，亲手把师博士的桌牌拿起来，一边向师博士表示歉意，一边手拉师博士的左臂，把师博士请上会议主席台，让他坐正中央。师博士坚决不答应这样坐法。最后，在他的反复坚持下，还是把汪书记让到了主席台七人排座的正中间。

"同志们哪，我们的大气污染防治工作，已经到了拼刺刀的时刻了，可在有的人心里，这项艰巨的任务，还是在摆样子。政府机关的科长啊，官不大，但责任重大啊！这说明，在我们C市，尊重知识、尊重人才，科学精准治霾的工作思路，还没有真正深入人心，还没有通过我们政府机关的行动向下传导。治理污染，向污染宣战，为什么还存在上边雷声大，下边雨点小的问题？我们的政府机关是有重大责任的。"汪书记的声音如雷灌顶，响彻了会场的各个角落，"今天，我和马市长把师博士请上来，不仅是要请他来帮助我们治理大气污染，还要请他帮我们治一治官场上的不落实、慢落实疾病，让我们官场与天空，同步走向清洁、干净、振奋人心，让人民群众满意。"

"书记过奖了。首先，我主动来到C市参与向污染宣战，不是为了谋什么编外指挥官，我只是想尽到一个公民、一个有这方面专业知识的公民的责任。"师博士在一片掌声中，尤显激动地开始了他的演讲："刚才书记说，让我演讲。其实，我可以诚实地告诉大家，我今天是遵书记、市长之嘱，有备而来，有备而讲。"

话至此处，师博士端起杯，饮口茶，尔后继续说道："我来C市参与治霾已经一年多了。我发现，在C市治霾的战场上，有一些官员存在着严重的不作为问题，从而导致了我们的大气防治任务有令不行、有活不干、有事不做，应该说，已经到了不治官、难治污的程度。我昨天向书记、市长汇报了我的思想，他俩让我用所见、所闻、所历的事实讲一课。我受宠若惊，但也深感义不容辞。"

会场下，众人都被师博士的开场白惊得目不斜视。主席台上，汪书记、马市长，手握碳素笔，都在疾笔实录着师博士这没有讲稿的演讲词。

"通过我的观察、了解，当前，在C市大气污染防治的官场上，不敢干、不会干、不愿干的问题在部分干部中不同程度地存在着，总的来说，都属于慵、懒、散。不敢干，在各部门和各县一把手中存在较多。怕承担责任，怕影响升迁，怕舆论监督，怕问责追责，存畏难情绪，不能担当责任，宁可为官不为，也不敢干。结果是取缔燃煤锅炉控煤、控制城区烧烤控烟、禁止大型柴油车入城控尾气、落实建设工程工地七个百分之百控尘，工作中遇到矛盾和问题就提心吊胆，小心翼翼、如履薄冰，自感头悬利剑、为官不易。不敢干的结果是什么？我们的防治工程很多没落实，有些工程连招标都寸步难行。招标环节难道都是因为要守法而误事吗？有些竞标人敢和我们叫板，这里边是不是有文章、有短处呢？去年，我们退出全国倒数前五名的目标没有实现，空气污染指数在一些县不降反升。这些说明了什么？"

会场上鸦雀无声。师博士是大气污染防治专家，喜欢讨论，受不得一言堂。为让大家开口，师博士转言向大家问道："我讲的这一点，大家说说，有无歧义？"

"不提心吊胆、小心谨慎行吗？E县的吕正天副县长胆子大，工程没招完标，活就干完了，控车的政策没出台，就不让大卡车从城区过了，结果怎么着，县城的空气质量是好了，这我们承认，但他本人被怀疑了吧？被审计了吧？被问责了吧？被处分了吧？"

"预算法和招标法，在大气污染防治战役中，没有上级文件说过可以给哪项工程开绿灯吧？"

"有领导讲过特事特办！等你办完了，出了事儿，就没人承认谁说过特事特办了。再说，特事的范围是什么，特办的界限在哪里，都不清楚啊！"

"师博士是官场外边的人，光脚的不知道穿小鞋的痛！"

师博士耳聪目明，大家虽是私下小声议论，但师博士大都听得一清二楚。

"下来，我讲完了大家一块讨论也行。我讲第二个问题，就是C市官场的不会干问题。在大气污染防治中，我们有些领导有些干部，由于对上级的政策不学习、不了解、不掌握，又不十分清楚基层一线的具体实情和国家相关政策，有找不到落实上级大气污染防治主要政策抓手的问题。有些好政策被曲解，有些好事办砸了；还有的习惯于过悠哉生活，安于现状，办事儿靠经验、很教条，面对新情况新问题，老办法不管用了，新办法还不会用；甚至有的干部毫无本领恐慌意识和能力危机意识，手足无措不会干，端起酒杯呶一口，决心就下了，好事就变成了坏事。比如说，上级说煤改气、煤改电、煤改生物质，有的领导不问有没有气、有没有电，就把锅炉全拆了，结果气、电供不上。表面看大锅炉少了，可冬季居民取暖，全改成了小炉子。小炉子散烧煤全是烧的劣质煤，导致污染更重了。一边是不会干换来的虚荣、虚假政绩，一边是劳民伤财，伤天害气。为了遮掩弥天大谎，甚至还有县领导，竟然怂恿不法商人，在监测点周边做手脚，安装空气净化器。同志们，小心因为我们的盲目决策，让苍蝇叮上啊！"

　　"师博士讲的呶一口是随便一说还是真有所指呀？"

　　"上边的政策是一刀切，下边有时候不执行也算政令不通啊。"

　　"也别光这么说，吕正天在E县一个煤改气、煤改电也没搞，劣质煤改优质煤，干得不是很好吗？事儿也干了，污染也大大减少了，空气质量也变好了。不过他的招标程序没走完，活就干完了，有点操之过急。"

　　"你不急，招标搞了半年，事儿也没干成，污染又拖了一年。"

　　"我这样干没人审计、没人追究、没人问责呀，大不了经费转明年，再大不了把经费收回。反正这又不算什么够格的问题。"

　　"演讲归演讲。究竟什么叫懒政、什么叫不作为，有标准吗？有文件规定吗？"

"大家说的话我都听到了。这正是我要讲的第三个问题：官场在大气污染防治中存在的第三个问题就是有的人不愿干，有少数干部，盯着位子、瞄准权力。看现在落实领导干部退休年龄，位子周转慢了，感到自己出头之日推迟了、没有了，便安于现状，奋斗精神减退。还有的干部看到大气污染防治工作困难多、难度大、难出成果、出政绩，怕影响领导印象，怕影响自己日后发展，便不愿管这件事，做这件事，瞻前顾后不想干。有的县领导，就曾几次找我们专家组，要求少给市领导报他那里大气污染防治中存在的问题，少曝光他那里不落实的工作，少说他那里的坏话。但实际工作怎样？有钱、有项目，就是不落实，有事干、有要求，就是拖着不干。很多很容易落实的工作，就是打着招标不过关这一个幌子，全扔一边去了。结果呢？招标到底有哪些要求、哪些办法、哪些程序，有哪些政策上可以允许的'绿灯'，他根本就不清楚、不明白。在这样为官不为、为官做闲人、做庸人的从政环境下，大气污染防治要是在你那一方宝地出了正面成果，霾都不会答应。借今天这个机会，在各位官员面前，我说一句大话。我认为，每一名公职人员，都像是一台为人民服务的机器，有电就该运转，偶尔停电了，要尽快发电，继续正常运转。要用良心尽责，要对得起工资。"

师博士讲到此处，喝口水，"咣"的一声放下瓷杯，由于用力过猛，杯子盖在木桌上"呱啦呱啦"跳跃着响动起来。

"汪书记、马市长，我这人见事儿着急，看着不作为、不担当生气。这样吧，今天我就学杨子荣了，有我没他，有他没我，要再让我当这个副总指挥，咱就来个治霾先治官，让做太平官、不作为的下台来、分皮肉。否则，发个文，撤了我，我去别的地方干也不迟。"

"老九不能走，老九不能走啊！"马市长急忙起身提壶，给师博士倒水。

"我不走也可以，这儿离C市不远，廊坊的治霾工作，也是我的专家团队在那儿当参谋，你们可以派人学学去。"师博士火头上说话虽然有些语重，但汪书记、马市长始终在微笑点头，凝情倾听。此时，大侃朝会场上望去，只见F县的魏县长，头低得低低的，和他一样神情不安和低头不语的，会场上，其实不只他一个……

发火：故事会链接之二

十九

6月5日上午，C市通过视频召开全市2015年大气污染防治攻坚行动阶段工作会议，动员全市上下齐心协力，继续打赢大气污染防治攻坚战，确保年内主城区PM2.5年均浓度降至55微克/立方米以下，全年空气质量综合指数退出全国74个重点污染城市前五行列。

然而，就是这么一场决战性的动员大会，有的县（市、区）主要负责同志缺席，有的与会人员精神状态欠佳。看到这一情况后，亲自到会做动员的汪书记、马市长、市政府主要领导对此提出了严厉批评。

"我们常提'为官一任，造福一方'，让广大人民群众呼吸着最脏最差的空气，这就是造福吗？"汪书记要求各县区、部门的"一把手"要成为大气污染防治的专家。

"我们已经无路可走了，只能背水一战。"马市长在主持会议时语重心长地对大家说。

据悉，C市空气质量综合指数长期徘徊在全国74个重点城市前五的位置。前不久，京津冀及周边地区大气污染防治协作小组办公室召开会议，明确要求C市年内必须退出全国空气质量倒排前五行列。

为了打赢这场攻坚战，C市制定了严厉的问责机制。对出现工作推诿扯皮、消极应付、严重不作为的，由市主要领导或分管领导直接约谈相关责任人；对完不成季度空气质量"双控"目标的单位实行挂牌督办；对完不成年度空气质量"双控"目标的单位实行黄牌警示，取消相关单位及直接责任人提拔和评优、评先资格；对连续两年完不成空气质量"双控"目标和职责任务的县（市、区）、市直有关部门，责令负有主要责任的领导引咎辞职。

据小道消息，汪书记、马市长严批"治污精神状态不佳"，这在C市早已不是首次。

另据小道消息，类似C市这样，在大气污染治理中，上"热"下"冷"的怪象，在很多地区，早已不算新闻了。

贬　家

二十

昨儿个入的伏，今儿个是初伏第二天的凌晨。

潮湿、闷热、心堵的滋味混到一块儿，任京整夜都在躺下、起来、喝水、放水、擦汗，又躺下、又起来、又喝水、又放水、又擦汗，再躺下、再起来、再喝水、再放水……从昨儿晚上十点多折腾到今儿凌晨三点，躺下……又躺下到第九回时，一个女人的声音在房间责怪：

"京八，瞧把你能的，少吃顿饺子你至于这么折腾我吗？"

"快睡你的吧，知道个屁呀？"

"你一趟一趟瞎折腾，我能睡得着吗？"

"不愿睡外边凉快凉快去，省得话多添堵。"

"嫌我了？呸，再给你加点胆也别想把我推出这个门去。告诉你，一会儿我爸进城来卖菜，你要是不愿睡，早点去溜达溜达，到市场上找你老丈人把菜取回来。我爸已经打过电话了。少想点歪招。"

女人的声音还没完全落地，只听"吭当"一声，任京真的出门了。

任京是E县环保局的副局长。妻叫他京八，当然是俩人专利的爱称。在妻眼中，任京是个有心计也很圆滑的人。自从当上了副局长，办起事来，她越发感觉到他有些谨慎过度了，甚至有时谨慎到了不负责任的程度。妻从任京在家接打电话和与环保局的人来来往往的交谈中早有这样的感觉，但她始终信守"不参政"的家规，最多也就是逗话猜猜，绕弯儿劝劝，从不直截了当问丈夫到底心存啥事儿。

任京这关门一走，妻倒从内心滋出几分酸液。她觉得有点对不住丈夫似的。

昨儿个是初伏，按地方习俗，头伏饺子二伏面三伏烙饼炒鸡蛋。按照往年惯例，任京这一天肯定是和同事们聚到饭店，吃什么、谁请客、谁花钱、花谁钱，她从来不打听也不过问。但她心里明白，荤素搭配，各式各样馅料的饺子，肯定能让丈夫吃得肚胀心甜。但昨儿个妻忘了一件事，今年不是往年了，她知道好多饭店都在狠刹公款吃喝风中垮台关门了，她还知道很多官场人因公款消费被爆光、被处理，甚至挨了撤职处分。在这种大气候下，像任京这样的人，怎么会去顶风找不自在呢！他已经有好长时间没在家外吃过晚饭了。早餐、午餐在单位，晚上回家两口子喝大米、小米二米粥，有时任京还逗妻说："今天咱们也腐败一下，在粥里加点莲子，不过瘾再抓把枸杞。"

妻神秘一笑，"喝完粥老实点啊，别学扈法根。"

话毕，俩人对视，别人要是没体验，很难猜得出他俩那会心的笑到底是从哪滋生出来的。扈法根是任京的同事，也是副局长。他因为喝过莲子、枸杞大米粥后，在家爱纠缠媳妇，在单位爱发火而留下话把儿。

任京妻说自己忘的那件事就是昨儿个是初伏，昨晚上没有包饺子，没有按"伏"规办事。任京昨晚回家很晚，足有10点。进门就没好气地问："吃啥呀？"

"双色双加粥。"妻答。

"怎么会是这样？这不是胡闹吗？"

"怎么是胡闹呢？你不是最爱喝这双米双加粥吗？"

"糊涂蛋，糊涂粥。入伏不入道儿，胡说八道！这不是乱放炮吗？"

"想吃什么你直说，发这么大火干什么？我乱放什么炮了？"

"我说你放炮了吗？你当是包饺子呢，什么馅都往里装！"

话到此处，妻突然感到弄清了任京发火的庐山真面目。因为，她刚才看电视新闻时听主播讲了，今天是头伏，北方人有吃饺子的习俗。

"我还以为你在外边吃饺子了呢。少吃顿饺子够条件发这么大火吗？想吃我现在给你包去。实在不行煮点冻饺子，你别生那么大气啦。"

话到此处，任京似乎感觉到了自己的失态和妻的贤惠。但人在火头上，很多时候是控制不住自己的。特别是男人，更不愿在自己的女人面前倒出自己在外边受过什么委屈。

"吃什么狗屁冻饺子，你还怕我吃'冷炮'撑不死好受是吧？"

"哪来的邪劲儿？既然吃饱了，睡觉去吧。"任京睡是睡了，可他根本就没睡着。他心里真的憋着气呢！

二十一

任京甩手出门，蹬上自行车直奔菜市场方向去了。此时，尽管天黑，但借着路灯的昏暗光线，他还是十分敏感地意识到，今天的雾霾很重，盼个蓝天白云的晴天，在C市已经很难。其实，任京从内心里也隐约感到，此时他心中那挥之不去的霾比天空还要浓重。

半路上，任京满脑子想的没有别的事。真正让他气炸了肺的，并不是妻初伏忘了给他包饺子吃，而是另外一件事。这件事的来龙去脉只有参加昨天下午局班子民主生活会的人才知道。

任京两腿忙活着来回蹬脚蹬子，心里也忙活着、回忆着昨天下午局班子民主生活会上的那一幕幕令他极不愉快的场景。

"任京同志，今天我给你提三点批评意见。"

说话的是副局长南征。

"第一点，你身为党组副书记，配合班长抓班子、带队伍不够。你主管环境监察，徐八荣被双规，你有不可推卸的责任。这点意见你能接受吧？"

"你说得有道理，刚才我对照检查自身存在的'四风'问题时，已经检讨过了。我有官僚主义作风，一岗双责没做好，我是有直接管理责任的。"

"第二点，你在接待活动中太讲排场，上边一来人你总是超标准搞接待，啤白红一起上，剩的总比吃得多。你对局里的接待规定置若罔闻，作为党组副书记，你做得是不是不对？你带头的方向有问题吧？"

南征讲话慷慨激昂，任京听得面红耳赤，汗珠子直从额头往外冒。

"这一点你说得也很正确。我刚才也检查到了。"

"任京同志，按说我应该遵守会议纪律，事先没沟通的意见不应该再提，但今天我还是负责任地给你加上一条意见。你别着急、别上火、别生气，更不能对我实施报复。"

任京听了南征的话有些慌神。会场上所有的人也都感到有些惊讶，不知南征此时要对任京提什么"意外"意见。但是，此时在会场上就座的不仅有班子全体成员、局内群众代表，还有企业服务对象代表，特别是主管环保的副县长吕正天也在现场认真做着笔记。尽管吕副县长是局里的老局长，但此时他南征若是给任京指出什么上档次的大毛病，那不是给任京当面插刀子吗？其实，此时和任京一样心里不踏实的还有一个人，他就是环保局长甄猛。为了开好这次党组民主生活会，他已和班子的五个人反复交换了三次意见，嘱托大家有话好说，相互要提什么批评意见会下先沟通好，不能到会上乱放炮。这样做不仅是考虑影响团结，因为还有局外人。

任京心慌归心慌，但此时此刻，他还是很冷静地体现了他聪明的个性，"南局长，你就说吧。既然是党组民主生活会，甄局长又新来不久，对我和大家也都缺少了解，你提出点'意外'意见，也好让甄局长对我有更多的帮助。"

话是这样说，此时，任京打心眼里恨上了南征。

"好，你有这样的认识，我就放心了。"南征话毕，先是端杯喝了口茶，继而说道，"任副书记呀，我觉得你在工作上有时不敢担当、不够负责任，这一条别说与你副书记的身份不相称，就是做个普通的副局长，也有很大差距。"

此时，任京突然看到另一名副局长扈法根用锐利的目光看了他一眼，又看了南征一眼说："晚上吃粥的时候多抓把莲子和枸杞就好了，媳妇高兴，上班也精神，免得说话办事吞吞吐吐。"

"砰"的一声巨响，把正处在思绪万千中的任京惊出一身冷汗。

"趴——"任京与他快速疾驰的自行车一起实打实顶到了前边一个什么硬东西上，然后又实打实摔倒在油板路上。

"哎哟——"任京忍着剧痛站起身来看到，他的自行车是撞到了前边的一辆柴油货车上。

"怎么开车的？"

"大哥，黑灯半夜不睡觉，跑路上和我唱双簧来了？"

"唱什么双簧？黑灯半夜，你把车横停在路中间放的什么炮，吓我一跳，摔我一跤，你还拿我取乐！"此时，车是停着的，但排气管还嘟嘟响着向外冒着浓浓的黑烟。任京是没摔晕也给烟呛晕了。

"大哥，我拉了一车海鲜，修不好车，太阳一出，几万块钱就没了，我乐得起来吗？刚才的响声是爆胎了。"

"我一看你开的就是黄标车，你闻闻这么浓重的柴油烟气味，这么大的尾气，怎么还敢上城里来？"

"行了大哥，看看没摔坏自己就不错了，别冒充交警了。"

"我不是交警，我是环保局的，你黄标车上路，我也可以管你吧？"

"你是环保局的？我二舅还是环保局长呢！"

"你二舅姓什么叫什么？"

"姓南，名征，管你吧？"

"你们家族的亲戚怎么全是这个样子？乱放炮，倒霉的怎么总是我？"

"说啥呢？若不是我开车技术好，你早玩完了！"

任京摔得还不算厉害，扭扭腿甩甩胳膊，没感觉到有伤筋动骨的大毛病。司机执意要给他200块钱，但任京脑海里闪着"南征"二字，哪能收钱呢？此时，他的气是又难忍又难发，脖子一扭说道："留着钱给你二舅买酒喝去吧！告诉他，喝完了放炮有劲儿！"话毕，蹬上自行车，又照直开始前行。

"马师傅、马师傅，都几点了还不开大门？"

任京迷迷糊糊来到了环保局，见大门还关着，便喊叫起来。

"哎呀，是任局长啊！又有审批项目让我替你去呀？"

直到此时，任京才清醒过来，他是要去市场找老丈人取蔬菜的，怎么把车骑到环保局来了。

"马师傅，睡这么死呀？"

"一宿都没睡着，这些拉煤、拉土的大重卡，一晚上过了上千辆，响声大、冒烟重，还满地洒。我这刚迷瞪会儿。"

"好了，好了，马师傅，没事儿了，你接着睡觉去吧。不过，以后你记住了，少提过去那些没用的事儿！"

"啥没用的事，让大卡车绕行，不让进城，不是市里定的吗？怎么了，是管不了，还是没人管？"马师傅误会了，其实任京让他以后少提的事，根本与车无关。"我说的开会的事以后少提。"

马师傅借助窗口向任京满脸堆笑地答应着："好，好，少提，少提。"

任京还真是能经得住摔，此时他头脑突然清楚了许多。他翻腿骑上车，又朝回家的路上走去。菜市场在他家和环保局路途中间两公里处，他刚才霾中骑行，精力过于集中在对昨天下午党组民主生活会的回忆之中，所以早骑过了菜市场，否则，他也不会撞到刚才的柴油货车上。骑车返行，来到刚才撞车的地方，他看到，刚才那司机正蹲在车旁换轮胎呢。车上四个轮子只剩三个了，另一个仍在车旁，但并未熄火。任京想，此时若不是天还黑，一定会看到黑烟四射的。

任京骑车前行，没走多远，他的思绪就又回到了昨天下午的会场上。

"我这样批评你，是有根据的。去年吕县长，不，当时是咱们吕局长，因为胡县长做出错误决定，把吕局长挂起来了，胡县长让你主持工作。当时，县里有一个污染项目要审批，你却耍小聪明，没病也去医院输液，你让环评科长去替你开会。结果，环评科长也没去，让看大门的马师傅去政府开会盖了章，你说你是不是不敢担当、不负责任？"

南征这几句话一出口，严肃的会场上立时有人发出了笑声。

"哈哈哈哈。南局长啊，马师傅当时在环评表上盖的可是咱收发室的章啊！"

"不论是什么章，有环境保护局几个字出现就算生效，就该负责。"

"散了吧，你当时还给污染项目盖过局里的大章呢！"任京有点上火了，马上顶了南征一句。

"我盖大章不假，但我把大章作了技术处理，有'环境'没有'保护'，我是敢到现场用智慧去担当的，和你规避责任不是一个性质。"

"我那也是被逼无奈，同样也是智慧。"

"算了吧！如果当时环评科长一闪失，局里的大章就扣上了。"

"扣上了有胡县长负责呢！"

"这就对了，我批评你不敢担当，不负责任是对的吧？"

眼看着两个人争得面红耳赤，主持会议的甄局长不得不出面调停，"你俩先别争了，会议继续进行。你俩的事儿会后再说吧。"

批评乱成了一锅糊涂粥，吕副县长此时却一声也没吭，算是应了甄局长的意见。恰在此时，甄局长先是把头悬空爬到了桌子下边，等他再仰起头时，众人看到，他突然脸色发黄，大冒虚汗，捂着肚子喃喃说道："我肚子怎么这么痛啊？"

甄局长突病，班子成员集体送他去医院急诊，会议被迫中断。

半小时后，从医院出来，任京在回家途中收到甄局长一条短信：

"任局长：你别再计较了。南局长对你临场发挥的批评有失组织原则，没通过气儿的，属于乱放炮，我批评他了。不过，他对你的批评也不是一点道理没有，以后做事别太'精'就是了。良药苦口利于病，有则改之，无则加勉吧！明天上午接着开会，千万别再闹什么意外事故了。"这叫什么评语，此时任京气得不知如何是好。他气嚷嚷回到家，才有了那吃不吃饺子和妻闹闷气的事儿。

二十二

任京凌晨三点从家出来，在路上还闹了个有惊无险的撞车，前后折腾了两个多小时，五点多，天已大亮，终于来到了菜市场上。菜市场有三条街筒儿，任京转了半天，才见到他老丈人把摊子摆到了一个角落上。

老远的，他就见老丈人忙忙乎乎、乐乐呵呵地在招呼客人。

"大爷，您这豆角多少钱一斤？"

"两块五。"

"菜可真新鲜呀，不贵、不贵！"夸完了，客人却扭头走了。

"老师傅，你这黄瓜多少钱一斤？"

"五块钱两斤。"

"还顶着花呢，再贵点都不愁卖。"客人夸完了，又是扭头走了。

"大伯呀，您这豆角怎么这么多带虫子眼儿的，怕不是放不住了吧？多少钱一斤呀？"

"两块五一斤。有虫说明没打农药呀。"

"别人都两块一斤，您这菜有点贵，便宜点、便宜点，谁也不愿买带虫子眼儿的。"客人说着话，却动起手，专挑带虫子眼的，抓起一大把豆角装到了塑料袋里。

"这黄瓜长这么粗了怎么还顶着花呢？怕是上了避孕药吧？"

"哪有的事儿，两块钱一斤的东西，咱能干那昧心的事吗？"

"两块钱一斤呀！那好，来三斤。"

"嘿——"老人见客人还价钻了他话茬的空子，把五块钱两斤变成了两块钱一斤。但话已经出口，怎能收回呢，少卖一块多钱，认了。

任京站在一旁，看着老丈人忙忙乎乎，但此时让他更感疑惑的，是他发现了一个规律：凡是真心买他老丈人菜的人，大都是挑三拣四压着菜价给黄瓜、豆角挑毛病，凡是不想买他老丈人菜的顾客，都对他老丈人的菜赞不绝口，然后扭头走人。

"爸，您吃早饭了吗？"

"还没呢，就这两筐东西，一会儿卖完再吃不晚。"说着话，老丈人从身后提起一个大布袋，"给你们留的在这儿呢，和筐里的一样，全都是一架秧子上长的东西，拿回去吃吧！"

任京提了菜，并没有马上走，借着没有客人光顾的空当，和老丈人聊起了家常。话题扯到卖菜上，任京语无伦次地把他刚才的所谓"发现"和老丈人照直道出。老丈人听后若有所思地说道："你们在城里吃官饭的比我更明白这个理儿。家人也好，外人也好，同事也好，朋友也好，其实和这做买卖都是一个理儿。对他人、对自己看重的人，过心的人，大都爱挑你个毛病，说你点不是。事不关己，觉得碍不着自己个啥，甚至故意想看你出点毛病的人，才会天天夸你，惯着你。用集市上的行话说就是，贬家才是买主，买主才是真朋友。否则，满集市的人都夸你菜好，就是没人买，你的菜不全砸在手里烂掉了！"

老丈人不经意间的一席话，此时宛如又撞到了柴油车上一样，让任京突感心中一阵颤抖。他似乎又一次清醒了什么。

"爸，我先回家了，一会儿还要上班呢！"

"回去吧，路上车多，慢点儿骑。"

回家路上，任京不知为什么突然停车、转把、掉头，他骑车来到刚才撞车摔跤的地方，南征的外甥早已经修好车走了。任京下车，右手情不自禁地伸进了下衣的裤袋中……

不一会儿工夫，刚刚起床要给任京打电话的南征突然收到一条短信："兄弟，真心谢谢你的批评，谢谢你的提醒。是我把官场看得太复杂了，有时真的不敢担当。看来，耍滑不是出路，特别是现在大气污染防治任务这么艰巨，惰政、逃避太显渺小，担当才是正路。我会在上午的会议上同样'报复'你的。"

南征看后像被针刺了一样，立马回："本是同根生，真爱何太急？"

此时，天突然晴了，阳光驱散了雾，霾也随之散去。

任京的车，骑得又快又稳。

二十三

水面无波不一定是水没有流动。

上午，E县环保局党组的民主生活会接着昨天下午的半截子话，继续开。

会场上的人，包括环保局班子成员，大家都对今天上午会场的异常平静感到疑惑和不解。

昨天由于南征"节外生枝"，任京赌气"破例"和他争执开来，若不是甄局长"突病"，这场由南征"乱放炮"引发的争端，还不知怎么收场呢。大家都担心，今天上午的会议上，任京一定会在轮番批评时，让南征也下来台的。但大家担心的事不知为什么根本没有发生。会场上，南征与任京不但没有发生任何争执，而且，大家看到，南征和任京从会议一开始到整个会议结束，始终充满了真而有度的和谐。在轮到任京对南征个人开展批评时，甄局长瞪大了眼睛盯着任京。而任京却表现出异常的平静，南征也是如此。

无论如何，党组会上，不能再起纷争了。为了分散大家对相关矛盾问题的注意力，甄局长当场灵机一动，先是自己发挥笔杆子的优长，讲起他自己参加学习教育活动的体会。

　　"各位，这两天我想了想，要使我们局的教育真正取得成果，可以说，就要从着力解决十二种机关病上下工夫：一是着力解决'软骨病'，站稳立场不忘誓言，做信念坚定的环保干部；二是着力解决'近视病'，执行政策不打折扣，做志存高远的环保干部；三是着力解决'冷漠病'，心系百姓不忘根本，做为民服务的环保干部；四是着力解决'懒散病'，积极进取不降标准，做勤奋敬业的环保干部；五是着力解决'浮躁病'，履职尽责不走形式，做敢于担当的环保干部；六是着力解决'特权病'，淡泊名利不搞特殊，做平和谦逊的环保干部；七是着力解决'粗心病'，执行制度不搞变通，做严谨细致的环保干部；八是着力解决'梗阻病'，协调配合不搞分家，做精诚团结的环保干部；九是着力解决'嚼舌病'，坚持原则不徇私情，做严守纪律的环保干部；十是着力解决'弄权病'，严格执纪不谋私利，做清正廉洁的环保干部；十一是着力解决'好人病'，敢于批评不放空炮，做表里如一的环保干部；十二是着力解决'空谈病'，狠抓落实不当看客，做求真务实的环保干部。"

　　"甄局长讲的这十二种病，好像到哪都适用。"

　　甄局长连观点带解释，一口气讲了一个多小时，但他万没想到，当他宣布"大家自由发言"后，大家开展批评的劲头仍然很足。

　　"南局长，我给你提三点批评意见！"

　　南征点头、微笑、目视任京。

　　"第一点，你有时存在官僚主义作风，不大下基层，对分管的工作爱拍脑门定调，有时还听不进他人意见。"

　　稍停片刻，任京用眼睛的余光看了看甄局长、又看了看吕县长，然后接着说："第二点，我感觉你在工作中有一种浮气，有骄傲自满情况。比如说，你负责大气污染防治，这才刚刚取得一些成果，你就急着忙着要总结经验，向上请功，而且，在文字材料中，过分强调了自己如何如何出主意、想办法，加班加点多辛苦，而对领导、科员和群众的作用，看得过轻，表述过少。希望你在工作中进一步树立科学、务实的精神和群众观念，给政府决策当好参谋。特别要提醒你一句话，副职是出力的，正职是出名的，希望你摆布好。"

任京说，南征点头，甄局长头两边晃，扈法根似乎是有劲使不上，始终低头斜目，察言观色，但给人的印象却是无动于衷……

"这第三点意见，我希望你能耐心等我下来有时间再找你提，今儿个就不说了。"

任京话毕，甄局马上急不可待地接上话茬："好，好，下来说更好。"

"环保局班子这次民主生活会开得很成功，可以说，达到了教育的效果、预期的目标……"会议进入总结阶段，主持会议的甄局长按程序请大家热烈欢迎吕县长做重要讲话。吕正天副县长讲话时间不长，但有几句话，让班子成员特别是让甄局长句句上心了。

"环保工作目前已经到了污染极多、困难极多，任务极重、压力极重，考验在前、担当在前，尽责有新、问责也有新的超常时期。责任在肩呀，同志们！大家能不能经受住大气污染防治艰巨历史任务的考验，能不能经受住尽责与问责、担当与善于担当的考验，就看我们的政治功底和实战功底了。"

话到此处，吕副县长好像是有意停下了话茬，又好像是言有所思，至少有10秒钟，之后，才又加重语气说道："同志们呀，我是局里的老局长，我最了解大家的难处大家的心，但责无旁贷啊。我们有很多同志怕当环保局长，有的当了几天死活不干了，今后还可能会有想打退堂鼓的。同志们，辞得了局长，咱辞得了群众眼巴巴的期待吗？"

E县环保工作的开展氛围，在C市出名的糟糕。尽管吕正天被C市市委破格提升为副县长，改写了C市历史上从未有过县级环保局长被提升为处级干部的历史，但造成基层环保局长官难当、事难干、位难保、气难受的因素，大都不是市县两级能破解的。吕正天刚才讲的几句语重心长之言，此时已字字句句像一颗颗子弹，射入了甄局长那十分发虚的心，也像一针针强心剂，让甄局长惊醒、惭愧与心头发热。

甄猛当环保局长其实还不足百天，但他已深刻体会到当环保局长的艰难了。吕正天副县长虽没有点名直接批评他，其实就是在鼓励他、在支持他挺直腰杆渡难关，坚强地干下去。为什么呢？其实，整个E县都知道，在甄局长前边，有一位叫吴为的局长，仅干了两个月，就撂了挑子，向县委县政府写辞职报告，死活也不干了。县委书记说，你若不当环保局长，绝对不能再安排好局平职，要作为临阵脱逃处理，发配到防洪大堤上当防洪站一般干部。

吴为二话没说，当场表态："谢谢书记，防洪站最好了，二十年下不了一场大雨，提不了一次闸，太平无事，可以不用天天担心被问责、被撤职，可以过安心日子当太平官了。"

果真，吴为离开了环保局，上了防洪大堤，由局长变成了站员。

吴为当初接的是吕正天的班。接班前是县水务局局长。吴为辞职后足有六个月，县环保局长的位子一直空着。全县有六十多名正科和副科级干部都曾作为环保局一把局长的人选被组织部列为考察对象。其中包括县环保局现任三名副局长在内的十二人，县委书记、县长都直接找来谈过话，没有一人愿意当环保局长。县委书记曾多次问大家，这到底是为什么？大家的回答千奇百样，但有几点是一致的。吴为就直截了当地告诉书记说："当环保局长官场上受多少气，协调上着多少急，执法上得罪多少人，当官提不提都是小事，关键是一天二十四小时，时刻都有丢官丢饭碗的危险。仅以大气污染防治为例。本来是县政府多个组成部门的事儿，但无论哪个局的工作拉了瞎、误了事，受处分时都有环保局长一份；一个月连续三次出现三天以上重污染天气，要撤环保局长；全县有五个村的农民乱烧秸秆要撤环保局长；半年内因环境问题发生五次以上上访要撤环保局长；甚至，建筑工地土堆苫盖不到位、拉土车封不严、露天烧烤死灰复燃，都要给环保局长处分，都要撤环保局长的职，这公平吗？环保局长快变成国家总理了。拼命干了大半辈子才当了正科级干部，当了环保局长，一夜之间给撤了，这本赔得太大也太不值了。别麻烦组织了，让干也不干了……"

甄猛来环保局当局长前，是县政府研究室的副主任，是给书记写讲话稿的。有文才，有文采，干事也很有激情。他能当上环保局长，既是书记的无奈、施舍，也是他用讲话稿"争"来的官。

环保局长没人愿当，六个月配不上人，上级部署的大气污染治理任务完不成，按考核标准自我对照，E县根本及不了格，县委书记很着急。为了引导入围的科级干部正确看待责任，正确对待组织安排，书记专门安排甄猛写了一篇致科级干部的公开信，以书记、县长名义下发。

"没有担当，哪有蓝天；没有个人的牺牲，哪有群众的幸福。组织的安排，就是我义不容辞的选择。走进环保，梦无止境……"

书记读后眼前一亮，提职重用，常委连夜开会，组织部连夜发文，甄猛第二天就上任了。三个月来，甄猛有过激情、有过梦想、有过拼争、有过攻坚，但在干足三个月后，他着实是后悔了。

县里开、市里开，几乎是天天有会；县长批，市局批，几乎是天天挨批；过节加班、双休日加班，几乎是天天加班；冒烟了上访、声音大了上访，几乎是天天有上访、接访；这个局要协调、那个局不配合，几乎是天天生闷气；街头有烧纸的，有人打电话骂；小区有大喇叭唱卡拉OK，有人打电话骂；甚至街头的路灯不亮了、下水道的井盖被盗了，也要八竿子捞不着地到网上留言骂环保局长不作为。甄猛的猛劲儿很快变成了泄劲儿。

怕上访、怕媒体曝光、怕大气污染防治完不成任务，还怕群众路线教育中过不了关。甄猛有点吃不消、顶不住、扛不起了。他早就有了去找书记调整岗位的想法，但他又几次隐藏起了这个念头。此时，他听着吕副县长的鞭策与鼓励的话语，内心既感惭愧，又感火辣。

散会后，甄局长和班子成员一起下楼送吕县长。上车前，吕县长把甄猛局长拉到跟前，抓住甄猛局长脖领，凑近了，悄悄说了句什么，然后，神秘地悄然一笑，上车回政府了。吕副县长走后，甄局长一扭头朝南征喊道："你怎么又乱放炮了？"

"我又放什么炮了？"

"我昨儿个往脸上抹茶水装肚子疼的事别人都不知道，若不是你告诉吕县长的，他是怎么知道的？"

"哈哈哈哈，不打自招，做贼心虚。昨儿个送你去医院时吕县长就意味深长说了一句话，他早看出你的小计谋了。"

"他说什么来着？"

"他说，在环保局干活，太死板了不行，太精明了也不行。甄局长脸上出的汗，比红茶都香啊。"

"哈哈哈哈……哈哈哈哈……"

笑声一片。此时，甄局长像偷别人东西被抓了现形一样，脸红红的，真的出了汗。

"我那样做还不是被你们二位逼出来的。但我也有一事不明，你俩是怎么多云转晴的？开会时，我一直担心来着。"

此时，任京和南征异口同声地答道："这你别管了。我们主要是怕给你添麻烦。你敢当这个一把手，已经不容易了。"

"好，好，你们几位有这样的认识就好。以后谁不支持我工作，就让谁轮着当环保局一把手。"

甄局长一言出口，他万万没想到，几名副局长念念叨叨一哄而散，"散了吧，打死我也不敢当这个一把手。给活不干不行，见活就干也不行；不尽责不行，就你能尽责也不行。还是你猛，你干最适合。"

"我要想当，早当上了，连前边那个吴为都轮不上过那两个月的瘾了。"

"哈哈哈哈，太危险了！全市十六个县，有五个环保局长辞职了，有六个干半年'正常'调整了，只有五个硬撑着干够两年的。"

"支持甄局吧，否则他就推荐你当一把！"

"你的报复心可真够强的。以后有机会，我还得给你放几个'意外炮'，你可小心着点。"

"哈哈哈哈……像你这样爱乱放炮的人，其实根本不适合当一把儿。"

"你别贬我，你适合，像你这样会耍滑的人才适合。等着吧，等着吧，等明年开春锅炉全停了，天气暖和了，霾更少了，新《环保法》生效了，政府各部门的职责更明确了，你再当吧！"

"真要是那样，该轮不到你了。"

"哈哈哈哈……"

二十四

"你们E县环保局可真是热闹，什么人都有。我记得你当监察队长时还有个什么徐八荣，好多人都把他叫徐大王八？"老黄神兮兮问二哈，听语气，很像是讨问。

二哈抬头望过一眼老黄答道："十个手指头还不一样整齐不是？特殊的历史时期，特定的历史背景，特殊的价值取向与生态环境形势，出点什么事也不新鲜。但我敢说，污染再大，在中国也只能说是几个局部地区问题，腐败犯罪人再多，在全常也是区区小蝇，既不能大惊小怪，也不能等闲视之。"

"听你这话，好像是我不该提你那受贿进去的副队长了？否则，我就是挑你环保毛病了？"老黄怪里怪气。二哈不慌不急，"近年犯错的环保人不少；近期犯错的更多。新《环保法》是一边斩污，一边也在清整队伍。"

"像你这样清白的环保监察人员，你们局里还有几个？"老黄真狠！

听过老黄的话后，二哈的脸色突然阴云密布，紧接着，双眼闪出泪花。

"二哈，你别我一提廉政、清白你就又想起你爹来了。"

二哈听后用稍稍低沉的语调解释道："老黄，你误会了，我不是想我爸了。我是想起了我们局里的常晋国队长。"

"想他你哭个啥？是不是嫌我问你的话有点尖锐了？"

"老黄，做人嘛，客观点，别张嘴什么都喷。有事说事，别一开口就骂一大群，就骂一条线，那还不出点事儿？"盼姐开始教育老黄。

"我把诗作在这中间吧？"二哈撇开老黄话茬。

"行啊！"大家伙都同意。

人常说，不到伤心处，不会有泪流。这话不假。在大家看来，二哈性憨人实，不会作什么诗，讲故事前，就给他免了这入场证。但此时，他的一首《灯火常在，行者不孤》（标题是我后来追加的）让在场的人无不潸然泪下。

你的身体，

本来那样的强壮。

你的身躯，

本来飘飞在蓝天。

你的身心，

本来充满着绿色与憧憬。

可能正是因为这儿，

你把只有起点，没有终点，

你把拒绝理由，不讲客观，

你把主动作为，自我加压，

全都压给了自己，

压给了队友，

压给了环监。

宁可得罪人，

绝不当罪人，

这是你的誓言。

势在必赢，

这是你和三十名队员一起，

发出的怒吼，

更是你，

日夜拼搏的向往。

你不该倒下，

但是你倒在了岗位上，

你还丢下了妻儿。

你不该倒下，

让母亲为你献花。

亲爱的战友，

你的荣耀，

已给我力量。

灯火常在，

行者不孤，

亲爱的战友啊，

请你在天边监督我们，

向污染宣战，

我们的脚步会，

一直——向——前——踏！

二十五

二哈这首诗，是专门作给常晋国队长的。这位常队长早年先是接的徐八荣的班，当副队长。二哈当副局长后，常又接他班，当了队长。按分工，还归二哈管。

常队长的妻子叫蕊洁，她怎么也没有想到，羊年三月那个中午，那次来自丈夫常晋国的电话，会是她最后一次听到他的声音。电话里，丈夫体贴地嘱咐她，"下午回去晚点儿。你自己坐公交车回家吧，不能接你了。"为了维持生计，蕊洁照看十几个当地打工者的孩子，每天从早晨七点一直忙碌到晚上七点。常晋国体谅妻子，平时如果下班早，一定会绕道去接。

"哦，好。"蕊洁应了一声，没有多问。早已熟悉丈夫工作性质的她，明白可能又有执法任务了。最近一两年来，身为环境监察执法队员的常晋国，每隔几天就要值一次夜班。加班到深夜，已经成了常态。

如果有一丝隐隐的不安，那就是担心常晋国的肠胃。这两天，他一直喊胃疼，上周末好不容易抽出时间到医院做了检查，结果吓了蕊洁一大跳，严重的贲门炎、糜烂性胃炎、十二指肠炎、胃肠炎，常晋国的胃已经千疮百孔，照出来的片子上大片大片的黑红色块，交织在一起，斑驳一片。医生建议常晋国住院治疗，可是年底了工作忙，常晋国在周末输了两天液后，坚持不肯再治疗。

一番交涉之后，拗不过丈夫的蕊洁只好让步到上午输液，下午上班。那日一早，常晋国在医院输完液，直接前往监察支队，主动领命前往 E 县大曹庄管理区对几家企业实施后督察。

几个小时后，常晋国脑部出血，倒在了执法现场。三天后，他永远地离开了人世。昏迷前，没有留下一句话。

"梦里几度回故里,如今叶落归根去。"从E县走出的孤儿娃常晋国,在他的出生地走完了人生的最后一站。他出身苦难,却沉稳懂事,在党和部队的培养下,树立了坚定的人生信念。

常晋国出生在E县一个叫赵村的小村落。举目四望,林木葱郁,春天来临,乡野一片绿色,秋天来袭,田里一片金黄。小时候常晋国就在这样的环境里成长,喜欢在村边的小溪边玩耍,踢球、跳绳、踢毽子样样都行。可是好景不长,九岁那年,常晋国的父亲离世,紧接着,几年后母亲也撒手人寰。年仅十二岁的常晋国成了孤儿。

苦难是人生的第一课。年幼失怙的常晋国有了同龄人没有的沉稳。学习之余,他用稚嫩的双肩力所能及地干起了浇地、挑粪等农活。常晋国的弟弟比他小五岁,弟兄两个给猪割草时,他总是背多的那一份。

听到常晋国去世的消息,常晋国小学班主任及端改的眼泪流了一行又一行。记忆里,这个"可强可强"的娃儿就像她的亲儿子一样。她总是不由自主地关心爱护他的成长。常晋国学杂费、书费没有着落时,她便掏出自己的工资替他交,把教师用书送给他。

上完初中,懂事的常晋国看着家徒四壁的环境,作为大哥,主动报名参了军。部队给常晋国带来了全新的人生改变。从初步的内务整理到严格的队列训练,从规章制度的学习到日常作风的养成,部队给了常晋国真正的信仰,苦难中磨砺成长的他很快从同龄人当中脱颖而出。1990年,年仅十八岁的常晋国获得了考取军校的资格,毕业后,又以优异的成绩被分配到空军某部专门负责中国第一代超音速战斗机——歼6战斗机的日常检查与维修。

这是巨大的荣誉与责任。每次给飞机做检查,常晋国丝毫不马虎,宁肯推迟起飞,也不放飞不过关的飞机。飞机一共有十三级压缩片,前大后小,越到后面检查越难。然而,一次例行检查时,常晋国竟然在飞机发动机第九级压缩片上发现了裂纹,防范了一场可能机毁人亡的大事故。为此,常晋国荣立个人三等功。

此后二十多年里，很多人在他身上熟悉了这典型的"一丝不苟"。儿子常净记得，平时坐在沙发上看电视，爸爸都要教育他"坐有坐相，站有站相"。工作中自不必说，同事记得，常晋国常跟他说，执法检查，要把所有的手续都做到无可挑剔，每一个案件都能移交，"不要给企业告咱的机会"。

军人的气质和精神融入了常晋国的血液。他把自己所获取的一切成绩都归功于党和部队的培养。十年前，常晋国即将从部队转业，本可以留在市环保局局机关工作的他，主动要求到环保执法第一线的环境监察支队工作。

做环保监察，他并非专业，却认真好学，经过不断努力，终于成为一名合格的环境监察队员。

认真又较真的常晋国来到了环保战线。"环保是一项专业性很强的工作，要当行家里手，需要不断地学习。"平时，常晋国随身携带的工作包里总是装着厚厚的环保书籍，只要一有空闲，就抓紧学习。勤跑、勤看、勤问、勤查，经过不懈地努力和长期的工作实践，常晋国成了支队的环境监察骨干。

那天，常晋国按市环保局监察大队要求，到F县协助一起化工厂违法排污引发的群体性事件。回局后常晋国告诉二哈，F县的事件涉及二哈妻舅。企业主的左眼睛被群众打伤了，眼珠当场冒出挂在脸皮上，好像保不住了。二哈听后既惊讶又生气，二哈说："什么亲戚不亲戚，违法排污者都是环保的敌人。"

F县那家化工厂，是由于涉嫌排污毁坏庄稼，被几百名愤怒的村民围了起来，形势十分严峻，冲突一触即发。常晋国得报后，马上带领执法人员赶到F县，异地协法。

当他抵达现场，局面已陷入混乱。农民愤怒地高喊着企业赔偿的口号，步步紧逼；被打成独眼的企业主还在忍痛推诿着毁坏原因难以查明，毫不相让。气氛剑拔弩张，劝说的话语谁也听不进去，同行的执法人员都慌了，不知该如何是好。数十双眼睛望向常晋国。

顶住压力，常晋国走上前去，安抚群众心绪，选出群众代表，然后组织对话机制，排查生产环节，局面一点点被稳定了下来，围在厂子周围的人开始慢慢散去。经过常晋国的多方劝说，企业还忍痛自认吃亏，承担了污染导致庄稼毁损的部分经济损失，给了群众一个比较满意的答复，把一个群体性事件隐患化解在了再升级恶化之前。

2013年，国家出台《环境污染犯罪司法解释》，这是环境监察工作的新机遇，也是新挑战。由于支队里没有人熟悉法律，常晋国就开始了自我学习，新出台的《环境保护法学习读本》，他翻了不下几十遍，《C市行政处罚自由裁量权实施标准》，更是熟记于心。再加上会同公安部门对环境犯罪行为的查处，常晋国成了支队执法依据的专家。"有问题，找老常"，成了很多人的口头禅。

常晋国有写学习笔记的习惯。厚厚的笔记里，记录着他对党的重大方针政策、党的群众教育路线实践活动、《居安思危》《苦难辉煌》《绿色警笛》等一系列内容的学习体会。在对影片《焦裕禄》的观后感中，常晋国对这位在自己工作岗位上鞠躬尽瘁、死而后已的纯粹共产党员忘情地写道："在我们今天的工作中，内容虽然不同，但相同的是我们都会面临困境。在困难面前，我们是知难而上，还是畏惧退缩？工作方法是实事求是、调查研究，还是推诿扯皮，知难而退？"常晋国的回答是："要学习焦裕禄一心为国为民，胸怀群众，实地考察，实事求是的工作作风。"这是从心里长出来的信仰！常晋国用行动加以践行。参加环保工作十几年，几乎走遍了全市所有的重点排污企业，以书本加实践的方式成长为一名合格的环境监察队员。

"急难险重，冲锋在前；威胁恐吓，从不畏惧；人情世故，决不妥协是常队长的性格。"二哈说。

"我看他很像你。"老康插话。

"请二舅原谅我过去对您的不礼貌。不过执法真的没办法。顾亲情，顾不了法律；顾法律，顾不了亲情。在这点上，常队长做得比我狠，连我的面子也不给！"

"会有这事儿？一个小队长还接你的班，会不给你面子？你是有意退事儿还是其他什么？"

老黄追问："那你说说，常队长怎么撅你了。"

"因为这事牵扯我大舅，我三舅又在这里，我讲不出口啊。"

"没事，二哈你说吧。"老康说。

"你舅让你说，你就别拿捏着了。"老黄急了。

二十六

2012年的冬天，北风凛冽，天气异常寒冷。E县城西一条河出现了红色的污水。

举报就是军情！得知情况后，常晋国立即带人赶往现场。此时，满河的水已经变成了触目惊心的血红色，再不抓紧找到污染源，这一江的水就要保不住了。

必须逆流而上进行详细排查。面前无路，只能步行。

常晋国深一脚浅一脚地走在沿河的土道上。天空飘起了雪，雪粒随风打在脸上、眼上，刺骨疼。常晋国好几次摔倒在河边的杂草里，顾不上拍拍身上的土，他又爬起来继续向前。

"向河流排放污水一定要第一时间抓证据，证据不存在了，企业就会狡辩，我们一定要在今天找到污染源头，不能放弃。"沿河步行十五公里排查后，终于发现两家染料中间体企业正在向河里排放污水。常晋国立即责令企业停止排污，并依法立案处罚。河水渐渐清了，常晋国笑了起来。

在一线执法，还常常遇到"暴力不合作"的企业。有的企业不讲道理，经常威胁恐吓执法队员，更有甚者，手头推搡，动用凶器，在执法现场都会出现。

2013年春，常晋国带队到一家化工企业现场检查，发现企业存在无手续、未批先建、擅自生产、废水直排等环境违法行为。就在常晋国准备对企业实施处罚时，企业老板赶来了，几个黑衣大汉将常晋国一行四名执法人员团团围住。

"你是带队的吧？把笔录和摄像机给我留下，今晚咱们去县里最好的酒店吃喝玩乐，啥事没有。要是你们执意跟我过不去，我也是在社会上混的，别怪我不客气，你们今天别想走出这个门。"企业老板趾高气昂地说。

一身正气一身胆。面对蛮横态度和谩骂恐吓，常晋国从不畏惧，也不受利诱妥协。只因他是部队锤炼过十几年的老兵，是代表国家履行执法任务的监察队员，身上既有军人刚毅如山的品质，也有百折不挠的顽强，纵使威胁就在眼前，他都不会怕，并将用体力和智慧对待一切。最终，在当地公安部门配合下，常晋国有效保护了证据，顺利完成了取证，并上报市环保局对企业依法实施了高限处罚和强制关停。

由于岗位的特殊性，有不少亲戚、同学和战友找到常晋国，想通过他给子女在企业找个工作或为工作调动"牵条线、搭个桥"，这些都被常晋国一一婉拒。"到处找人，我这个执法就没法执了。""宁可现在得罪人，也绝不将来当罪人。"十几年来，常晋国坚持不徇私情，严格执法，把一件件棘手案件办成了"铁案"。

虽然走几个月了，可在人们的视野里，常晋国从未离开。

蕊洁不记得从什么时候开始，常晋国有了一个习惯：每天早晨起床之后，第一件事便是拉开窗帘，看看是不是个好天。如果是个蓝天，那一天他的心情都会灿烂。

这两年，由于E县环境质量不好，支队的各项工作越来越重，执法检查是家常便饭。同事们记得，当有紧急文件或者群众举报件，总是前一分钟刚刚交给常晋国，下一分钟他就在安排人员、车辆、路线和检查方案了。2013年冬，为更好监督重点污染源的排放工作，C市环境监察支队开始实施驻厂监督，常晋国主动请缨请求驻厂，一待就是四个多月，白天还依然参加支队工作。

越来越多的人发现，常晋国的身体素质变差了。从当兵时每天拉练几十公里都没有问题，到后来降压药、胃药随时揣在身上。2014年6月，一次夜查某焦化企业前的预备会上，常晋国胃痛难受，满头是汗，悄悄拿出药瓶，吃下两个药片。可他从来不轻易请假，经常说"既然咱干了这一行，要么不干，要么就把它干好"。

2014年3月，常晋国岳父身患癌症，从老家到县城住院治疗。但当时正值驻县督查大气治理工作，单位人手紧张，常晋国没有提出任何要求，没有任何抱怨，只是在早晚时间到医院去照顾一下老人。

知道常晋国平时多么孝顺岳父岳母的妻子一时难以理解。接连几天，蕊洁看着丈夫每天早早赶到县里督查企业，晚上拖着疲惫的身体到医院忙前忙后，突然对丈夫有了新的认识——他的内心肯定也是挣扎的，也想留在医院照顾，只不过事业孝心两难全，他只能一头担着工作，一头挑着家庭，受苦受累的永远是自己。

干事业，是要有这么一股拼劲的。

为了事业，常晋国最终倒在了工作岗位，付出了年轻的生命。离开了年逾古稀的岳父岳母，还在上大学的儿子。妻子没有正式工作，一家五口只靠他一个人微薄的工资，常晋国走了，家里的顶梁柱就塌了。前不久，他还跟妻子提："等明年工作不太忙的时候，我休假带你和儿子出去旅游，看看外面吧，你跟我这辈子辛苦了。"这是他在儿子上小学时就许下的诺言，要一起到天安门广场看升国旗，可如今儿子都快大学毕业了，终是没有能够实现自己的"承诺"。

又到了新一轮执法大检查的时候。监察支队的队员们忙碌的同时又想起了常晋国，虽然已经走了三个多月，可在人们的视野里他从未离开，反而，随着时间的推移，形象愈加清晰挺拔，愈加撼动人心。

因为当一个人忠于职守，造福人民，不畏艰难，无私奉献，团结合作，众志成城时，人民会记得他，祖国会记得他。

一个人的生命可以有多长？一个人的生命分量可以有多重？

常晋国用他的一生做出了回答。

晋国队长的感人事迹，真的让良知泪下。甚至，在我的心中还翻起了一丝怪怪的想法：徐八荣受贿纵污的不良之举，能与常晋国队长的斩污壮举中和一下，请求公众与媒体，多做一些中性、良性更有现实推进力的正面报道呢！

"二哈呀，静静神吧。战友去了谁都伤心。为群众办实事的人不论他官多小，人们都会敬仰他。"老康说。

"静神，静什么神？你老康是怕二哈揭你大哥那点屁事吧？"老黄话至此处，把眼神从老康身上转向二哈，道："你扯了这么长时间，也没把常队长怎么撅你面子的事说出来，你怕啥子嘛？"

"老黄，今天咱们聚一块儿是讲故事，虽然有些故事令人不开心，但咱们相互之间也都别太较真，二哈也有难处，对吧？"

"谢谢大家的理解。"二哈说。

"二哈呀，不论怎么说，你们环保局这两年腰杆子是一天比一天硬朗了。但我怎么还总是听电视说你们执法这难那难的？不是有新法撑腰了吗？不是给你们权力了吗？不是让你们大刀阔斧地干了吗？不是……不是……你们怎么还那么多不是的？"老黄只要一开口，话就噎人。

二哈答道："不是圈内人，不解圈内事。我和您讲啊，我们环保执法工作中的难处，有的根本没法张嘴说出去！"

"你怕什么？"

二十七

　　说起怕，好像正刺痛了二哈的心一样。他语重心长地说："在新《环保法》实施前，准确地说，是2013年大气污染防治开始前，环保面临的上压下顶形势，十分令人难受与尴尬，但现今，小马拉大车的困境依然不尽人意。"

　　"什么叫小马拉大车？"老黄问。

　　"队伍弱、任务重，就叫小马拉大车。面对新修订的《环保法》已经实施，有了硬办法，尚需硬保障。"二哈说。

　　"那上边就没个说法？"

　　"有。说法有。为切实加大执法力度，严惩环境违法行为，环境保护部部务会议围绕'按日计罚''企业依法公开、政府从严监管''用好查封查扣押权''实施限产停产整顿'通过了四项'办法'，进一步完善相关执法细则，对新法的实际操作进行细化、补充。四项"办法"与此前2014年11月12日国务院办公厅下发的《关于加强环境监管执法的通知》相衔接，形成了贯彻落实新《环保法》的强大合力。基层环保部门当然拍手叫好。法律重在落实。新《环保法》2015年1月1日已正式施行，再加上'通知'的支撑、四项'办法'的辅佐，按说，基层县级以下环保部门全面落实法规的蓝天已经展现，依法实施环境监管执法已经不成问题，但现实并不完全是这个样子。眼前就有不少的疑难问题需要上级进一步解难释惑，否则，有了好'办法'缺少'硬保障'，环保监管执法照样难以依法落到实处。"

　　"二哈，你说的这话很有分量，但是太没边儿了，你举两个例子说说，也让我们明白明白。"大侃说。

　　"一个是执法队伍存在'三不问题'需要尽快解困。县级以下环保隐患最多、治理不到位等情况多数发生在县级以下地区，是环境执法的重点区、重灾区、重要区。而县级以下的环境保护部门现行的监管机制不健全、人员不足、监管人员素质偏低等问题是普遍存在的。可以说，环保系统，越是基层力量越弱。有的环保监管机制已经延伸到县镇村街，但多数是有其名无其实的'代管'和'外行'；有的县级环保部门几名执法人员监管着几百家大小企业，正常的监管任务根本完不成、做不了，落实不到位。但要增加执法人员编制，上级有明文规定，数年内不准增加财政供养人员，这个矛盾很难在基层解决；大多数的监管人员没有专业知识、没有经过专门培训，甚至没有执法资格证。机制不健全、执法人员不足、监管人员不会执法的问题不解决，落实新《环保法》就只能是'戴新帽''穿新鞋'走旧路。解决这个问题，不仅急需为基层环境执法队伍强机壮势，还需加钢淬火。再一个就是经费缺口大，追加受限。落实新《环保法》，环保部门增权加力了，但相关的责任也增加了不老少。涉及到用'钱'的也有不少。如监测鉴定污染样品、聘请专家论证污染事件、赔偿损失和奖励举报人等等，这些花销，过去在县级财政多数没有专项经费，也曾导致因经费保障不足，难于取证，出现'大事化小、小事化了'的问题。按新《环保法》和《环境保护部门查封、扣押办法》的新规定，'环保部门扣押的设施、设备造成损失的，由环境保护主管部门承担'之条款，各级政府应事先给各级环保主管部门预算出可能支付的赔偿专项资金，而现实的情况是，县级政府落实新《预算法》在先，'办法'出台在后，要执行新《预算法》的严格要求，2015年度，多数县级以下政府不再可能给环保执法部门拨付这项赔偿开支。还有一个……"

"听你这么一说，新法开始实施了是事实，实际当中难落实，也是事实？"

"大侃啊，你真理解我们。落实新《环保法》，是从国务院到县乡村基层政府共同的责任。解决新常态下环境主管部门环境监管执法面临的机构、人员、素质等保障问题，同样需要同仇污霾，共同努力。首先，作为基层政府，一方面应准确把握中央各项改革精神，倡行依法治国、依法行政理念，各地政府应实事求是地考虑环保部门执法需要，尽最大努力把问题解困于眼前、解困于现实，处理好环保执法现实难题。其次，各级环保部门要发扬勇于负责、敢于担当精神，切实加强执法人员培训，丰富专业知识，提高管理水平，掌握必要的专业知识和管理经验，最大限度地克服眼前的困难。再有啊，面对基层环境监管存在的问题和疑惑，从上级更高层面上，要更多关注县以下执法形势，促进出台一些文件，出台一些硬性保障措施，切实在改革中把各种关系矛盾理顺，让各种政策措施都跟上，保障基层环保部门有人干事、有能干事的人和有良好的保障条件这件事理顺清楚，落到实处，以此来保障新《环保法》在基层的贯彻落实，让'硬保障'支撑硬法规。总之，落实法规的主体在基层，再好的法规也需要人去落实，也需要良好的软硬件去保障，否则，法定之事干不了、干不好、误了事，基层环保部门还要面临被问责、被追究，一旦这样，基层环保部门吃哑巴亏、受冤枉气的事就会变为现实。因此，基层环保部门要一边积极主动求作为，积极行动创造条件提升能力素质，一边也在热切期盼着上级能尽快协调、出台相关保障举措，在眼前落实上级各项法规要求过程中，也应给地方目标政策的实施一个缓冲期，从而理顺改革中相互'打架'的'要求'，给环保部门创建一个新常态下良好的执法保障平台，减轻基层的压力，提升基层环境监察执法能力，为新《环保法》落地生效助力加劲。"

"二哈，你总是绕来绕去的，不想讲你大妻舅的事，那我提醒你一句话，你给我解释一下，行不行？"老黄问。

"行啊，您问吧！"二哈答。

"我问你，你总是说你们环保执法能力差，那你们是怎么深更半夜把E县锅炉房偷工减料，偷排偷放，偷鸡摸狗的事抓现形的？我怎么听说你们是用了一个什么小箱子就把锅炉房的破底儿全揭开锅了，而且把你大妻舅和魏县长都给装进去了？"

"细节下边再说吧，我也啰唆大半天了。我就把您提这一段细节说说算了。"

"好，你说细致点儿。"

二十八

羊年春节前夕，C市针对新《环保法》正式施行后仍存在的企业偷排偷放问题，特别是针对部分燃煤企业偷工减料，偷排偷放，导致市城区和县城区严重环境污染，PM2.5浓度严重超标，广大市民极为不满问题，开展了"打虎抓鼠"，严查严打违法排污专项行动。巧合的是，那几天正好赶上二哈去外地考察学习大气污染防治经验，不在E县。

这天夜里，常晋国队长按照局里的统一安排，兵分三路，要突击夜查县城的三个大型集中供热锅炉房。此前，他们已经得到群众举报和内线证实，城区的三个集中供热站，不仅以次充优，偷烧高硫量、高灰分的劣质煤，而且上下串通，大量减少氧化镁脱硫添加剂的使用。高浓度的污染排放，不仅导致E县连续一个多月城区空气质量倒排全市第一，还导致部分居民受害住院。甚至，有部分患心血管的老人，承受不住，快过年了，命却没了。二哈虽身在外地，但始终与常晋国队长保持着密切联系，关注并指挥着专项行动。

"偷排偷放，原因主要是两方面。一方面是企业老板指使，故意以次充优，偷工减料。另一方面，烧锅炉的工人夜间偷懒睡觉，不按时添加燃加氧化镁。而我们派去的驻场监督员，却与企业与烧锅炉的内外勾结，失职渎职。今晚咱们各组要带上新购置的PM2.5快速检测仪，让新设备发力，向污染宣战，给偷排偷放的不法企业和人员以致命打击。"常晋国队长在作战前动员。

凌晨三时，随着常队长一声令下，三个突查小队同时如箭离弦，冲向城区三个供热站。借助执法车强烈的光线，常队长在车出局大门的一瞬间，突然看到，在局对面树林子的绿化带处，一个人"忽悠"一闪，突然就不见了踪影。

"常队长，刚才那个人影一闪不见了，可能是锅炉房的暗哨。一会儿你就会听到鸡叫声。"

"让他叫吧，今天不同往日。"

常队长一行来到城区最大的那家集中供热站，供热站大门敞开着，这令常队长的随从小牛感到特别疑惑：今天怎么不同往日，怪怪的。监察执法人员出动，今天既无鸡叫，企业也没紧闭大门，这要是往日，叫开大门，至少半个小时，甚至吃一夜闭门羹。

"常队长，怕是跑信儿了吧？咱们今天肯定又抓不了现形了。"

"为什么？"

"大门都开着，肯定有准备！"

"我看也不一定。进去再说。"

常队长他们进门后直扑锅炉房。眼前的情景完全在常晋国的预料之中。只见三名锅炉工有两人席地而卧、躺在棉大衣上，呼呼睡得又香又甜。另一个看上去年龄稍大一点的男人，则待遇明显比这两个小年轻强。他躺在铺有一床脏被的单人床上，大衣盖在身上。锅炉房温度很高，躺在床上的人满头是汗，还直冒热气。

常队长一边指挥小牛他们照相、录像取证，一边亲自搬把破椅子，蹬上去，将随手提携的装有烟尘检测器材的手提箱打开，把检测器探头插进了烟尘排放口内。随着常队长的持续操作，检测设备持续运行，仅几分钟工夫，设备便打印出了一张一角钱宽度的小纸条。常队长立即撕下观看。

"妈呀，超标太邪乎了！小牛，你来看看。"

"这说明今天夜里就没加过添加剂。煤劣烟尘多、硫分多，全直排了，怪不得楼顶上的监测器总是超500大关爆表呢！"

"起床，起床，快起来加氧化镁，外边的空气都没法闻了。"

随着常队长的呼喊声，三名锅炉工同惊而起，留寸头的小伙子惊恐之中空然冒出一句话："怎么没报信儿就来了？"

"报什么信儿？"小牛问。

"啪——"随着小青年一言出口，左脸巴子上立马挨了那满头大汗壮汉狠狠的一大记耳光。

"瞎你妈逼说什么？"

"我没说！"

"操你妈的，一会儿人走了再说。"常队长听出了二人对话中有蹊跷，便一边组织监察人员做笔录，一边又把那个小年轻拉到了一边。

"你别怕，我看你很实在，不和坏人学，你说说，是不是有人经常给你们通风报信，在我们来之前你们就知道我们要来检查了？"

小青年正欲开口，突然，锅炉房门传来一个男人嬉皮笑脸的话语声："常队啊，你们辛苦了，感谢你们深夜光临指导啊！"眼见来人，常队长心里不由咯噔一惊，他担心的事情出现了。

"来人是谁？常队又担心什么呢？"

"来人是个男人，看样子有六十来岁。他是谁此时并不重要，重要的是先说现场的情况。"此时的二哈，每讲一次这样的话，都自觉不自觉地看一眼老康。

"康师傅，您这是从哪来呀？"

"常队长，瞧你这话问的，好像我是栾平栾副官，你是杨子荣一样。我还能从哪来，三个锅炉房转，这大半夜我也没闲着。"

"好啊，康师傅，您就是尽职尽责呀，您真辛苦了。"常队长话至此处，突然话锋一扭道，"康师傅，那两个供热站有人睡觉吗？"

被常队长称作康师傅的人听后一惊，支吾道："我看见你们出来三辆车，那两辆呢？"

"您说呢？"

"噢，全他妈怪那七两酒，不然鸡早叫了。"

"康师傅，我们可是全听你的。鸡可没叫啊！"

"去他妈一边去，谁让你们睡觉的？"

"刚躺下。"

"刚躺下，怎么没向排放系统加氧化镁，难道是故意渎职吗？想被判刑吗？"

"不是，不是。不想，不想。下午三点是加过的。"

"下午三点加过？应该是几个小时加一次？"

"两个小时。"

"现在起码有十二小时了吧？怎么解释？"

"啪——"小青年右脸上又挨了中年壮汉一巴掌。

"你小子干活真他妈不靠谱。告诉你两小时加一回，两小时加一回，你他妈怎么敢偷工减料睡大觉呢？"

"你不是说少加省钱老板给发奖金吗？你不是说鸡不叫不加吗？我刚才说的也他妈是瞎话，两天了，根本没加过。你再他妈打我，我他妈不干了，什么事都给你们揭喽！"

听过小青年的话，常队长悄悄问小牛："录音了吗？"小牛答："全天候。"

"大侄子，可别瞎说啦，啊——常队长可是代表环保局执法来了。偷着睡会儿觉，不算什么大错。少加一会儿添加剂，也没什么大事儿，以后注意守规矩、守铺，把活干好就行了。可别再瞎说了！"

"他干吗老打我？"

"班长打你也是为你好，我也当过班长，官不大，又操心费力的，也不易，多理解，多原谅，大家才能维护大气污染防治的共同利益，否则，一损俱损呀！"

"康师傅，你后边这话说得有道理。您作为驻企监督员，发生这样的事儿，您是不是应该承担点监管责任呀？"

"承担什么责任？出什么事了吗？"

"两天不加添加剂，监测点都爆表了，还不算出事儿吗？"

"怎么证明爆表与这个供热站有关系呢？再说，谁又能证明两天没加添加剂呢？你看看，这儿有添加剂运行台账。"

说着话，康师傅把一个由几张纸组成的小册子递给了常队长。常队长看后气得都笑出了声音，"康师傅，这台账是真的吗？"

"是啊，刚才你来之前二十分钟我还在监督他们又添加又记录呢！"

"你们是先加后写，还是先写后加呀？"

"先加添后记录。实事求是，加多少添多少。不加不添，都要扣罚工资。"

"那好，我问您，今儿是几月几日？"

"二月四日，星期三，还是立春，对吧？"

"现在是五日凌晨了，早过立春了。不过我看你这台账，已经写到二月八日星期日了。这怎么解释？"

"这不可能！"

常队长把记录册递给康师傅，康师傅看后先是脸上泛起一片惊云，后又多云转晴，"误会。误会，你们怎么提前把一周的计划都填写上去了？这样做虽然表现出你们深谋远虑，但是，是不符合规矩的，培训时怎么和你们讲的？怎么这么粗心大意、马马虎虎？"

"康哥，做记录这小子是上周新来的，没他妈参加过培训。说是干几天说不定就不干了。"

说话间，常队长和康师傅同时发现，刚才挨打的小伙子，此时已把铺盖卷从宿舍里搬了出来，他用手纸擦着脸上的鼻血骂道："别说小马不干了，他早走了。我也不干了，再给我一万块钱也不干了。真他妈心黑手狠！"此时，大家看到，两个年轻小伙，果然少了一个。

"辞职现在也不能走，配合把违法排污的事儿调查清楚了再说。"常队长说。

"常队长，我可是你们局里派来的监督员，你们应该充分相信我的事业心、责任感。换句话说，就是有人想把屎盆子扣到我头上，也得回去让监测站派车、派人、带仪器来检测出超标排放的技术报告不是？否则，怎么叫依法执法、以理服人呢？"

"康师傅，这并不难。刚才我用它测过了两次。现在咱当场再测，也好请你老兄作个证。"

"这是什么玩意？这个能现场检测PM2.5吗？"

"你放心，它是专门干这个的。如果谁还总是念环保监察执法不能现场取证的老皇历，把作假毁证的机会寄希望于回去找人、叫车、拉设备打时间差上，那就错了。那个时代已经被这个PM2.5监测仪代替了。"常队长说着话，好像是有意与康某赌气一样，他故意把监测仪器从小牛手中接过来，放进箱内，然后提起来放下，放下又提起来说："轻便、易携，不费时不费力不用车，一旦发现污染源，开箱抄起，插入就出数。既不用再费周折，也不用再担心时过污迁。"

"常队长，听说您是接的马副局长的班。他和我可是亲戚！"

"对，您说得对。他应该把您叫舅，家里有事儿您说话。"

"嗨，这就对了。常队长，等二哈回来了，我让他请您，我作陪。眼前这事儿，就是咱家最大的一件需要您帮助的事儿。"

"康师傅，这件事我可难帮难助。"

"您刚才不是说过，家里有事找您吗？"

"是说过。不过这件事不属于家事，这事是公事。公事只能公办。"

说话间，这位康师傅已拨通了二哈妻的电话，"外甥女，我呀……好，你把电话给他。"

"常队啊，辛苦啦。康师傅是我亲大舅，你知道吧？"

"知道。他这事不轻！"

086

"不看僧面看佛面。要是二哈在家恐怕也用不着我说话，算嫂子求你吧！"

"嫂子，一人做事一人当吧！马局后天就回来。"

"你要是不给他面子，等他回来了，你上报了，不是全晚了吗？"

"晚不了，我们现在有了烟气快速测定仪，检测污染，证据全拿到手了，而且人污俱在。"

"真死心眼子！"

"我和马局学的！"

二哈妻电话放下没有五分钟，常队长的手机又响了。来电人是二哈。常队最大的担心能应验吗？

常队深知马局长夫妻恩爱关系一向很好，但近些日子不知为啥，正闹着别扭。此时，时在凌晨，马局长能亲自打来电话，是不是有借机改善夫妻关系的因素？"常队，情况我都知道了。该照顾的一定要照顾着点啊！"

"好的，马局长……"

此时，二哈正讲着上面的故事，手机响了。二哈停下话茬，把手机举到耳边。

"二哈，我二姨夫被人打瞎了，你能不能去看看，帮帮他？"

"因为什么？"

"排污，纠纷。"

"好——我马上去。"

"二哈，你不把故事讲完喽，哪也别想去。"老黄说。

"下来再讲吧！"二哈把脸扭向老康说，"三舅，您二妹夫我二姨夫也被人打瞎了眼。"

"瞎几只？"

"一只。"

"左眼右眼？"

"右眼。"

"和老二方向相反，他哥俩左右齐全了……"

此时，从老康嘴里说出这样的话，除去我和二哈，谁听了都是一笔糊涂账，摸不着哪是头，哪是脑。

"常队长去了，小牛又立起来了。"

"二哈，你自己嘟嘟囔囔个什么？快接着讲你的故事。你说说，你大舅到底是怎么犯的事儿，前三后五，交代清楚。"

"老黄啊，是我妻亲舅好不好？不是我亲舅。"二哈似乎感觉此言有误，看了一眼康大仙又补充道，"也算我亲舅。"

此时，大铃铛好像是在给二哈打圆场，也好像是很认真地问二哈："马大局长，我刚才听你说你们那儿买了个新型烟尘检测设备，个头小、作用大，使用方便，那对你们执法帮助可太大了吧？"

"就是啊。"二哈说，"以往如果要想检测烟尘污染指数，光是拉设备就要五六个人，由于前往途中耗费时间，从发现污染，赶到污染现场，再抽样拿回去检测出结果，至少三天，检测的延时性与执法要求严重不合。"

"这东西咱家庭能不能使？哪有卖的？"

"哈哈哈——您真是志愿者，我们才刚用上的东西，您都眼热了。这器材家庭也可以用，随时检测一下家中和周边环境，对空气质量心里有个底，也不算坏事。但这东西很贵，一个家庭买一个不太现实，我看你们环保志愿者团队买一个公私兼用，使公众参与上档升级，开展依法监督，会更有理有据。"

"去哪买？"

"北京南边有个霸州，京博机械公司就在那里。"

"二哈你可真是当官的，说的地名都挺有辈分，州就州呗，怎么还是霸州，有没有爹州呢。"

"老黄，你别捣乱，我们这说正事呢。"大铃铛一响，老黄立马后退几步。"马局,我看这器材倒是可以让企业用,大家都把自检自查搞好了,也省得自以为不错,环保一来查又吃不消。"

"可以,这主意很好。这小东西别看它个头不大,相比传统检测设备,它不仅能解决低温、高温、低浓度检测难的难题,而且精确度高,出数据快,让人一目了然。企业自我检测污染排放状况,很是适用。"

"老康啊,你回监狱后不如告诉你二哥,让他回来也买一台用用,省得让环保局追着没处跑。"

"老黄,你这话讲得似乎有几分让人讨厌的嫌疑。"老康说。

尽管康大仙讲这话时自认为很婉转并留有余地,但说话从不吃亏的老黄还是立马瞪大了眼睛,粗声歪气地回敬老康道:"讨厌我的人太多了,你算老几?"

"我算老三,还有两个哥哥!"

"呸,就你那两个丢人现眼的哥哥,没他俩正好,有他俩伤天害气。"

"老黄,你嘴上积点德吧。杀人不过头点地!"

"老康,这可是你先绕着弯儿骂我的,别以为你那仙语我听不懂!"

老黄问老康,"你说家庭幸福的必备条件有哪些?"

老康说:"我没研究过。你说呢?"

"你让我说,那我就说了。"老黄仰头望天,得意扬扬道,"纵观古今中外,家庭幸福、个人幸运,必备以下条件:媳妇没有变心的,小三没有翻脸的,儿女没有不孝的,家人没有住院的,三代没有入狱的,本人没有烦心的。"

大家听得出来,这是老黄故意给老康添堵。

老黄这人就是这个样子,绝不吃亏。见老康不言语了,他反而更加来劲了。他撇开老康,转问二哈。

"二哈,快把你大妻舅的先进事迹说说吧!不然的话,你三妻舅还以为是我一个人恨他们康家呢!"

二哈不语。此时二哈的思维已悄悄飞回了去年局党组民主生活会上。那天，任京、扈法根、南征分别给他提过一句话的批评意见。

　　"为什么只提一句？"

　　任京说："你还年轻，前途无量。"

　　扈法根说："论告状的，你比我多，论辈分，我和你爹是哥们。以后工作做出点成绩，可别在我面前妄自清高啊！"

　　南征说："他俩给你提的意见都达不到党组民主生活会的标准，全是个人情绪。告诉你，二哈，什么也别怕，你还年轻，再困难也要担当，再困难也要挺下去。"

　　是呀，眼前的环保，迫切需要挺下去。但怎么挺、挺什么、挺到何时，才能喘过这口气呢？二哈想。

　　冥思之中，二哈不由自主地自言自语起来：

　　　　不控住黑的，

　　　　换不回白的，

　　　　不关掉污的，

　　　　换不来清的；

　　　　不打掉假的，

　　　　换不来真的；

　　　　不撤掉懒的，

　　　　换不来蓝的。

　　　　担当——

　　　　挺住——

　　　　挺住！

二十九

"二哈，你这是在作诗吗？怎么听着你的诗显得有些无奈加消沉呢？"老黄问。二哈不语。

"二哈刚刚受过点委屈，你别难为他了。"大侃说。

"受啥委屈，你们执法人员不都牛着呢吗？"

"他是去异地执法'招'回来的'祸'害。"大侃似乎很是生气地介绍说。

"二哈是奉市局命令到外县协助市局执法回来后，值班'值'出了个县政府通报批评。过程很简单。"

那是立冬后的第二个深夜，二哈在局里带班。值班室在一楼，二哈办公室在四楼。凌晨两点多钟，二哈起来去卫生间。不承想，恰在此时，电话铃声突然响了起来。因是夜深人静，二哈去的卫生间尽管离他的办公室足有三十米，但电话铃声他还是听得清清楚楚。他穿着睡衣匆忙跑回办公室，但铃声只响过三遍，就戛然而止了。二哈办公室的座机不能显示未接来电。二哈猜测，如果不是政府查岗，就是污染举报。他立马抄起电话向值班室询问情况，值班人员说，三小时之内没有接到任何电话。二哈没再多想，躺下又睡了。连续多日的环保利剑治污专项打击行动，已经把二哈和环监支队的同志们折腾得半个多月没睡过一夜稳觉了，今天还真的难得是一个清静日。

"天有不测风云，人有旦夕祸福"这话用在二哈身上，此时恰如其分。"干活多的累死不一定得到犒劳，好马打盹儿说不定挨鞭子"这话此时用给二哈也贴切。

第二天上午九点，甄局长正组织股级以上干部开局务会，办公室人员送来一份县政府紧急通报。通报专题讲评近一周县直各单位值班情况，点名批评了三个单位四名值班人员夜间值班脱岗不在位问题。局长看到标题就是一惊：《关于对环保局副局长马二哈等三单位、四人值班时间擅离职守进行通报批评的通报》。

甄局长急匆匆翻下页看到：

> 县环保局副局长马二哈，昨夜值班擅离职守，在凌晨二时二十五分县政府查岗时，拨打其办公室电话，铃声响过三遍，仍未接答……根据政府有关规定，现予以通报批评，并由环保局党组提出严肃处理意见，报市政府督查室、纪检监察局……希望各单位引以为戒……

"马局长，你昨天夜查回来，不是住局里了吗？怎么被通报了？"甄局长说着话，随手把通报递给二哈。二哈一口气把通报看完，啪的一扔拍到桌上："真他妈没处讲理儿去啦！就撒泡尿的工夫，就响了三声，离守个屁呀！多响两声就回来了。"

"二哈，你先别发火，县政府的规定不论多么'左'，但不是给你一个人定的，大家都是三声，你就认倒霉吧！"

"二哈，我早就和你说过，你活儿干得越多、成绩越大，越容易遭事儿，想开点，正确对待组织的失误。"

"马局呀，这事要是轮到我头上，我现在就去县政府找晚上查岗的那家伙，揍他个半死不活拉倒。什么东西？"

任京、南征、扈法根三名副局长一人一句，让二哈气上加气，顺手端起杯子，一口气把水喝了个精光，嘴里嚼着茶叶，突然"噗"一口喷向空中……

"好了好了，别犯自由主义了。"甄局长说话了，"这样的事过去为什么没有发生过？屋里有个小卫生间不仅是方便，也有利于工作。是这个理儿吧？大家要学着适应，学会适应，面对现实，实事求是。我说句不太负责任的话，大家办公室的小卫生间早晚能变废为宝的。好吧，二哈也好，大家也好，谁也不许说三道四的。下来我去找找吕县长，请他到县长和督查室那儿解释解释……"

听了二哈讲的这段小插曲，我不仅对二哈的境遇充满同情，同时，我还忽地想起那天我在看守所刘所长办公室的所见所闻，我似乎有所担忧地感到，大侃曾经和我讲过的"心霾"，恐怕不仅仅存在于单一的环保部门、单一的哪个行业、单一的哪个地区吧？

我依稀记得当时刘所长和我说过这样一句话："霾能从窗户缝中钻进屋里来害人，暗藏在夹墙里的臭味儿同样也能从墙缝中挤出来害人，有时，可能室内自产的污染，比室外的霾更恶更毒。外霾好堵，内污难防啊！"

事后得知，那天县政府查二哈值班的干部，正巧是F县魏县长的外甥。据说，各部门每周的值班表，都要报县政府。

"这是巧合吗？"老黄问。

"巧合的还不仅仅这一点呢。更为巧合的是，那天晚上，二哈还配合市局到F县暗查过一家污染企业，并当场抓了现形；更更巧合的是，那天二哈没给他二妻舅康求德面子，如实上报了企业偷改监测数据的事实；更更更巧合的是，企业的股份名单中有一位和康求德关系十分密切的县领导。"

"这些都是巧合吗？"

"不知道！"二哈答。

"我不是贬你们，自食其果吧！"老黄一语双关，"正义、正直有时也会受到一时的委屈。像你、像你们局班子成员和像你爸过去那样干事太认真的人，经常让人鸡蛋里挑PM2.5，也算正常。"

"问心无愧，是我的追求。"

"二哈呀，你是问心无愧的，但'八一'前，你上级的上级的上级的上级和西北狼一波被打了，我有点不太明白，干吗不等"六五"呢，是等不起了吗？这两年，你们环保口上的苍蝇、老虎，带头祸害环境的事儿，可有不少啦——啊——啊——"老黄故意把"啦"字拉出长声儿，并在尾音上，用"啊"字拐了两次小弯儿。

"有污染，可以治，并不可怕，可怕的是出内鬼。环保人也是社会人，环保部门也不是独善其身之地。个别治污人变成制污人，令人痛心。特别是大老虎下平阳，推销伪劣环保设备，以威谋腐，应该说危害更大，更加令人痛心、痛恨。但是，任何级别的环保腐败分子，也玷污不了几代中国环保人用四十年奉献与担当，集体塑造的英名。从环保队伍中揪出污霾内鬼，也是向污染宣战。"二哈的话虽显无奈，但掷地有声。

说话间，老康把自己写好的一张小纸条递给大侃，大侃看过后，又递给二哈，二哈看过后又递给盼姐，盼姐看过之后，攥在手中。纸条上写了这样一句话：

霾来了，把精力用到琢磨大气污染防治上，要比不干正事琢磨人更有利于身体健康。

解惑：故事会链接之三

三十

大侃在故事会的间隙，突然问我一句话："你说依法治国的标准是什么？"

"课题太大，我讲不清。应该是有法必依吧？"

"我怎么见着好多的事儿都无法可依呢？"

"你们家盖个房子一封顶不制备制备就能生活吗？"

"那没立法的事儿怎么办？现阶段怎么办？"

"你说呢？"

"让我说面对现实，与上级同步。一是加快用法规来治步伐。二是适情用土办法先治着！"

"按环保现行不完善的法规来假设，环保不是执法部门，还执不执法？执错了谁来负责？"

"环保部门婆婆多、权受限、被问责的机会也多，这个现实怎样适应新常态？"

"等！"

"面对你的上司懒政怎么办？"

"等！"

"面对污染，仍然有人胡来怎么办？"

"等，接着等。"

"如果有人不愿等呢？"

"你爱等不等。不等，就去死！死了就省心了。"不知为什么，我突然有点腻烦了。

霾夜鸡叫

三十一

上苍说，霾因帮凶而存活——

雾答，人把我与霾齐名，说我是帮凶。但，霾是人养的，只是污染背在我身上；

上苍说，霾因蒂连而不灭——

雾答，我确是蒂连。但，只有揭开人类不规矩的排污行为，才会洗净，我的恶名，心无蒂蒂；

上苍说，治霾需面对规律、决心、信心和耐心，但一定要斩首霾凶，斩断霾蒂——

雾答，我和发展一个样，不一定是霾凶、霾蒂。你用核磁共振去照照，探探内因与外因，有可能，人是凶，德是蒂；

上苍说，有人说，蟑螂不死我就死——

霾问，我比蟑螂还凶恶，我要不死谁去死？

上苍说，霾能舍身救义，算有良心。

此时，突然东南西北四方有人同时向上苍发问：你是骂我吗？

此时，上苍无语。雾也无语。

此时，霾问：你读过《霾来了》吗？

三十二

"老康啊，你这叫诗吗？"

"请见谅，我真的不会作诗。"

"不会作诗你讲什么故事？"

"老黄你别难为人，我看老康可以不作诗。大侃，你说呢？"

"要我看，老康前边这些话，比诗更诗，应该算诗。"

为了调和矛盾，我不得不说话了，"这样吧，我和老康一起讲个故事，最后我作个诗，大家看好吗？"

"好，就这样吧。"

C市在京津冀地区属中等偏上的一个大市，E县也属C市大县之一，古有将府传说，今有钢煤撑腰。

羊年春节的前几天，E县在灰霾的笼罩下，发生了一桩十分令人关注、并带有奇特色彩的案子。据小道消息，案情与大气污染防治关系十分密切。另据众人街头评说，像这样的案子，要是在过去，根本就挖不出来，既使挖出来了，也构不成案件，顶多也就是批评教育，限期整改，下不为例。现今之所以小题大做了，是因为面对新《环保法》的实施，政府加大了治霾问责追究的力度，是环保新常态的新产物。

我是在E县公安局的看守所里见到小模特的。

见到小模特前，我先来到看守所刘所长的办公室里坐了好大一会儿，等着看守所干警先去办准见手续。

刘所长办公室的房间看着很宽大，但使用面积却明显见小，是因临窗的暖气罩太宽给占用了，那暖气罩足有一米多宽，三米多长。

"要这么宽的窗台干吗呢？占了那么多的面积！"

既然是熟人，我就直接问了。

刘所长先是神秘一笑，后又微微摇头答道："全是超标惹的新浪费。上级清理办公用房，要求达标使用，我这屋超标两平米。政府清房办来人要求限期整改，否则，先停职，后处理。无奈啊，只得又花八百多块钱，加宽了一下暖气罩，这样，从地面上量，就不超标了。"

和刘所长聊着天，我隐约感觉到刘所长屋内有一股怪怪的味道，似乎是只有下水道才会散发出来的那种味道。这味道，臭里含香，香里含酸，酸里含臭，说香又不香，说臭又不臭，让人闻了后会很自然地联想到下水道清出的黑水、黑屎浆子，让人感觉恶心，但又不至于呕吐出来，那种滋味，很难言表。

看到我把手捂到了鼻孔下喷气儿，刘所长会心地朝我一笑问道："是闻着什么怪味了吧？"

我点头。刘所长一边看我，一边伸出右手，按下了桌上的一个按压器。随后，便有人敲门。伴随着所长"进来"的回应，门开了。好家伙，一个足有两米高的青年男子进屋来，先是屈身半尺向我鞠躬微笑，后又恢复原状，径直朝着窗户的方向躬身前俯，然后伸出足有一米长的双臂，把两扇铝合金窗户，先左后右，一推一拉，全都迅速打开。尔后，又重复刚才进屋时的动作，向我示意后，朝刘所长道："所长，您有事儿再叫我。"

"好。你去吧。今儿个雾大，别开时间太长。"

"好的，所长，我一会儿就过来。"

等大个子出去了，我急不可待地问刘所长："你这看守所还有篮球队呀？"

"没有。"

"刚才这小伙子……"没等我把话全讲透，刘所长已经明白了我要问什么，他抢先道："这是我们所适应新情况采取的新举措，新近刚雇来的两名关窗员之一，一共两人。"

"关窗员？"

"对呀！暖气罩太宽了，咱们常人要开关窗户不爬上去够不着，爬上去开关窗户，岁数大的、穿裙子、怀了孕的和有客人的时候很不雅观，不方便，于是，经所里研究，决定从体校应届毕业生中，选来两名专职关窗员，黑白两班倒，专门负责全所十六间办公室、两个会议室的窗户开关工作。这俩小伙子，个头都超两米，需要咱们爬上去干的事儿，人家一哈腰就干了。哈哈哈。"

"雇专职关窗员，有这个必要吗？"

"嘿，老哥呀，太有必要了。前些天我们有一名怀孕的女干警，因爬上去关窗户，差一点摔出事来。平日里大家工作辛辛苦苦，奖金也不让发了，没什么福利就算啦，别再让大家伙……嗨，不说这些了！"

"我还是没弄明白，为什么关窗员不叫开窗员呢？"

"老哥呀，你是来兜底的是吧？我说了你能保密？"

"能保密！"

"开窗不是目的，目的是放臭味道。关窗是必须的，窗户不及时关，前院化工厂的臭酸霾太浓了。"

"我怎么听你讲的这话有点自相矛盾呢？"

"怎么个矛盾？"

"你说开窗是为防臭味，关窗也是为防臭味，这不矛盾吗？"

"这矛盾什么？关窗，把外边的臭味和PM2.5污染物堵住；开窗把屋里的臭气放出去，这没什么矛盾！"

"你是说关住窗户时臭味也能顺着窗户缝儿钻进来，然后再打开窗户集中放出去，是这个意思吗？"

"道理是对，但我这不是那么回事。"

"嘿，我说大所长，你把我折腾迷糊了。我听你这窗户一开一关的，怎么比小模特的案子还复杂、还蹊跷呢？"

"没什么复杂的。"

"不复杂，那你用一句话说清楚这屋里要放出去的臭味是哪来的？"

"你别急。我先问问你，你说开窗前后咱这屋里的气味有何不同？"

"开窗前，味儿里臭大、酸小，不怎么刺激。开窗后，味儿酸大臭小，但刺人眼鼻。"

"嘿，这不结了。外边来的，是以化工厂大烟囱和污水排放为主体的污染气体。而室内的味道是来自潜伏者，它的成分更加复杂，味道更加多样，害人更加难以防范。俗话说，家贼难防。它的危害，如果是赶上值班，会昼夜持续，如果等到六十岁退休，恐怕是健康难保。"

"刘所长啊，你这屋里是不是闹鬼啦？"

"鬼没有，只是这屋里原来有个两平方米的小卫生间，上边一纸文件，一刀切，老的少的一个样，搞个加层墙全封，不封的就地免职。让半天时间封这么多卫生间，就一个施工队。活多事急，所以打个架子，贴上石膏板，就算封上了。但封墙的时候忘记了个事儿，坐便器和下水道的开口忘了堵死了。时间一久，便池里的水蒸发了，下水道晾干了，这屋里和下水道直通了，臭味是从墙缝中钻出来的，比外边的味道还浓。"

"嘿，那你就不应该叫关窗员了，该叫开窗员才对呀？"

"开始是叫开窗员来着，后来上边领导来检查工作，说这样叫与防霾治霾整体规律不相吻合，应侧重预防大气污染才对，以关窗为主体，以开窗为过程，既要实现互通联防，还要防止有些做法、叫法，让领导听了不高兴，或是暴露我们工作中的某些问题。"

"嘿，嘿，你把它先拆开，堵上下水道再封上不就行了吗？"

"嘿嘿，瞧您老哥说得多么简单呀，这施工过程和结果是录了像、照了相、做了专题片的，还加了文字报告、盖了章上报了呢。上边说了，谁动了撤谁！"

"这有点太较真儿了吧？"

"不较真儿也不行，你那儿超一平米，我这儿就敢超更多，让主管部门也很难把握。"

"太较真儿了，这不是浪费吗？"

"这和治霾是同一个理，打政治仗，不能计较经济代价。刚才我不是说了吗？如果上边不较真儿，能把你今天要见的这位养霾先生淘进来吗？不把他这样的人全弄进来，E县的大气污染防治就别想着有好结果！"

三十三

见了小模特，他并不像人们想象的那样，进了看守所会是蓬头垢面。他身穿一身迷彩服，脸洗得也很干净，只是下巴上的那个比黄豆粒还大的大痦子，看上去比脸皮还要黑些。

小模特涉及的确实是令E县人关注的案子。

小模特并不小，进入"羊羊得意"之年，他就已经在这个星球上完整存活一个甲子了。

"小模特"不是他的大名，是这个叫康求真的半拉子老头的外号。小模特兄弟共有三个，他是老大。老二叫康求德，老三叫康求甲。康求甲就是《霾来了》里那位早年不务正业、靠装神弄鬼骗钱的算命先生，后来他改邪归正，到六十五中学去敲钟，说是向治霾敲响了警钟，向污染敲响了丧钟。他又名康大仙，大家早就认识他了。现今小模特在狱中服刑已一年有余了。所以说，小模特不小，是老大，老康不老，是老三。通过治霾行动，大家给他哥仁起一个共同的外号，叫"亏心仁儿"。这里先说老大小模特的亏心事儿，老二的丑事儿，以后再说。

小模特应该是属鸡的。早在生产队当会计的时候，小模特就常常在人前吹嘘自己的属相如何如何好。他说："鸡是世界上最有号召力的动物，早晨长鸣一声，咯——咯——咯，大家伙都得起床，下地干活。说准确点，鸡就是咱庄户人家的活时钟，和我一样，心直口快，对社员们忠心耿耿。"

生产队长见小模特自吹自擂，认为他有树碑立传、争名夺位之嫌，一下子吃了他的醋，随声问道："我说你康会计呀，刚学会记几天工分，就要大跃进了，你再说说，这鸡都有什么长处？"

小模特没有弄明白生产队长是在损他，还是真心向他请教，但正在兴头上，他便随口答道："鸡有五德。头上有冠，属文德；足后能斗，属武德；敌前敢拼，属勇德；有食儿吃时呼叫同伴，属仁德；守夜不失时，天亮时定报晓，是信德。"

"夜里不睡觉，守夜不失时，不一定就没做失德的事，怎么就一定是属信德呢？"

"哈哈哈哈——队长的话里有话呀！"

小模特在众目睽睽之下，飞眼瞄了一眼女知青，俩人同时闹了个如斗鸡败阵，脸红脖子也红。

眼下，小模特西行数年，无爱而返，老队长自然不会轻易放过他。老队长借酒劲儿逗闷子，话中有话地对小模特说："鸡（记）得你有媳妇的，怎么这回守夜不守时，丢了母鸡了呢？"

小模特听后怒火冲天，正欲与老队长动怒，被父亲一把拉住，"小子，那老家伙他儿子，因为误食了他自己卖的病猪肉，前几天刚刚死去，他正发愁他自己死后没有人给他买棺材，你可少招惹他。"

小模特听后，压火退下。在外边打工挣俩钱不容易，给他买棺材犯不着！小模特这么想，算是聪明的。

三十四

一年半前，这位外号叫"小模特"的康求真，还在西部一个城市的一家供热站烧锅炉，只因为西部那个城市开展了一个向治霾不落实宣战的活动，小模特便成了活动的牺牲品，听说他是在被当地公安局拘留了一周、扣发半年工资后，被警方驱逐出境的。但令人遗憾的是，他这次二进宫，仍然是与他浪子晕头有关。所不同的是，他这次进来，好像不会再像上次那样，能够很快走得出去。听看守所刘所长介绍，他可能真的是犯了众说不一的渎职与受贿双罪名，这也正是众人对他这个案子的关注点之一。

既然有之一，必定得有之二、之三在后边作支撑，否则，还排哪家子序数呢。这关注点之二，就更显得有些扑朔迷离了。据说，小模特的这桩案子，还与入冬以来E县发生的一场公鸡闹夜谜案有着千丝万缕的关联。巧合的是，自从小模特被拘留关押之后，闹腾了两个多月，在E县，乃至在整个C市都传得沸沸扬扬的E县公鸡闹夜案，也立马告破了，而且无论雾有多大，霾有多重，公鸡也不闹了，县城随之平静了下来。因为案情还在调查侦破中，公安部门还没有公布案情细节，所以，人们的猜测，并未就此而止。

小模特仅仅是个临时工，不是国家公务人员呀，渎职与受贿的罪名，怎么可能落得到他的头上？小模特与E县公鸡闹夜疑情又有何关联？他这个案子还牵扯进了不下十人，内情何在呢？这些，都是我和众人共有的疑惑，所以，我才来找他，凑创作材料。我能见他，是公安局特别给我开了绿灯的。我向公安局写了保证书，在官方公布案情前，绝不向外透露一个字。

小模特是蛇年之初回到家乡的，但很幸运的是，他蹚过浮沱河后，一夜之间，竟由"养霾"嫌疑人，变成了E县治理燃煤污染的特聘技术专家，专门负责监督县城三家热力供应站的煤质和锅炉工是否按技术要求，按时按点向燃煤中添加了氧化镁，他做的工作，应该是技术监督员。

小模特由原来只是烧锅炉的小工，变成了技工，他不再像当小工时那么辛苦了，但一个人管着三家热力站，也是每天没日没夜地骑着电动车，周旋于三家热力站之间，奔波着、辛苦着。

这份工作来之不易，他暗自庆幸，并感谢着霾的存在。否则，他哪有当技工，并每月能拿到多于小工一倍的三千多元工资的机会呢？其实，小模特的庆幸不仅仅是自己又有了一份很体面的工作，他还庆幸自己在外奔波了几十年，回得家来，他还可以对已经年近九十高寿的老母亲尽些孝心了。因为，老三康大仙此时还在服刑蹲大狱，老母亲在他们哥仨家，轮波吃住，他想他当老大的，也该多担些责任。

康求真这"小模特"的外号由来已久。故事的细节，都是他三弟康大仙讲故事时说的。桃林之中，大家考虑到老康的身份与心性，才没有让他作诗。

康大仙说，小模特的外号起源于上世纪六七十年代。那是个刮浮夸风的年代，他才十六岁，便当上了生产队的会计。因为他人小鬼点子多，加之上过几年高小，有点文化，又爱读书看报，便有了会揣摩大队干部、公社干部心理的能力。全村有五个生产队，每逢夏秋上报农粮产量之时，都是由他首先精心谋划出一个上报粮食产量过黄河、跨长江、上喜马拉雅山的数字模板，然后，村里大队再召集各生产队的会计们开会，照着葫芦画瓢，编出各生产队的粮产上报数字，为此，他所在的大队干部年年受到公社的表扬。再后来，由于他长得面目清秀，身条胖瘦有度，竟被一个比他年少十岁、爱画画的下乡女知青看上了。他经常深更半夜，脱得全身只剩一点，让女知青画，但画了两年，却一幅能拿出手的画也没有人见到过，相反传出的绯闻，却一件比一件挂彩。于是，"小模特"的外号就叫出来了。农村实行大包干后，生产队散伙了，小队会计也自然失业，于是，小模特远走他乡，进城务工。女知青虽然对他有情，但由于回城潮来得太快了，女知青又回到了她西部的故乡，两人扯搭不清的情缘，在临别前夜厮守泪别之后，就此告吹。小模特想续上旧情，也跟着跑到北京，坐火车来到西部那个城市，但女知青的下落，他一直也没打听到，后来，又不得不回乡找了个剩女成了家。

小模特属鸡。

有一天，小模特从广播中听说西部一个城市在举办一个女画家个人画展，便旧情复发，在一个冬夜，他听不进卧病在床的老母亲的劝说，断然赶到西部那个城市。吃了一个多月的拉面，睡了一个多月的锅炉房，两手空空，兜中净净，快没着落时，正巧碰上一家供热站招烧锅炉的小工，他就地没动，顺理成章地就业了。

那是本世纪初的第一个蛇年。烧了一冬的锅炉，每天下了班，他还四处打探哪有女画家作品展，结果次次扑空。三个取暖期过去，回到家乡，才知道，父亲已经离世，让他不解的是，他走时，父亲身体还好好的，怎么几年光景，就死了呢。后来得知，他父亲是因搞小电镀，中了酸毒，患了癌症才死的。康大仙告诉我，因他大哥不在身边，他父亲肺癌到晚期，瘦如干柴，浑身已无一点行动气力，但每当家人围其身旁，提及小模特的大名，或有年小者说话时提到"大哥"之字眼，他的父亲都会立时眼冒亮光，甚至，微微抬起右手，一边用二拇指在天空中比划，嘴里还一边哼哼着什么，外人很难听清楚，但老康的母亲很会猜测，"求甲呀，你爸他是说，让你给你大哥算一卦，看他这几年在外边混得好不好，他还能不能赶回来见他一面。"

他父亲这点心愿，其实康大仙早就明白，这一卦，近年里他已按他父亲的意思，算过不下百回了，只是他父亲百听不厌，这临近要走了，肯定还想再听一遍。

"我大哥是属鸡之人，做事本性稳定，有大志向，脑筋转动快，还善于交际，加之外边有贵人相助，他走到哪也吃不了亏的。"康大仙爬到床前，把嘴贴到父亲耳边，讲起来滔滔不绝，"我刚算过了，今年是龙年，属鸡人逢龙年，仕途坦荡，事业进步，财源广进。年初春风运好，岁中日中天行，岁末必返家园。您老安等年末，我大哥会孝您享受清福……"

没等康大仙把卦讲完，父亲头一歪，走了。眼是闭了，但面部的表情，仿佛是温和中夹带着忧虑。而且，这些忧虑，在日后，可能比康大仙算的更加准确。因为，老爷子早就和老伴说过这样一句话："老大为个女人能丢下我俩，弃家而走，日后定生不安之分！"

而此时，远在他乡的小模特，哪里知道家中的情况，好在那时他还规矩。

时光飞逝，尽管小模特那时已年长颜变，加之每天伴着煤沫子化妆，小白脸早就变得面目全非，成了黑模，但他工作兢兢业业，肯吃苦耐劳，这家供热站看中了他，便与小模特签订了长期合同，就这样，他一气在那个西部城市烧了二十多年的锅炉，成了名副其实的土专家。但不承想，2013年全国开始了大气污染防治，西部那个城市成了全国重污染城市之一，新来的市长一声令下，开始了向污染宣战。煤是重污染源之首，改炉换煤，烧清洁煤还要加氧化镁，借以减少二氧化硫和灰尘排放，成为了治霾的重大战役。这下，小模特每天烧锅炉不像过去那么轻松、随便了。

为了减少硫、尘排放，政府要求供热单位要在锅炉烟道上安装脱硫除尘器，还要定时向除尘器药池加一种叫氧化镁的药剂脱硫。这氧化镁其实就是一种碱，它与煤烟中的硫产生化学中和反应，可以把液态的硫变成硫酸镁，形成了固体灰渣，这种方法称作湿式脱硫法。实施过程，其实就是用化学方法给煤烟洗澡，需每两个小时就补加一次，才能达到预期效果，否则碱性变小了，就达不到脱硫除尘的效果，会致使锅炉超标排放，导致空气污染加剧。

小模特从小就有偷懒耍滑的习性，于是乎经常在夜里偷着睡觉，有时是把劣质煤直接入炉，有时是把氧化镁一次性投池。时间长了，和他一起烧锅炉的哥们，也照着他的模型学，不仅致使当地预期的减排目标变成了泡影，而且因为当地空气PM2.5污染物不降反升，市长还被上级环保部门问责。政治影响非常坏。

一方面是白白的浪费，一方面是恶劣的污染，结果是使当地的大气污染防治久治不胜，引发了环保部门对供热站的怀疑。在本世纪第二个蛇年的春节前夕，小模特被环保执法人员夜间在床铺上抓了现行，于是被拘被罚，还引发了这个西部城市向污染宣战中的向官场不作为宣战浪潮。但让小模特做梦也没有想到的是，也正是因为这次官场整治，他才有机会实现了他几十年的那个梦想——见到他夜思昼寻的女知青。

　　因小模特的不作为，据说当地还有至少六名科级干部被问责、被处分、被开除公职。小模特走投无路，隐瞒实情，返回家乡，便灵机一动，开始四处游说自己已通过自学考试，成为有上岗资质的清洁燃煤监理员。他是有一个专业监理上岗证书，但证书是在大街上花八百块钱买来的，真假难辨。政府饥不择食，正是用人之时，于是小模特被重新重用。

　　应聘成功，小模特暗自庆幸之余也痛下决心，一定悔过自新，敬业如命，为家乡治霾，也为自己重获生机而不再偷奸造假。为了落实承诺，马年春节，包括大年三十晚上，小模特都没有回家与妻团聚，而是昼夜奔波于E县城区，在三个供热站巡回查访，既保证了让居民过一个温暖的节日，又保证了锅炉达标排放。为此，E县大气办任副主任还专门在节后到他家走访慰问，给他家送去了两桶花生油、一袋大米，还有五斤野猪肉。

　　任副主任走后，小模特媳妇搂着小模特的脖子，在他的黑脸蛋子上"叭"的亲了一口，然后扭头就跑。小模特原以为是妻含羞故意逗他撩他，不承想，妻跑到洗手间后，又是咳嗽又是吐地叫喊道："什么东西？什么东西这么个臭酸味道？"

　　小模特追进洗手间一看，妻满脸黑乎乎的。他对着镜子一照，在自己脸颊上，还留着妻吻过的痕迹，且只有妻吻过的地方，才能见到皮肤是什么样子。

　　"哈哈哈哈……"

两口子不约而同地笑得腰都弯了，镜里镜外，好像是两对刚出海的大对虾在跳跃。

笑声未毕，小模特媳妇首先直腰问道："你多年不怎么在家，刚才来的任副主任，你都不熟吧？"

"不认识。他是谁？"

"他是我二姑婆家四姨夫的老三，还在咱老家头道沟乡当过乡长呢！"

"怎么不当乡长了？"

"他要是还当乡长，又怎么能帮上咱们的忙啊？"

"他帮过咱啥忙了？"

"你那假证……"

妻这"假"字刚出口，"啪——"脸上立时挨了小模特一巴掌，她下边的话还没说完，脸上就已经感觉到麻酥酥的了。

"你怎么下手这么重？"

"假证的事儿你也敢对外人说？"

"哪是我说的，是我二姑对我讲的。她说，任副主任早就看出你的证有鬼了，只是念在咱们是亲戚的面子上，才放了你一马。"

"这可说不得的。"

"那你可得给人家做脸呀！"

"你没见我没黑天白日的这么辛苦吗？这技术我也懂点儿，只要经点心、受点累，就行了。"

小模特说着话，把手伸过去，一边对妻做出疼爱的抚慰，一边靠上去用毛巾替她擦去脸上的煤灰。

"滚蛋，谁用你！"

妻一把推开小模特，这时妻才看出小模特的牙，已经比脸白得太多了。

小模特得到了组织上的高度信任，这组织，不仅仅有直接聘请他当技术监督员的县煤炭管理局干部，还有县政府大气办的任副主任。

三十五

"你是因为什么事被拘留的？有人把你叫养霾人，你听了有什么感受？县城半夜闹鸡叫的传闻，真的与你有直接关系吗？"

此时，与我对面而坐的小模特，面对我的诱导性提问，显得很是懊悔，而且整张大脸蛋子上，都布满了欲哭无泪的无奈与阴云。小模特的脸色本来就黑，再加上一脸的阴云，显得发青，好像和煤烟的颜色很是相近，甚至说是，很一致。

眼瞅着小模特的神情，此时我的思绪却绕开了与小模特的话题，飞向了前些天我所经历的广场一幕。

离羊年春节还有不足两月的时候，也就是马尾羊头之时，C市的天空蓝多霾少，十分令人欣慰。但已升任C市环境监察大队一把队长的马二哈，却打来电话告诉我，不知为什么，E县马年入冬以来的空气质量十分的不稳定，时常是白天很好，但夜间很差，特别是每日零点至早上五点这段时间，污染时有加剧。

二哈的电话刚刚放下，盼姐、大侃，甚至还有一个莫名的女人也相继把电话打给我说，市区内夜间低空时常出现一个怪现象，蓝天之下，迷烟飘飘，令人窒息。

盼姐和大侃还告诉我，有许多市民相互传播，说E县县城内，近期深更半夜，时常听到不明不白的公鸡长叫的声音。我问二哈是否了解这个情况，二哈说，E县民众的反映，已经引起公安机关的关注。

我问："有鸡叫，公安部门关注什么？"

二哈说："羊年即将来临，社会上有人造谣说，羊年不吉利，怕是有坏人乘机弄事，影响社会稳定。还有人怀疑是传销人员干的，是为了唬骗那些不听摆布的传销者，专门设的迷局、圈套，说鸡叫了，正是起床给亲戚朋友打电话骗钱的好时机，人在睡意蒙蒙中，最容易稀里糊涂上钩。但民间更多的传法是说，鸡叫是因为有小偷在向同伙传递敌情暗号。"

　　早晨，我到E县公园广场上去问晨练的大爷大妈们，深夜是否听到过有公鸡叫声，一位快嘴大妈哈哈大笑一阵后说："我们晨练的姐妹们，有时也学公鸡叫，但是，我家附近的鸡叫时常是发生在深夜一两点钟，而且是天空雾霾越重，公鸡叫的声音越高、频率越大、面点越多，这就有点怪怪的了。不知是谁家这么讨厌，怎么把公鸡养到小区里来了。鸡粪排不排放PM2.5呢？是不是也会造成雾霾呢？"我说："会的。"大爷大妈们听我一说，叫喊的声音就更高了，"这不是吃饱了撑的吗？让公安局查一查，把鸡全都给他们没收喽。"

　　探春小区的老黄，来县城探亲，此时也在人群中，他眨巴眨巴黄牛眼，神经兮兮地说："半夜鸡叫不寻常，史上曾有周扒皮。今日霾夜又鸡叫，怕是羊年不祥兆。"

　　"老黄，你又开始散布迷信了。快收回你那套鬼把戏吧。"

　　"你怎么能给我下散布迷信的论断呢？公鸡一闹夜，霾就特别重，这是现实，如果不是有鬼神作祟，怎么会次次都赶得那么巧呢？"

　　"霾重霾轻，关键要看雾大雾小。雾大了，又赶上无风的静态天气，霾走不了，越积越多，能不显得重吗？"

　　"那它和公鸡闹夜有什么关系？"

　　"鸡也怕霾。霾重了它也会呼吸困难。像你一样，胸口憋得慌了，你不是也想喊两声，清清嗓子，发发闷气吗？"

　　"哈哈哈哈，你太有经验了，怪不得你有时深更半夜在小区操场上又喊京戏又跳大神的，原来也和鸡一样，是憋得难受啊！"

　　"咱说这正事。老黄，别闹了，昨儿个，你不是说这公鸡叫声也有些怪怪的吗？"

　　"是呗，我在老家养过公鸡，那公鸡叫出的声既清脆又豁亮，尾音长久、痛快，听着就顺耳。"老黄说着话，用右手卡住自己的脖子学起了公鸡的叫声："咯——咯——咯——"

众人又是一阵大笑后，老黄接着说："昨晚上我注意听了一下，这县城公鸡的叫声，好像是转基因公鸡的叫声，声音有些沙哑，而且音调特别沉乱、特别傻，起音和落音，都是双咯咯，它是这样叫：咯咯——咯——咯——咯——咯咯咯。"

"哈哈哈哈……哈哈哈哈……"众人的笑声，压倒了广场上正播放跳舞音乐的录音机。此时，众人看老黄，他自己都已经乐得躺到了广场上，像驴打滚似的。

"看老黄啊，不像是搞传销的，倒很像是传鸡瘟的，连转基因公鸡怎么叫都学出来了。"

"哈哈哈哈……"

"传销也好，小偷也罢，反正大家都防着点为好，千万别上当，千万别招贼，千万别把自己银行卡里的钱随便向外人卡上打。"

"不光这些呀，早晨起来先拉开窗帘看看，霾重了就别出来练胳膊练腿招致伤肺得大病了。"

众人七嘴八舌，越说话越多，越说事越大，越说理越深，拔出萝卜还带泥，整个儿一个大早晨，大家都忘了跳俄罗斯舞的事儿啦。

"大气污染治了快两年了，推倒大烟囱，封杀了黄标车，蓝天是比过去多了，但污染，有时怎么还这么重啊？"

"还是有人排污呗，否则，霾是从哪来的！"

"霾是家家户户都在排，但是企业还应该是大头儿。"

"市里头开会市长也说了，防霾治污的措施不落实，责任不落实，才是主要原因。听说市里已经开始动刀子了，要向不落实宣战，向违法排污宣战，向不作为宣战，向懒政者宣战，向小炉子宣战。"

"还有哪，还要向治霾中的腐败问题宣战。"

"快宣战吧，不然我们村的小模特都快靠不义之财发家犯罪了。"

"小模特是谁？"

"是个管烧锅炉技术的合同工。"

"一个烧锅炉的小百姓，能犯啥大错误，治霾他能干啥屁事！"

"你算了吧，好多小人物把着的岗位都可能会导致大污染，你可别小瞧了，那是你不懂。"

"我不懂，你懂行了吧。那你说出个道道来。"

"我二叔在县上就是做大气污染防治工作的，他说了，小污染积少可成多，特别是在雾霾重污染天气下，我们生活中的很多小污染，都是形成更加严重霾毒危害的因素，会雪上加霜。如果赶在这当口上再烧劣质煤，一吨劣质煤，会比十吨优质煤排放的硫毒都要多得多。烧锅炉的，如果一个程序不守规矩，整个县城空气都会变味。"

"听说新《环保法》长虎牙啦，你们谁家有不规矩的小人。不分大人物小人物，就等着苍蝇拍、老虎杠，把你赶进局子里掉肉去吧。"老黄这话一出口，好多人都一边撇嘴一边不欢而散了。

三十六

"我和公安审讯我的人，都没有讲我在西部那个城市时的经历与感受。更没有透露过我前几天被请回西部作人证时，曾意外地见到了我那个寻梦半生的她，她让我好生痛心。"

"她是谁？"

"就是那位女知青，她叫沈雅茹。"

言毕，小模特长叹一声后接着说道："我想和你说一说我的心里话。你是作家，又是记者，所以，你会有机会，把我的经历、感受与教训传播出去，告诉世人，不要向我学，更不要面对霾的魔爪，而无动于衷，甚至养霾积患了。"

事已至此，人心也善。此时，小模特的一番话，竟让我打心眼里翻出一股子酸意，好像是，我已经很同情他了，又好像是，他此时是受了什么委屈的人一样，我就应该去同情他、理解他才对。到底算是什么滋味或感受，直到后来，我自己也没琢磨明白。

"我知道这次犯的事儿不同于上次，性质上，应该是更加恶劣。虽然我不是正式的国家工作人员，但已经和县局签订了劳动和责任合同，从法律上讲，就该等同于国家工作人员了。我知道，判受贿和渎职也都够格了。"

我听出小模特此言是话中有话，但为了不打扰他叙述的思路，我努力克制住自己的提问，甚至，还极力表现出对他的某种尊重。

小模特接着说："其实，政府部门治霾责任的不落实，也是很害人的。不仅仅是霾本身要伤害公众，还有像我这样的，直接或是间接，参与污霾防治的底层一线的临时工作人员，也会在不明不白中，陪伴着国家工作人员，变成被法律与规章拍打的苍蝇、老鼠。"

"怎么解释你这句话呢？"我问。

"前边我告诉过你，你知道我在西部那个城市，是因为偷懒违规，影响当地治霾成效才被处理的，但我那次没有受贿的事儿。我回乡后发现，E县在治霾上，实际上也是雷声大、雨点小，说得多、做得少，开会多、文件多、实际落实少。特别是在很多关键环节上，根本没人把住关，根本没人抓落实，根本没人真较真，实际上是部门在糊弄，政府在观望。如果西部那个城市，向不落实宣战的战役，早一年在E县变成行动，我可能也不会有今天。"

"为什么这么说？"

"这不是明摆着吗？"

"明摆着什么？"

"你傻吗？"小模特听了我的追问，不知为什么，突然有点上火。他的高音问话，他突然的昂头暴怒，让我有些猝不及防，我一时语塞。

是我的问话刺激了小模特什么神经，还是他认为我在知道什么实情的情况下，又故意向他发问了呢？我想。

我哑巴了，小模特也把刚才放在两腿的双手，交叉着提升高度，抱到了胸前。

稍作冷静，我试探着用愧疚的语气向小模特解释道："我并不了解你这个情况的内情，只是在街头听说些传言。我也没向刘所长深问你的情况，他也没对我说，我只是想深入了解一下你这个情况。"

为预防我的话再次对小模特产生刺激，影响他对我的信任，我故意把"案情"表述为"情况"。

小模特真的很机灵，他听过我的解释，似乎也心生了愧疚与理解之感，"对不起，我还以为你是故意逗我来寻凑爆料呢，谢谢你对我的尊重。"

我向他轻轻点头，并微微一笑。

"E县这两年治霾工作的现实，特别像两年前我在西部的经历、感受和情形。"小模特似乎是要有意绕开我刚才提问的主题，但这次他开腔后，一气说了很长的时间，还讲了一串连一串的故事，这些故事，足以构成我对他所提问题的不完整答案。

三十七

"见到雅茹的事您还没说呢？"

"先别急，让我先说一说过程。"

小模特在中国西部那个城市供热站烧锅炉的那些日子里，经历过不少的事儿，也了解到了不少的官场轶事，更了解了一些基层单位，在治霾中和上级政府玩猫腻，导致霾毒加重的黑幕，甚至，他还难以摆脱地加入到糊弄、欺骗、造假和制霾养患的违法违规行列。

那是一个令人窒息的雾霾之日，也是小模特来到西部这个城市当锅炉工的第十二个冬天。

那年应该是龙年之尾。

"康师傅，你好啊！"供热站的徐亏新站长，并不知道康求真这个人有个"小模特"的外号。此时，虽已是下午，但他中午已显高的酒态，仍然是涛声依旧。

"求真师傅啊，我可求你了。这梅家的事儿一出啊，我可真的是吓坏了，也犯难了。求真师傅啊，你可得拉我一把呀，你可得救救我呀！"

徐站长虽是北方人，但说起话来，时常让人闹不清是何地方言。此时，他很主动地和小模特搂脖子表现亲密，但万万没想到的是，小模特听了他的话后，全身都已经吓出了冷汗。

"真师傅啊！"徐站长紧紧搂着小模特的脖子，好像生怕他跑了一样，越叫师傅，师傅前边的名字字数越少，越喊师傅，他抱的劲儿越大，连说话的声调也是在不断地上调着音频，"师傅啊，你可是我的真大哥、亲大哥呀。梅家这事儿一出呀，你算是跑不了了，你已经被套马杆套上了，和我套一块儿了，只有你保我，我保你，才有一条生路了，你可得答应我呀！"

话至此时，徐站长酒星子满天飞，说得津津有味。再看小模特，早已吓得扑通一声，跪倒在了布满煤渣子的地板上，朝着徐站长连叩了八个响头，"煤价的事儿，可与我没关系呀！"

徐站长见状，急不可待地把小模特拉起来，然后，扑通一声跪倒在小模特面前，一边学着小模特的样子也连磕了八个响头，一边说："亲哥呀，我和您可是老乡啊。我虽然是站长，但您辈分比我大呀。平时我叫您大哥，我可是一直把您当亲大爷待着呀。既然这烧劣煤和假煤价的事露了馅了，您还是贵人多门道，想法帮帮我吧，我可是上有老、下有小，把我关了可不得了啊！"

"你和煤价的事儿我可一点不知情啊！"

徐站长虽在酒醉之中，但见小模特听了他的话后又是磕头，又是哭，话里话外甚至还有什么"劣煤、煤价"的话，他立时便从醉酒神态中清醒出来，搂着小模特脖子的双手，突然前后摇动着急促地问道："是谁和你说煤价的事出事儿了，你是哪得来的消息呀？"

"您刚才不是和我说煤价的事这一出，让我救救你吗！"

"你放狗屁呢，我什么时候说过这样的话？"

徐站长的双手此刻已与小模特的脖子分家了，只有右手变成拳头，又突然飞回来，在小模特的左肩膀上，发出了两声闷响。

"你老东西怎么这么混账？你耳朵是不是有毛病？听他妈哪去了，我刚才讲的是梅家这事儿一出，什么他妈的煤价，你找死呀，你怎么什么话都敢往外吐。"

"嘿、嘿、嘿，瞅您徐大站长说的，怎么连荤的带素的一块儿上了。那是因为你红高粱加劲儿，舌头根子不会转花，大舌头噜嘟的没说清楚，我才把梅家错听为……那个啦。"

小模特讲话时眼睛死死盯着徐站长的手，怕他又打过来。相反，徐站长却紧紧盯着小模特的嘴。

"一场虚惊，一场虚惊啊。没事儿没事儿，要真有什么事儿，我是当站长的，咱又是老乡，我能亏了你吗？哈哈哈……"

"您刚才说用什么杆子套住了我，我跑不了啦，是个啥意思呀？"

"你不是知道吗，这梅家爷几个不明不白的，连半年工资都不要了，溜了。前天老梅打了个电话，和我说句'不干了'，接下来连手机都停了。真他妈怪。好像我徐站长亏了他爷几个不成？"

徐站长话毕，拉着小模特一起坐到锅炉房的石阶上。此时，这里虽然没有板凳可坐，但实际上，这哥俩、爷俩不论辈分上是怎么个论法，身体上，却好像是，早已坐到一条板凳上了。

三十八

小模特有点厌烦我了。

近些日子，我到E县看守所来过多次，和小模特的谈话也逐步深入。但是，小模特始终对我提出的E县县城公鸡闹夜案是否与他有直接关系避而不谈。

这天，我变换了方式，首先绕开追求案情，海阔天空地与他聊天。

"听说你老兄年轻时就很聪明，我想问几个问题。说着玩啊。"我说。

"我好长时间没有很开心地和人说过话啦，您问吧！"他显得很配合。

"你说，牛郎爱上织女，结果一年只见一次面；董永爱上七仙女，结果七仙女要被关进天牢；许仙爱上白素贞，结果白素贞被关在雷峰塔……这说明什么？"

"您还少说一个。"

"哪个？"

"我小模特爱上女知青，追了大半辈子，结果被关进了拘留所。其实这些都说明一个理儿，屌丝不能和女神在一起，就算女神同意，也天理不容。"

我听后觉着有些尴尬，但见小模特却神情自若。

"今天早上我来这儿途中，遇到了以前的老板，我便笑着对他说，老板早啊！我真是要好好感谢你，如果当初你不解雇我，我就不会过上现在这样闲散舒适的好日子了。老板听后笑着说，不用客气了，你以后要是当乞丐了，一定再来找我，我说……"

我的话还没说完，小模特的话便跟上来了："你真是太幸福了，如果现在能把我放出去，我宁可去要饭，也不再干跟政府治大气沾边的工作了。如果不是有老板第二次招我做技术监督员，可能也不会惹出今天这祸事。"

小模特第二次把我的话题与他自己钩挂到了一块儿。

为了让小模特开心，我故意拿自己开涮。

"其实干哪一行都不容易，比如说我吧，最累的是白天要采访，搜集素材，晚上还要加班写小说、赶稿子。有一次，我连续加班几个晚上，顿觉崩溃并感到生活毫无意义，于是在半夜三更写下几句遗嘱，便驱车到海河边上，正欲纵身跳下，突然想起来，遗嘱上忘了写标题了。没办法又回来了。否则，咱俩今天哪还有见面的机会呢？"

小模特听后，朝我淡淡一笑，我以为这次他不会把故事往自己身上拉了。但他笑过之后没几秒，便接上说："我前后烧了二十多年锅炉，大冬天的，几乎是天天加夜班，也没觉出生活没意思，只是这一段时间，才有点后悔。"

"你认为世界上最伟大的动物是什么？"我问。

"算人吗？"他反问。

"不算！"我答。

他说："那就是鸡了，应该是公鸡。"

"为什么是公鸡？"

他说："活着的时候能叫人起床，死了做成鸡毛掸子，照样还能叫人起床。"

我乐了。他说："您别乐！您一乐，我会吃醋的，E县县城公鸡闹夜的事的确与我有关。只是，我现在还没脸向您兜底儿。"

话毕，小模特绕开与鸡有关的话题，继续向我透露，他在西部那个城市的事儿。

三十九

梅家父子四人都是南方人,是亲爷儿四个,三个男人是爷儿仨,加上个姑娘称爷儿四个。

爷儿四个原本和小模特一样,同在这一个热力站烧锅炉。辈大的叫梅改奇,平辈的哥俩大的叫梅亮,小的叫梅臣,姑娘最小,二十出头,叫梅艳。

这爷儿四个和小模特同炉相生,是典型的家族式集体打工团队。平日里,小模特和梅家人相处甚好,四个爷们不分辈分,每日里俩人一班,黑白两班倒。梅艳专管做饭,伙食费和女人工资四人平摊,小模特算计了一个晚上,觉着能吃上个可口的热饭热汤,比在家里差不到哪,比自己单开火要强要好,于是第二天开始入伙梅家,这一晃便有数年。特别是这期间,经徐站长指点发现,梅家姑娘的长相,与其亲爹大相径庭,倒是与小模特从脸庞到鼻子、眼睛和性情都很像是一对亲父女。经徐站长撮合和梅家老爷子及小模特同意,梅艳竟爽爽快快地认小模特做了干爹。这样一来,两家人变成了一家人一样。平日里小模特和梅家爷儿四个之间不仅很像一家人,还像铁杆子朋友,吃喝没得说,有时还都主动搭上点零花钱,添上俩菜,买瓶白酒啤酒的,相互热乎一番,很带滋味儿。特别是每当梅艳叫着干爹递饭送汤之时,小模特都显得十分幸福。小模特确实是感受到有干女儿带来的幸福了,但他也时常发现,梅家老爷子脸上却时常泛出异常与阴云。

但是,一直到昨儿个下午徐站长来锅炉房,劝小模特留下来继续为他的站长营生顶摊当组长时,小模特也没闹清楚这梅家四人为何突然深夜不辞而别,而且走时无言,去后无音儿,多天了,下落不明。徐站长问小模特梅家爷儿四个家住何处,但小模特支吾半天,只知道

120

他们是南方人，不知道这南方从哪算起，到哪结束。一起打工，一起生活了五六年，在一起时好得要命，还当了人家女儿的干爹，走了竟谁也没闹清楚谁家在哪，现在的人，活得就是任性。

小模特心里明白，昨儿下午徐站长的突然热情，绝对不是偶然的，就像梅家爷儿四个突然离去一样，必有内情，只是这锅谜还没揭开盖子而已。

小模特的猜疑是准准的，一点都不差。徐站长的到来目的有三：一是想稳住小模特，继续留下来干。因为冬季供暖马上就要开始了，民生大事，谁敢怠慢？前几天市长、县长还都来过，连锅炉房的照明灯都打开试了试亮不亮，肯定是怕供暖出什么毛病呗。徐站长的第二个目的，肯定是想向小模特了解梅家爷儿四个的下落，因为他有心事牵挂着，生怕从这爷儿四个人身上闹出点什么事儿来。

"康求真师傅啊，不，以后咱就是爷儿俩了，您就是我叔，我亲叔……"

"不、不、不，那可不行，大小您是领导，我可以当订长期合同的临时工，但我可当不了您这临时叔。"

"您要不愿给我当个叔呀爷呀，那咱还是论哥们吧！"

"好，好，好，那就听您的。"徐站长很得意，小模特倒好像心里还有什么不踏实，他觉得，他给徐站长当哥，是自己占了什么不该占的便宜一样。

"求真哥呀，下来您要是打听到梅家爷儿几个的信儿，可千万立马告诉我一声，我绝对不让您白传话的。"徐站长嘴上一边说着话，右手已经从下衣兜中掏出了一沓子红票子。

"真哥呀，这点小意思是小弟孝敬大哥的。阳历年一过，就是春节了，您也回不了家，这点小意思，您就领了吧，天冷了买点酒的菜的，想大嫂子了，把钱寄回去点儿也是情分，日后回家去了也好有个顺当的暖被窝，您说是不？"

俩人推搡了几个回合，徐站长借故还有事儿，急忙走了。待徐站长走远了，小模特抬手翻看自己攥着的票子，足有两千块，等于他一个月的工资呀。

天下竟有这等好事儿。这梅家人一溜号，小模特不仅被徐站长任命为锅炉班班长，还得了两千块钱奖金，这班长眼下虽是光杆司令，但他有了招兵权，日后还会管着几个人。想想这些，小模特心中突然生出一种莫名的想法和感觉：梅家老爷子当班长的时候，徐站长是不是也给他单个发过奖金呢？梅家父子为什么早两年没走呢，早知有今日，那爷儿四个早几年就不该来这儿凑份子。

小模特这些想法和感觉，虽然在他的脑网上只是一闪，但瞬间转发量直到他第二次被抓进局子以后，还对自己的这种不义思考，感到愧疚。但同时，他的愧疚，又很快被梅家父子的不辞而别，而且至今下落不明的不信任感所替代。人情难道真的那么薄吗？

其实，在后来的谈话中，小模特向我透露出了他时时都在四处打探梅家父子下落的一个更重要的原因，他不是要守诺去向徐站长报信请赏，他是心里挂念着他的干女儿，更担心梅家父子到了另一个新地方重操旧业。他们爷们如果在那儿出点事儿，会把旧账翻出来；一翻旧账，就跑不了牵出徐站长，徐站长一吐口，小模特也就难跑了。到那时，岂不是会造成锅炉房集体塌方进局子吗？一起进局子也好，说不定还可以重新集体开火聚餐，只不过，那时候几个人再想集体开火，局子里会给这样的待遇吗？

小模特的的确确是块有心计的材料。

昨天下午徐站长给他放下两千块钱走了之后，小模特突然发现在徐站长刚才坐过的地方，丢下一个笔记本和几张打印的文字材料。

小模特拿起笔记本，每页上面都密密麻麻、歪歪扭扭写了很多的会议记录和不明不白的各种数字。文字材料的标题是这样一句话：天西市关于开展节能减排和大气污染治理工作的安排方案。

122

文稿开头的一段话，让小模特明白了昨天下午徐站长来找他、留他，其实不仅仅是让他留下来当锅炉班班长、请他联系查找梅家父子下落和给他发奖金稳定他的思想，还有更深一层的目的是，当地市里要开展大气污染防治，要从治理致污头号黑手——燃煤下手，改善市区空气质量。

小模特早就听到有人背后讲过徐站长在进煤时，有和煤炭管理局的沈副局长上下串联、内外勾结玩猫腻的传言。现今，梅家父子没了踪影，梅班长换成了康班长，是不是徐主任要在我康班长身上做点什么文章呢？是不是他们过去早有这类勾当……

小模特心里这么想着，两只手已经漫不经心地掀开了徐站长丢下的笔记本。

突然，一行文字映入小模特的眼帘。

牛县长讲话要点：第一，大气污染防治迫在眉睫，人命关天，时不我待，任务艰巨，不容懈怠；第二，首先从治理燃煤做起。治理燃煤，先抓梅亮，后抓梅臣煤气，考虑到能源结构问题，抓梅改齐的事儿，以后再考虑。大的好抓，小的不好抓，所以先从小的抓起，一个一个抓，一个一个办，深挖梅艳，哪个也跑不了。第三，要认真谋划大气污染防治中的部门责任，强化工作落实，强化责任追究。新《环保法》马上要出台了，形势严峻，考验多多，任何一个环节都不能麻痹大意。第四……

小模特眼看这些文字，心里不由得紧张起来，他觉得，徐站长写的这一连串的会议记录，如果不是错别字的话，怎么那么像是一串熟人的名字呢？

天哪，怪不得梅家父子都没影了呢，怕是"闻风"逃跑了吧！他下意识地掏出手机，响了没三声，通了。

"徐站长啊，你能来一趟吗？"

"去哪？"

"到锅炉房来。"

"您是官升脾气涨啊，班长怎么学会调动站长了。"

"不是啊，你非来不可啊。"

"嘿，是嫌我给你奖金少了再要点儿，还是也想溜号了呀？"

"啥都不是，你快来吧。"

"来个屁，我在外地煤矿谈进煤的事儿呢，回去少不了你的。"

"你在外地，那我问你一件事。"

"啥屁事，这么火急火燎的？"

"我问你，在梅家父子走之前，也就是你去县里开大气污染防治会议之后，你和梅家父子见过面吗？"

"见过，怎么啦？"

"见面说过什么大气治理的事儿吗？"

"说过，怎么啦？"

"说过县长讲抓煤量、煤尘的事吗？"

"说过，怎么啦？"

"你别老是怎么啦、怎么啦的，事儿可能就出在这抓煤上了。"

"你小子真他妈聪明，有事儿直说，别他妈诈我，我刚才不是和你说了吗，回去少不了你的。但他妈谁也不能往外瞎叨叨前边的事儿啦！"

"我可不是诈你什么，我想帮你分析一下，梅家父子为什么连个屁都不放，就跑了这件事。梅家人是不是看到了你的笔记本了？"

"你个老滑头，你怎么什么情况都知道了，是不是老梅头给你说什么了？"

"不是呀，问题可能就发生在你让梅班长看你这笔记本上了。"

"县里是那天下午开的会，中午我喝多了，但我印象中，会议笔记做得应该是很全的。晚上老梅头又请我喝酒，我告诉了他县里开会的事，让他做人做事谨慎点儿，我就把本给他，让他看看牛县长的讲话精神，谁知道他吃半截饭，说是出去方便方便，结果这一走，就再没回来，只是第二天早上打了个电话，说已到外地，就再也没信儿了。饭店的账都他妈是我结的。"

"问题就出在你的笔记本上。"

"怎么啦，我的笔记怎么啦？"

"你回来后自己看看吧。你把燃煤的'煤'，全都写成了梅班长那个姓梅的'梅'了。燃煤用量的'量'，你写成了光亮的'亮'，治理煤尘的'尘'，你写成了功臣的'臣'，煤烟的'烟'，你写成了艳丽的'艳'，还有燃煤改天然气，你也写成了梅班长的姓名，把人家爷儿四个的名字都写全了不说，还在每个名字前边都加了个'抓'字。这里边的内涵，恐怕你明白。"

"嘿，他妈的，全是红高粱惹的祸，让他妈我掉到了老井里了。"

好大一会儿，小模特和徐站长谁也没吭声，但小模特听得清清楚楚的，徐站长在手机那头喘粗气呢。

"我发现本子丢了，但没想到在您那儿，您可一定要给我收好了，我下午回去，晚上请您喝酒。"

"还喝呢，少喝吧！再说了，场面上不是有潜规则吗，请人喝酒吃饭，提前三天约叫请，提前两天约叫陪，当天约的叫提喽。"

电话断了。小模特的大牛眼珠子，此时，已经直勾勾地盯上了锅炉房外边那个大煤堆了。

四十

徐站长被纪检会"双规"，不是梅家父子在外地出了啥事才被"勾"

125

出来的，相反，倒是徐站长这一进去就没出来，反倒把梅家爷儿四个"勾"成了同案追逃的犯罪嫌疑人。当然，还少不了与徐站长陪着沈副局长内外勾结、上下勾结、官商勾结连续多年在燃煤订购进销活动中，以劣充优，以少充多，虚购假报，骗取财政资金，并从中捞取回扣，收受巨额贿赂的煤炭部门的同伙。官员大大小小的，不下十人，没官没职的也不下八人，其中，不仅有梅家父子中的三男一女，还有小模特那梦、有飞的老情人。这是他万万没有想到的。

好多人都认为，徐站长东窗事发，是因为小模特夜间带着另外三名烧锅炉的临时工偷懒睡觉，没有按操作章程向锅炉脱硫脱尘装置中加添氧化镁，导致二氧化硫和煤尘超标排放，造成PM2.5污染指数爆表，引发当地空气严重污染，被环保部门突查抓了现形，而引发了纪委对徐站长的问责。其实，不完全是那么回事，是有另一件十分带有戏剧性的事件，才引发徐站长被纪委带去接受调查的。

这原本是一起媒体记者洗浴烫伤事件，后来，却引发了一桩突击检查燃煤导致的大气污染曝光事件，再后来，才又引发出反腐窝案。

蛇年春节将至，在小模特烧锅炉的那个西部城市的上空，由黑灰、黄色烟尘一起组合而成的PM2.5和PM10污染烟云，像个大锅盖，让城区居民不堪忍受。很多市民向媒体举报，要求曝光，以期督促政府尽快开展整治。

一家媒体很快派来两名记者，扛着录像机，在市区东南西北忙活了整整两天，又是拍天，又是照地，还现场采访了数十名市民、政府官员和环保执法人员谈感受、谈治理。两天下来，两名记者已是累得筋疲力尽。晚上入住到了距离供热站很近的一家宾馆后，两人便急不可待地想借助痛痛快快地洗一个热水澡，净身解乏。

两名记者虽然都是年轻人，但岁数稍小一点的，还是主动谦让大哥先洗。大哥理解小弟，硬是让年轻一点的先洗。小弟盛情难却，便想着快洗快得，好让大哥洗得更加尽兴。

"调好了水温，别烫着了！"大哥关心小弟。

"没事儿的，这墙上写着呢，水温已调好，最高43度。"

"好，快洗吧！"

"哗——"水龙头开了。

"哎呀——哎呀——"

伴随着喊声，大哥急忙打开卫生间的门，谁知竟与推门而逃的小弟撞了个满怀。

"怎么了？"

"太热了，烫着了！"

"快擦，快用凉水冲一下再擦！"

冲过凉水，大记者忙着用毛巾帮小记者擦肩、抹脸，谁知道，小记者脸上、肩上，立时露出了鲜红的血汁，有几片皮肤已经烫熟，沾到了毛巾上。

"痛啊，快别擦了。快找服务员，快去医院抹药。"

后来，两名记者先是和宾馆打上了官司，但宾馆觉得委屈。宾馆说，水温问题应该由客人自己把握。记者说，你有安民告示，我才信以为真。宾馆说，供热站有承诺，能保水温稳定。记者说，那你去找供热站，反正我是在你宾馆里烫伤的。宾馆找到供热站，正赶上小模特那天晚上不值夜，是新来的两个伙计操刀。

"你们供热站烧的煤是偷来的，不花钱呀？"

"是班长交代的，让加大火力多烧煤。"

问题推到了小模特身上，小模特来了，又推说不能怪他，是徐站长交代的，春节前后要加把劲儿，要在两个月内烧掉四个月的煤量，否则要扣罚工资。

此时，记者和宾馆的人看到，锅炉表显示的水温早已经爆出80℃了。

"这不是严重的浪费吗？"第二天晚上，电视台就以《供热站浪费惊人》为题，把这事儿曝光了。

拔出了萝卜，必然就会带出泥。市政府对这起由记者烫伤引发的燃煤浪费事件很是关注，专门派出调查组，深探内因。

小模特和另外三名锅炉工说的话确属事实，徐站长确实是浪费燃煤的一线指挥官。但谁也没有想到，徐站长这个人酒量很大，胆子却很小，没两个回合，他就把加速烧煤的底因全都说了个一清二楚。原来，徐站长唆使小模特，两个月内必须要烧掉四个月燃煤量的指示，其实是县煤炭局主管供热站工作的沈副局长特意安排的。起因是他年初和供热企业签订购销煤炭合同那天，让煤企给灌多了，结果稀里糊涂多写了二百五十吨所谓的清洁煤购销合同。事后，局里一把手虽然发现了这个问题，但念沈副局长是班子里老同志、女同志这个面子，因此，在沈副局长要保老关系，别伤面子；要保民生供暖，财政不差那俩钱；保证今后工作精心，不会重犯；保证取暖期内全部烧掉，不留后患的一系列保证之后，一把局长只说了一句"今年不同往年啊，上边有人要求打破市场规律限制，指名道姓要用某一家的所谓清洁煤，都谨慎点儿吧"，这事儿就算过关了，可谁知道，这道关卡，竟被小记者洗澡烫伤这点事儿，给冲垮了。

随着调查的深入，事越扯越多，人越拉越多，老问题、新问题凑到一块，竟积成了两大柜子案情调查材料。政府提出的文件为何推不动清洁煤集中采购和行业不正之风问题；发改局提出的监管责任不明确问题；纪检部门提出的利益链和二百五十吨煤为何多签及回扣腐败问题；纠风办提出的不作为问题；环保部门提出的多烧的二百五十吨燃煤与氧化镁添加剂对不上账所造成的污染危害问题；运输部门提出的煤炭入市关卡太多问题；群众提出的散烧煤价格太高问题；组织部门提出的煤炭管理局长，准备提升已列入常委会议题是拿下还是保留问题……一时间该地乌烟瘴气的官场好像比天空中的PM2.5还重百倍。

但万幸的是，小模特还算聪明，他日后没有和徐站长坐到一条板凳上，他用很婉转的方式，把徐站长先后六次以奖金名义送给他的三万多块钱，全都交给一个新来的锅炉工保管，二人还写出了收钱经过，并在记者烫伤事件发生前，以不留姓名的方式，把钱全都汇给了当地的大气污染防治指挥部办公室。事后证明，这笔钱一是确已到账，二是与徐站长的口供数量平账。小模特虽因事前听到风声，害怕被牵连，做出捐款之举，逃过贪腐一劫，但他失职养霾之错，还是不容宽大，所以被拘留七天，被处罚半年工资，被解除劳动合同走人。

四十一

"E县公鸡闹夜的事，与你有何关联？可以说说了吗？"

"明天吧，今天晚上我再思考一下，这事儿该如何表达。"

小模特婉转推拖了我的话题后，我突然发现，此时，他脸上猛然露出一种莫名的兴奋。

"我把前几天我被请回西部那个城市作人证的事儿说说好吗？"

"好啊！你前些天又去西部那个城市了？"

"是的，是那个城市的纪委和检察院联合办公，请我去作证人的，不是我犯了什么罪或什么错误，"小模特一边特意解释，一边又接上说，"我这趟去是作了两个证。一个是证明梅家父子在我犯事儿前就已经先期离开西部那个城市了。但原因我并不了解，我怕话多招惹是非。调查人员好像没有掌握我看过徐站长笔记本的事儿；再一个是证明我收到过徐站长给我的两千元钱，但是作为奖金收到的。另外的几万元，上次已经调查过了，我没有受贿，也已经被认定。"

小模特刚才突然的兴奋，其兴奋点是他此次被带回西部那个城市配合案件调查没闹出什么新问题而被扣留吗？是因为他在E县的受贿、渎职行为还没有暴露，他也很庆幸吗？正当我满心狐疑之时，小模特突然眼前一亮，然后神秘兮兮地问我："你知道我为什么对这次回西部那个城市感到那么欣慰与满足吗？"

"作证而去，干净而回，事不关己，是吗？"

"哎呀，你还没明白吗？"

"明白啥呢？"

"我见到雅茹了。"小模特兴奋地站了起来，但他马上又坐了下来。

"只是太遗憾了，只在看守所里见了一面，只说了一句话。"

"说了一句什么话？"

"沈局长怎么会是你呀？"

小模特告诉我，那天，他被带去和徐站长对证几笔"奖金"和"红包"的事儿，但他万万没有想到，参加现场对证的人当中，不仅有徐站长，还有一个女人。尽管几十年没有见面，但小模特在和那个女人相视的一刹那间，俩人的眼神同时放射出惊讶，他一下子便认出来了，她就是那个他日思夜想，还为此来西部打工二十多年的昔日情人。只是，在徐站长一次又一次和他喝酒吃饭送他红包时，曾经无数次提及让他"放心收下，有沈局长给咱们做主"之时，他怎么也没想到，原来他顶头上司的上司，竟是雅茹，竟和他只有咫尺之遥。十几年间，她还曾多次来供热站检察指导工作，只是他都被徐站长支开了，只有当班长的梅家老爷子才有机会、有资格在锅炉房接待沈局长，并当面向她汇报过工作。而且，沈局长多次来供热站，次次都要请梅家老爷子出去吃顿饭，每次去吃饭，都要求他带上梅艳。而让梅艳感到惊喜与意外的是，席间都是沈局长给她夹菜，问她喜欢吃什么，就上什么。沈局长还多次借过年、过节之名，先后给过她不下三万元的压岁钱、过节费。甚至有一次雅茹请梅家父女吃饭时，由于两个女人言语过于投机，竟火热到以干娘、干女儿互称，觥筹交杯之中，梅艳竟喝酒过量，当场吐血。雅茹虽也大醉，竟以干娘身份，在医院陪床一夜，端盆递水，宛如亲娘儿两个一般。直到第二天，从早到晚，她又陪梅艳抽了血、输了液，自己才拖着一夜未眠的疲倦身子回到家中。这件事后，梅艳是否真的认雅茹做了干娘没闹清楚，反正梅家老爷子曾十分严肃地告诉过小模特这样一句话："当着站长，特别是有比站长更大的官在场时，你可千万不要说你是梅艳干爹这件事。"

"为什么，这可是名正言顺，你父子同意，还有证人的。干吗不能说我是她干爹？"

"上边来了个女局长，硬是让梅艳认她做了干娘……"

"噢，是这么回事呀。好，怕让人误会喽是吧？怕让女局长嫁给我是吧？"

"呀呀呀，咱可不敢瞎说哟。"

自打那天后，小模特更加恨梅家父子了，如果没有梅家父子的到来，自己早几年当上班长，恐怕也早已和老情人见上面了。

"求真呀，你找到梅家父子了吗？你找到你的干女儿了吗？你可一定要……"

"停，不许谈法官问话之外的话题。"

小模特眼瞅着往日的雅茹，今天虽已不如几十年前鲜丽，但风韵犹存。虽然法官不让他俩叙情，但往思今情，不仅仅挂在两人的脸上，还"砰砰砰"地响在胸中。此时此刻，小模特甚至期盼着检察官能从他身上调查出点什么够格的案情，然后把他和雅茹发配到一个监狱去服刑，然后一定再去争取更多见面的机会。甚至小模特还天真地想，假如雅茹被判刑，她男人一定会抛弃她；假如我也被判刑，老婆也离我而去，那么，来日我俩一起服刑期满，还会不会续上久别的亲缘呢？会的，我找了她几十年。不会的，判了刑，人家也是当过煤炭局长的，在她眼里，我还能有昔日模特般的风采吗？我的情思梦想是不是有点太奢华了呢？

自打那天见了雅茹之后，小模特每每入夜，常常是搂着媳妇做着异梦。

"雅茹，我爱你！雅茹呀，多年不见，见了面，你为何不先问问我的情况，反而对梅家这样关心呢？雅茹呀，你应该是知道的，我一直在偷偷地爱着你。是为了你，我才来这个城市烧锅炉的。雅茹呀，你受苦了，你为什么要走这条路啊？雅茹啊，无论走到何等境地，我都会说，我爱你。你知道吗？你快回答我呀！"

"啪、啪、啪。"伴随着三声鸡毛掸子的拍打声，小模特从梦中惊醒过来，双手捂着脸巴子，倾听着老婆的骂声："臭不要脸，你还以为你才十八呢，闺女比你还大一岁呢是不是？你快去监狱找你那个大雅茹去吧。真是太臭不要脸了！"

"我后悔呀。人生太心酸、太辛苦、太艰难了。该放下的放不下，苦苦追求，到头来兴许只是一杯苦酒。试想，当初如果我老老实实在家种地，不去西部那个城市找雅茹，不烧上锅炉，兴许，我的日子会比今天好过。"小模特叹息过后，仍然是新的叹息……

四十二

第二天，我如约而至，小模特好像还沉迷于与女知青相见的幸福感之中，他当场兑现承诺，和我谈公鸡闹夜的内幕。他好像一夜没睡，编出了一段与公鸡闹夜有关的治霾四字歌，同时，还背了下来，他滔滔朗诵，如说快书：

东西污染，同脉相连，蛇月羊年，治污添酣；

往日养霾，不堪回首，忘记教训，陷圈因贪；

拿人手短，沆瀣一气，半夜鸡叫，遥控光盘；

内外勾连，逃避监察，面对新法，终惹患端；

亏新求真，前腐后继，教训惨痛，误入怪圈；

官小位卑，切莫小视，一人失守，霾罩蓝天；

奉劝我辈，快快觉醒，以德治霾，斩首霾源；

霾且有惑，人当不蠢，子孙攸梦，生死攸关。

他背完了，我也听迷糊了，小模特随后向我解释说："说透彻了，其实就是这个意思，我被三个供热站的人重金收买了。这之后，我与他们同流合污，由监督员变成了报警信息员。我用他们给我行贿的一部分钱，给三个供热站各配了一个光盘机，这个光盘机，是可以远程遥控的。从去年冬天起，E县就开始了严厉打击违法排污和向大气污染防治责任不落实的攻坚战役，环保部门查得很严。特别是每逢重雾天气来临之时，白天查，晚上查，昼夜查，使三个供热站的偷排行为、偷工减料行为和偷懒行为很难施展，特别是夜间，我怕烧锅炉的工友们偷懒睡觉被抓现行，就想了这么个逃避环保部门夜间监察的招儿。每逢雾霾重污染天气，夜里我都蹲守在环保局门口，只要监察车辆一发动，我立马就按遥控按钮，三个供热站的光盘机，便会立马发出尖利的公鸡叫声。这时，哥几个不仅会立马起床，快速各就各位，而且会及时向锅炉灰尘净化器内加足氧化镁，并补好台账。这次被抓，首先是因为站内出了内奸，内奸是谁，我还不知道，但听说，是环保部门在供热站内安插了卧底。唉——这年头，干点儿什么都不容易呀！"话到此处，小模特长叹一声，不再言语。

"噢，我明白了。"老黄点着他的大脑袋说，"你前边讲的常队长他们夜间突袭抓供热站锅炉房偷排偷放现形的事，是不是就是这码子事儿？藏树棵子里报信的鬼影是不是就是你大妻舅？"二哈点头。老黄朝老康撇嘴。

过了大约有十分钟，我还在静默思考着小模特前边的四字歌，小模特又接上刚才的话茬对我说："善恶到头终有报啊！那天，我从西部回来，心里沉闷喝了点儿酒，后来，上班时忘了带遥控器，结果我瞪眼瞧着，环保人员出发执法，没了让光盘机鸡叫的本事。三个供暖锅炉房全部被抓了偷排偷放现形。"

"少加氧化镁能增加多少污染？"

"至少十倍。"

"一个锅炉房，靠偷工减料一冬能省下多少钱？"

"数字可大了。我管的三个供热站，一个冬天总燃煤量一千万吨，按每百吨煤加一吨氧化镁花一千元计算，如果偷工减料达到百分之五十，三个供热站可节省开支五千万元，但全市区的空气质量，一天也别想达标。"

"听你这一讲我明白了，燃煤与大气污染防治关系太密切了。"

"燃煤污染问题，不仅仅是以劣充优，还有政府部门管理环节上许多猫腻。煤质进口检测，有检无查；环保型煤生产，偷工减料；部门责任落实，有责无实。很多环节，除了漏洞还是漏洞……特别是治霾问责措施，能不能像中央落实八项规定一样，真问、真追呢？这是我在西部那个城市听到、看到问题和现象的切身感受。"

"这些问题和现象，E县有吗？"我问。

"不知道。"小模特回答得既特别迅速，又特别干脆。

"你知道你这案子，在E县都牵扯什么人了吗？"

"我只知道有我自己。"

"你想把你的同伙都交代出来吗？"

"不想。"

"为什么？"

"这事儿你懂的！"

"我不懂？"

"霾懂！"

"你现在最担心的是被判刑吗？"

"不是！我最担心的是今年已经检定的超标煤又要燃烧。"

"老人还好吧？"

"不，老妈快九十岁了，正重病卧床。老三被判刑，已经对她打击很大了。"

"老人一生贫穷，养家养子，历经坎坷，也不容易呀！"

"人活世上，第一重要的还是做人，懂得爱自己、爱家人。如果在爱情与亲情面前再让我选择一次，我会选择亲情。那样，会使自己的灵魂更坦荡、更充实。我越来越感觉到，灵魂不净，心霾会更重。"

此时，我看见，从小模特的双眼中，同时冒出了似乎是带着霾灰的两颗水珠珠儿。

四十三

自从小模特被抓被关，市区三个供热站从站长到锅炉工全部清一色被撤换之后，E县县城空气质量明显好转，重污染天气两个月就减少了十二天，而且节煤百余万吨。另据小道消息，E县大气办的任副主任和县煤炭管理局的三名涉案干部，也都被排列到了问责和"双规"的名单之内。

大约是被抓三个月后，小模特因渎职和收受贿赂，被判刑三年。等我再见到他时，已是在监狱的会见室里，他满脸愁云。巧合的是，他和三弟康大仙，被安排到了同一个监狱，同一个监号，同一个班队。

那天，当我在监狱会见室同时见到这哥俩时，二人先是客套，但随后便是失声痛哭。二人边哭边追悔自己的罪过，但我很快听出来，哭声中更重要的因素是来自于对老母亲晚年离去的悲惨情形的叙述和对老二康求甲缺失起码人性的谩骂。

"老二太没良心了，他竟然以老娘没轮他波上为借口，面对老母亲饿倒街头，视而不见，活生生让老母亲连饿带冻，寒心而去……"

"你二弟是干什么的？"我问小模特，康大仙抢过话茬："我二哥。

不，那个二混蛋，是个啥营生都干的'杂'老板，其实，他制造的污染，比老大的罪过还厉害，他手里虽然有俩钱，但他的良心早让狗给吃了，他竟然……"言语间，康大仙和小模特都早已气得眼珠子发红，连脸皮也在抽搐。

"老母亲辞世，不能尽孝送终，儿之大耻呀！"

我劝说这哥俩，"别急，先消消气，稳稳神儿，慢慢说。"

会见室暂时安静了，但抽泣声并未消失……

四十四

解开雾霾之夜E县公鸡闹夜迷雾之后的一天夜里，睡梦之中，我再一次听到，霾发出的劝告：

    我是人养的，

    保姆是雾。

    我应该回报人类的养育之恩，

    但，我力不从心。

    人类虽然认知了我的恶毒，

    但，仍然稀里糊涂。

    我不该生，

    也不该活，

    因为，

    我只会害人，

    别无他用。

    但，我有良心一颗，

    报答生母，

我宁愿让风伯伯把我击倒，

为人类，

也为帮雾、帮发展，

把名洗清。

我舍其生，

愿不再反复，

但，千万别让我，

一厢情愿。

拨开迷雾，

我斗胆试问：

人啊，有我没你，

你是否能，以德抗霾，

选择求生？

装聋：故事会链接之四

四十五

羊年4月15日傍晚，北京出现沙尘天气，此次大范围沙尘暴是近十三年来北京及周边地区遭遇的最强沙尘天气。

这样的天气，监测站全爆表，一日的污染总量，三个月都拼不回好的平均数值！

"这种特殊情况上级通报污染排名时考虑过吗？"大侃问二哈。但此时，二哈眼睛直勾勾盯着无聊网的视频。好像什么也没听见一样。大侃问一句，二哈把视频的声音放大一次。但巧合的是，答案全是伤害。

"一女子睡觉被吵杀死儿子……"

"年度考核打分不够科学的问题你们向上级反映过吗？"

"一女子嫌儿考分低，断其子右手小拇指……"

"你们环保部门好像是受气包，能不能再下来，好好梳理一下基层难题现状，给上级提提意见？"

"一女子骂子不听话，令其绝食三天……"

不论大侃怎么问。二哈始终是用网音与他兜圈子……

啵一口

四十六

春意渐浓，万物萌生，蓝白渐多的C市天空下，一派生机勃勃。

时光定格在羊年初春，F县出事儿了。出大事儿啦！

在C市大气污染防治历经两年多奋战，取得辉煌成果的大好背景之下，F县却一反常态，从2014年后两个月至2015年开局三个月，连续出了大洋相。县城PM2.5浓度连续五个月不降反升，导致省环保厅对F县政府实施了空前严厉的约谈。通过媒体曝光，魏县长在约谈会场上做检查、表决心的场面，立马成为全县乃至C市和京津冀地区的头号新闻。而且，魏县长在被约谈之后不足半月，就被调离F县，降一职，到C市市直一个管植树的局里，当了副调研员，和胡县长的处分级别基本一样。

几乎是同时，E县主管环保工作的副县长吕正天，也被市纪委请去问责，但问责原因不详。

"F县魏县长懒政不作为，县城污染加重，县长位子没了，调离降一职，算是处分轻了。吕县长是怎么了？E县县城的PM2.5浓度下降率，连续两年都在30%以上，是整个京津冀地区防霾治污的先进，纪委找他去喝的哪家子咖啡呢？"

"好像也是过去有什么旧账还没弄清楚，这次又因为大气污染防治工作中出了点什么毛病。但是，纪委找他去，不是去喝咖啡的，是喝二米皮蛋粥了。"

"喝二米皮蛋粥是什么意思？"

"市纪委请领导干部去问责，不光是像香港廉政公署那样只喝咖啡。听说喝皮蛋粥是最优厚的，这个待遇只送给工作中真抓实干，群众口碑好，却因工作中有某些违规行为，导致够格被问责条款人员的。吕县长属于因公无私，可能够不上喝咖啡尝苦头、喝白开水淡着你的条件。"

"还有喝咖啡、喝白开水的安排呢？"

"是呗，喝咖啡的，一般是贪腐人员。喝白开水的，一般是懒政不作为，导致工作受损失的。"

"嘿，分得挺细，还很有创新的呢！"

"适应新常态，创新是关键，不能眉毛胡子一把抓。问责也要爱憎分明，黑白分清，有理有法，饱含和谐的人情味道。"

"这样说，喝二米皮蛋粥，算是最好的待遇了呗？"

"这种待遇还是不要比较好，最好啥也不去纪委喝。喝啥都难受，难受，就不如不去受。"

"理是那么个理，但是，现在法严规矩多，有时稀里糊涂就冒犯上了，让想干成点事儿的人难受死了。"

"法不严，规不矩，也不行。防小人，君子也不能不沾点边儿，还是多精心、多用心，守好规矩干好活，尽好责任为上策。"

"有理。有理。有理。"

四十七

这个故事，是盼姐与二哈你一句、我一句，拼凑着给大家讲的。二哈更了解F县大气污染防治越防越重、越污越高的内幕。

二哈先是看了一眼康大仙，然后故意放低了声调说道："三舅啊，其实魏县长这顶官帽是让我二舅给摘掉的。"

老康一听立马急了，"你瞎扯什么，你二舅又不是官，他怎么能摘掉县长的官帽呢？"

老康问得有理。盼姐、大侃，还有我，同时因为这个疑问的谜团发出惊诧。

二哈长叹一声接上说："过去我就讲过，防霾治污，别把小人物、小污染不放在眼里，很多大污染就是小人物、小污染、小情节造成的。小老板摘了大县长的官帽，其实是听起来迷惑，听完了傻眼。"

"你二舅他到底干了些什么，把魏县长整倒了？"老康问。

二哈说："要百分之百说是我二舅整倒了魏县长，这话有点过头，但魏县长作茧自缚，自食其果，也是主因。"

"你快说说是咋回事吧，别拿着了。"盼姐急了。

"您先别急，我看吕副县长被市纪委请去喝粥时您都没那么急过。"

"老吕这人我知道，他犯不了出格的事儿，顶多是为干好工作，出点差辟什么的，还不至于摘去官帽。你二舅早就是出了名的养霾大王了，他和魏县长出事儿，也和老吕不是一个性质。"

"这话算让您说对了。我二舅弄不好要去监狱和我大舅、三舅会合的。"

"什么？"老康又急了，"我知道他早晚会有这一天，但他到底是犯了啥事儿了？"

"那我就说说吧。不过，别让我作诗了，我就直接说事儿吧。"二哈说。

"说吧。"

"说吧。"

"快点说呀！"

四十八

前边说过了，康大仙的外甥女，嫁给了马二哈，二哈自然就成了康家的外甥女婿。所以，二哈甜甜地叫着老康"三舅"，讲起了他二舅摘掉魏县长官帽的真实内幕。

前边还说过，康求真、康求德、康求甲，是亲兄弟。求真与求德是双胞胎孪生兄弟，只是求真比求德早出生十几分钟，闹个哥当，求德自然成了弟。兄弟二人同胞同生，自然也就都属鸡啦！康求甲无论怎么排，也是晚生了两年，只能当三儿。

康家三兄弟，老大康求真，老三康求甲，都比老二康求德结婚要晚。而且，老大家只有一女，老三家只有一男，都没有老二家妻儿兴旺。据传说，老二明里暗里，至少有两个妻子，两儿两女，人丁兴旺，但谁也没闹清哪个孩子是哪个妻子生的，到底是不是全都是康求德的种，也是说不清，道不明。

三兄弟性格各异，但开朗天生相同。

三兄弟后天职业各异，但"霾兄霾弟"的坏名早都有。

三兄弟都有大名，但外号各异。老大"小模特"，老三"康大仙"，这老二被人称作"啵一口"。

啵一口，这外号也不是平生带来的，是后天得的。起源是他长大成人后，讲什么事，都爱先说一句"啵一口"就怎么怎么着了。于是，给人们学他说话留下了个话把儿。后来这"啵一口"真的被人叫成了外号，还另外有许多个典故的。

在康求德因为新《环保法》实施后，仍然敢冒天下之大不韪，深夜偷排偷放污染物，被抓现形，且他又拉出了魏县长之后，他家的大铁门上和魏县长家的防盗门上，一夜之间，同时被人各贴了一张黄纸黑字的门贴。两家的门贴凑到一块，不仅能把啵一口的内幕表述出脉络，还特别令人回味。

魏县长家的门贴写：

啵一口，污染项目落了地；

啵一口，环保法规被抛弃；

啵一口，违法排污人员涨士气。

康求德家的门贴写：

啵一口，把小姨子搞到手；

啵一口，空气质量出了丑；

啵一口，县长官帽被摘走。

两家门贴的标题都是一模一样的：

啵一口　啵一口　啵一口

两家门贴留言的结尾也都是一模一样的：

啵一口，十八大之后不收手；

啵一口，新《环保法》咬断污贼手；

啵一口，霾凶霾蒂，一块牵着走；霾兄霾弟，一块出了丑！

四十九

二哈讲这段关于啵一口与魏县长的故事，从表面上看，好像是在老黄的逼迫下开始的，但实际上，到二哈真的开了口，话匣子的电量，充得特足。

在F县东南高速路出口处，重型柴油货车，大白天不敢进城，下路后排成长龙在此等候，于是，在这两公里长的路段上，诞生了一条新的产业链：停车——加油——餐饮——住宿——赌牌——向导——攻关一条龙服务产业。这条产业链的形成，首先彰显的是啵一口在F县的本事和能耐。他把沿路一侧的百余户农家院全部包揽下来。打通后墙，按门布景，做成不同档次、标准的小宾馆、小饭店、小赌局，买卖就算正式开张了。每天下路停靠这里的车辆都有一千余辆。这些长途跋涉从山西、内蒙古飞奔而来的重型大卡，清一色拉的全是钨金——煤。

停稳车，这些大车司机们会主动到沿街有他名分的那家宾馆去挂号登记，来早了，有个午休，来晚了，最多吃上口饭，就得继续趁夜赶路。但是，无论住不住，登记是必须要有的手续，必有的程序。否则，进得来，走不了。因为，司机们在小宾馆登记住宿的序号，到了晚上，就变成可有人引路，带你进城、出城的车队编组序号。按先后次序，保你入城没人查，查了没人罚。

一车一号，一号五百，住不住由你。详细行规是这样的：入住的包括免费使用赌场和夜间带路入城、出城不罚款；入住加五百元午餐包桌，三次可赠一次二百元午餐，每周能来一次的，当月内可免费午休一次，只需再交二百元引路费。

"师傅，这煤是往哪运呀？"

"B市电厂。"

"那你们怎么不到B市境内下路，舍近求远到F县城绕大圈子呢？"

"在B市下路罚得太狠，少则一千，多则上万，受不了。相比之下，在这儿花个千八百的，值。"

"你不是给电厂送煤吗？公事公办，为什么罚你？"

"这车是大重卡，烧柴油超标排放尾气，这一辆车在城里转上十公里，能顶一百辆小汽车在城里跑一天的污染排放量，谁也不愿意让大车进城。"

"F县这儿没人管吗？"

"有人管吃管住管带路，反正我出钱了，破财能免罚。"

"钱交哪了？"

"宾馆、饭店、停车、加油。"

"那和城里有什么关系？"

"不知道。那不是我操心的事儿。"

"是内外串通吗？"

"不知道！"

"是各得其所吗？"

"不知道！"

"是渎职犯罪吗？"

"不知道！"

"是……"

一位中年男人正和一名司机师傅聊到此处，却见一半拉子老头站在门口向那名司机师傅大声喊道："老姚，瞎他妈聊什么呢？"

老姚急忙走过去说："他好像是当地人。"

"他是干什么的？"

"不认识。"

"少他妈和陌生人说话，碰上是记者来暗访，你明天就成公众人物了。"

"那有什么可怕的，咱是明人不做暗事。"

"呸，放你妈的屁，你超重超限超排，比他妈黄标车还厉害上百倍，你和做贼的有什么区别？没有我老康，你连煤都他妈搭上也别想逃过运管这一关。还他妈牛逼呢？"

"康老兄，您别生气，您别生气，以后我谨慎点儿就是了。"

"你自己看着办吧，有能耐下次走B市去。"

"康老兄，康老兄……"老姚说着软气话，紧跟两步，追上老康，一掏一塞，一个红包已从老姚手里转移到了老康上衣的兜兜里。

"你别以为这都是我的，我得四处去求人打点，分扒分扒，老子也就剩瓶酒钱。"康老板低头瞪眼骂老姚，老姚却点头哈腰仰头朝老康的冷脸上发奴漆。

康老板这边正教训着大卡车司机老姚，那边，他的专车司机突然朝他大喊大叫道："老板，厂子那边出事儿啦。"

五十

重型柴油货车污染问题，其实，在F县已沿袭多年。过去，这些过路车，不仅给F县带来了很严重的尾气污染，而且城区内外的公路，被糟蹋得不成样子，大大减少了通行寿命，就像吃了尾气的市民一样，不堪重负。

"大货车冒黑烟这么严重，是不是应该回避人口密集的城区行驶？"

"少数人收黑心钱收引路小费，多数人吃尾气遭受侵害，县里为什么管不了？"

其实，为解决柴油车排放污染重问题，F县曾几度出台文件，要求相关部门制定重型柴油车绕行计划，但由于部门之间工作的扯皮，近年来，F县夜行市区的重型柴油货车却是不但没有减少，反而激增，尾气排放成为大气污染的一大源头。这种局面的形成，不仅有"内鬼"之因，也有油品不达标、油车不同步问题。

我忽然想起来，去年，我因为在C市环保局帮助工作，整理总结环保史，借工作之便，我经常看到一些相关资料。资料显示，柴油车排放的颗粒物占F县城区机动车排放总量九成以上。每当夜幕来临，都有大量送货或者过境的重型柴油货车驶入市区，造成严重的大气污染。空气质量监测结果表明，凌晨零时至三时左右，是颗粒物浓度较高的时间段。高峰时，每分钟有三十多辆。千余辆大车飞啸而过，这个城区上空，立马变成灰色。长此以往，久而成习。

其实，全国很多大城市都存在重型柴油货车污染问题。根据《中国机动车污染防治年报（2014）》，占机动车总量15.2%的柴油车，排放的氮氧化物接近机动车排放总量的70%，颗粒物超过90%；仅占机动车总量4%的重型柴油车，氮氧化物和颗粒物的排放占机动车排放总量的50.5%和60.4%。资料显示，一辆达标的国Ⅳ重型柴油货车排放的氮氧化物，相当于90辆国Ⅳ轿车；不达标或者更低标准的重型柴油车，排放水平能达到国Ⅳ轿车的200倍。机动车中排放最厉害的就是重型柴油车，柴油车尾气治理是机动车尾气治理的重中之重。

实际上很多柴油汽车也在使用普通柴油，目前车用柴油只占柴油总消费量的40%左右。在同样的排放标准下，柴油车尾气污染程度大于汽油车，使用不符合排放标准的普通柴油时问题更加突出。不达标排放危害非常大。不达标柴油燃烧不仅污染空气，还制约高档柴油车的发展。C市环保局大气刘处长曾告诉我："油品质量对于控制机动车尾气排放有很大的影响。经过近四年的等待，车用柴油达到了第四阶段排放标准的质量要求，但普通柴油还要等两年才能达到国Ⅳ标准。目前，仍然会有很多车辆使用普通柴油。油品不达标，柴油车尾气中氮氧化物和颗粒物含量较多，氮氧化物本身具有毒性，也是酸雨的主要来源之一，容易造成人类高血压、冠心病等疾病，氮氧化物还会成为颗粒物和臭氧的前体物。柴油车排放的颗粒物粒径绝大部分在1微米以下，可以被直接吸入人体的肺部，引起呼吸道疾病，同时颗粒物通过对光的散射，导致能见度降低。此外，柴油车尾气中含有的多环芳烃，也极大地威胁着人类的健康，有很强的致畸、致癌、致突变作用。柴油中硫含量高，尾气排放会造成大气中硫酸盐浓度升高。此外，随着硫含量的增加，一些排气后处理系统的转化效率会降低，甚至会由于硫中毒而失效。

"监管是很重要的一个方面。"刘处长说，"中国环境科学研究院在全国范围内开展的油品质量调查发现，油品质量存在不达标的情况，特别是民营加油站销售的油品质量问题较为突出。现阶段，建议由环保部门会同工商、质监部门积极开展市场车用油品品质监管，让加快实施的油品标准落到实处，为降低汽车排放污染、降低雾霾污染发挥应有的作用。不论是从保护机动车的角度，还是从减少污染排放的角度，提升油品质量都是最好的办法。即使是国Ⅳ以下的车辆使用国Ⅳ、国Ⅴ油品，污染排放也会减少很多。"

但无论怎么说，F县从大气污染防治行动一开始，就已经把车辆限行作为一项政策，市民家中的小汽车时常因重污染来临被限行，但重型柴油车污染治理，却因种种因素，防治举步维艰，所以，恨啵一口的人越来越多。为此，魏县长曾几次亲自主持召开调度会，解决这个问题。但是，到会的相关责任部门却都很少发言表态。因为，在他们的心目中，啵一口之所以能不把各执法职能部门放在眼里，公开做着引污入县的产业，不是偶然的。但这种现实情况，魏县长本人心里是否明白，这才是大家处心猜测的谜团。

"老兄啊，为了支持D市的发展，我可是牺牲有点太大了。市里要用空气质量改善排名给我打分啦，大货车的事儿，你可得体谅我一下了！"

"老弟呀，这么多年了，你魏大县长和F县人民，对支持国家重点电厂正常运行，都有一功啊，这点我明白。但是，给我拉煤的车可不是离了你F县就不行了啊。"

"老兄啊，你是官大不了解小事儿，不是你那儿罚得太狠，车能都跑我这儿来吗？"

"算了吧！不知是谁支持谁把我这儿的来钱路子给断了，但却在自己那一亩三分地上形成了加劣质油、住高价房、吃带路饭的一条龙产业链，能挣这个钱，就得能沾这个污。怎么了，形势变了，有点受不了了吧？"

"老兄啊，可不是这个样子啊！"

"是不是自己查一查吧！"

D市"老兄"的手机挂断了好半天，F县"老弟"的手机还愣巴巴地贴在脸上。此时，在魏县长的脑海中，啵一口的憨态、媚态、笑态、丑态……像过电影一样，翻来覆去，不停顿地来回闪现着……

"啵一口，真缺德，挣了黑钱引污车。啵一口，能耐大，谁来执法都不怕。啵一口，企业多，污染遍地没人说；啵一口，有后台，大钱小钱一块儿来。啵一口，快出事儿，拉出后台净空气……"

民谣，民谣，民不饶。乍暖还寒的初春，此时，魏县长不由得打了个寒战。

五十一

魏县长是个胆子特别大的人。说事，斩钉截铁；办事，雷厉风行；处事，目不斜视；成事，心无法规；顶事，哥们义气；拍事，啵的一口；出事，后悔莫及。啵一口就喜欢这样的政府领导。于是，"啵一口"成了两位表兄弟的合用名。但对魏县长本人，有人在背后也给他起了个外国名字，叫"污巴托"。说他"当官制污造霾""拍官叭叭叭叭""买官托人付钱"。

魏发当县长后，原来的市长曾听到过不良反映，并提醒他说，领导干部，特别是一把手，如果有权就任性，党纪国法就会被逼到墙角。反过来，党纪国法就会报复你。遗憾的是，他没有听懂。后来的马市长，也听人议论过魏发，说他摆弄发展和摆弄治霾的能力不强，但摆官架子、说话装腔作势的能力却很强。还说他，从面子上讲，拿自己这个官很当回事儿，追求一言九鼎，但从政治上，他对自己这官又很不负责任，耍了、贪了、快完了。马市长听了很震惊。

啵一口和魏县长挂上钩的年代，要追溯到上个世纪的八十年代。当时的魏县长，还只是县工商局的一个小办事员。啵一口当时和他大姨夫一起，在村口田边上盖了两间简易房，开办起一个小电镀厂。污水横流，田地被毁，树木死了一大片。接群众投诉后，县环保局派两名执法人员去现地查封，却遭到啵一口的百般阻挠。

"你们有什么权力查封我们的厂子？"啵一口问。

"你办厂没去环保局办手续，连个工商营业执照也没有，排污是违法的，就应该查封。"说这话的人是个年轻小伙。后来，在魏县长执政期间，这个小伙子，正巧还在当县环保局长。他姓丁，叫丁铆。

"哪有这个规定，我这个厂根本用不着去你们环保局办什么手续，有工商局的营业执照就够了。别瞎咋呼了！"

"那你把工商营业执照拿来。"

"你明天再来吧。执照在我大姨夫包里，他今天去海南出差了。"

啵一口用搪塞的办法，把环保局的丁铆给顶了回去。其实，他的小电镀厂，根本就没有什么营业执照。

小电镀行业，从历史上就没有正儿八经办过什么营业执照。早些年，在农村办个小企业，别说需要有环保的环评，就是工商部门办执照，也不给这样的小散户办，或是说很少有人去办。因为，它的营业规模、方式和打游击式的工作法儿，根本就够不上"企业"的档次。

一家一户，三天打鱼，两天晒网，今天有活就干，明天没活就歇，有的开张几个月就不干了，有的干个半年一年就转行了，捞一把就停。到后来，由于污染状况加剧，国家明令取缔十五小企业，坚决打击无序排放行为，小电镀行业慢慢倒好了一些。随着行业链条的形成，产业的兴旺，小电镀有些成了规模，污染也变得相对集中和恶化。曾有过一段时期，小电镀基本处于多头管理没人真管，环保真管无法可依，政府该管又不会管的状态。形成了事实上的工商、环保、公安都在管、都在打；工商、供电、环保、公安都在控、都在防。结果是，除了供电局明码高价收电费外，其他部门多是抓了罚、罚了放、放了抓、抓了再罚、罚了再放的局面。甚至，有的部门工作人员，罚款无票，罚款不知去向的问题也广泛存在。在这些违法小企业主的心里，执法、管理部门，就是为钱而来、为钱而抓、为钱而打、为钱而放。再甚至，有个别部门，干脆把所谓罚款，让违法企业直接交到饭店、加油站、供电所或移动电话营业厅，把对违法排污企业的罚款，变相变成了单位的公务招待费、个人手机费、单位耗电费和公私车辆加油费。F县有个工商所的干部，老爷子去世，全县有三百余家违法排污企业登门吊唁，三天公开收到礼金百余万元。结果是，违法企业方兴未艾，环保执法反遭围攻。当时的魏县长作为小科员，也是看在眼里，学在行中。

那时的啵一口，能和魏发接上头并成为日后几十年的好朋友，就是起源于丁铆的那次执法要啵一口出示工商营业执照。为了应对环保局的执法，当天夜里，啵一口就和他老姨夫一起托关系找门子，最后请到了魏发。二两酒"啵一口"仰脖一气下肚，魏发头脑开始发热，但他讲话却还很讲原则。

"你这事儿不好办，明摆着是违法的。别说环保局不干，我们工商局也不能支持这个。国家有令，局里有头，执照我可办不了。"

"魏老弟呀，咱们虽是邻县，但三五里地住着，乡里乡亲不说，要是从我老姨夫他老丈人那儿论，咱们还是亲戚呢！"

"什么亲戚？"

"我老姨夫他老丈人我亲家爷，和您父亲我大伯父他老丈人，早年就是祖传的老干亲。这样论，您妈就是我亲大姑，您就是我亲大表哥，这没差吧？"

"是吗？我还没问过我妈。怪不得我三婶她四姨夫给我打电话，让我帮你呢！"

"大表哥，兄弟求您这事儿，您可不能不管啊！"

"你多大，叫我大表哥？"

"我属驴，比您小吧？"

"你喝多了吧，哪有属驴的？"

"其实我是属鸡，可我爸总骂我和驴一样，我就顺坡下了。"

"你属鸡，我属猪，你叫我哥，这合适吗？"

"嘿，看您的面像，比我精神多了。好，既然您是我大表弟，当哥的先干为敬，再敬兄弟一杯。要想好，大敬小嘛！"

啵一口、魏发两口干了四两，话口马上又热乎多了。

"我说你这事儿不好办，但也不是不能办。办嘛，也不能明着办，明着办也不能办真的。制度是人定的，你不能让他再把自己人卡死，你说是不是这个理儿？"

"理儿是对，可我没听明白。"

"这样吧，咱再干一杯再说。"

魏发言毕酒干。啵一口也忙不迭地跟着干了。

"这样吧，你挣俩钱发家致富，也不容易，上边正鼓励这个。但我只给你盖个章、添个证，就别办档案、留台账了。办个半真半假的。"

"半真半假，那让环保局看出来怎么办？"

"你不说环保局知道啥样的是真，啥样的是假？应付一下，就过去了。"

"他们要去工商局查底儿怎么办？"

"各干各的事儿，他查得着我吗，我又不归他们管。"

"表弟呀，快过年了，我一会儿用车送您回去，提前去给我表弟妹拜个年去。"

"不用不用，都是为了发展嘛，亲戚之间，哪有那么多理儿。再说，当哥的，给弟妹拜的哪家子年啊。"

"您瞧我说的，我是说给我大姑拜年去。大姑多年没见面啦。听我妈说，小的时候，她还抱过我呢。"

"好，好，那你该去，那你该去。不过，去是去，不许买这买那的，就空手去拜个早年！"

"好，好！来日方长，来日方长啊！"

"那咱们走吧？"

"走！"

魏发嘴上说着走，却顺手又抄起了酒杯，啵的一口，又干了小二两。

"明天就办，明天就办，不就个破证吗，环保局真是多事儿。"

到了魏发家，啵一口从车的后备厢里搬出两箱白酒、一箱鸡蛋，还有一块足有二十斤重的猪后座。

"你这是干什么，不是说好了不买东西吗？"

"东西都是现成的。酒是自家酿的，鸡蛋是您表嫂养的鸡下的，猪是我养的。"

"你家自己酿的酒，怕不是勾兑的假酒吧？"

"哪里哪里，我三弟会算卦，他给一个酒厂的大老板算了一卦，人家给他送了两箱好酒。可他没这个福气，只会招财，不善饮酒，送给我爹喝。我爹心疼我在外边干点买卖不容易，让我用到场上打点。他要是知道我把酒孝敬我亲大姑了，不定有多高兴呢！"

"好，好，没外人，没花钱，没问题。你那证别等明天再办了，现在就办，就在家办，我早给你准备好了。谁跟谁呀？算个什么事儿呀？为了F县的发展，该干就干，不干对不起你我这关系……"

五十二

啵一口和魏发挂上了。随后十数年，数十年，魏发官越当越大。啵一口靠着魏发的支持与保护，企业越办越大、越办越多，各种颜色的钱也越挣越多。当然，魏发也明白，他往上爬、到处请、到处送的经费，把他全部的工资都搭上，也干不成一件事儿。魏发很快由科员、科长、副局长变成了县工商局长。与此同时，他也看到，县环保局局长的名字和他是一纸命令，而且恰巧叫丁铆。丁是丁，卯是卯。魏发心想，官场上拿工作太较真儿的人，升到一定程度，也就没了出路。

果真这样。当魏发当了三年副县长又升任一把县长时，他抬头看看，当初和他一起到县委接受委任谈话，曾并排坐在一起的丁铆，而今，正在台下认认真真地听他讲话、做笔记呢。不过，自从他当了县长以后，还没两年工夫，丁铆已先后三次写报告提出辞职申请了。但至今之所以丁铆还干着，并不是魏县长不同意他辞职，一是魏县几次都转弯同意，试探书记的口信儿，都被书记直言挽留了；二是书记也想给丁铆安排一个好出路，到县人大或政协升任个副职，但县里科以上干部集体推荐提职候选人，丁铆都是以微弱差距，排人之后。对此，书记也很头痛。更让书记头痛的是，有一次县委看丁铆升职难成，又看他劳累多年，再看他确有能力，想调整丁铆到土地局、建设局或财政局任一把，让丁铆三选一，俩局长对调。可书记万万没有想到，他白天找土地局长谈话，晚上省土地局领导就给他打电话，说土地系统垂直管理，近期没有调整干部的计划。垂直系统不成，书记又找建设局长谈话，建设局长更痛快："我这人干点具体事儿还行，但不会处理矛盾，您要看我能力不行，让我与信访局长对调都行，但让我去环保局，我就辞职不干了。"建设局长很优秀，书记让了步。魏发又给书记出了个好主意，正对正对调不行，把财政局的一个副局长提成正的肯定好使，丁铆不是说了？到财政局当副职也行嘛。书记找来财政局副局长谈话，这位副局长一听提职当环保局长，当即就央求书记说："书记，我是犯错误了吗？我有错，组织上可以处分我。我不想扶正了，我就是干一辈子副职，也不想去环保局冒险！"

丁铆提不成，一拖再拖；环保局没人愿去，一拖再拖，丁铆这环保局长，一干就是八九年。在那个不守《环保法》是常态，严格执行《环保法》属变态；守住官帽是底线，生态环境没底线；顶得住的站不住，站得住的守不住，又能顶住又能站住属不可能的年代，比起众多县被迫辞职、被迫下台、被迫调动、被迫轰走的环保局长来说，丁铆应算另类。他从不和顶头上司交锋，但也不随波逐流；他从不会耍滑头，但也从不丧尽原则；他从不直接否定什么，但也不支持污染项目上马；他从不懒政怠政，但也从不引火烧身。他的招法就是你急我不急，你火我不火，违规我不干，你干我装看不见，同意的我盖章，不同意的我弹钢琴，弹黄了拉倒，弹不黄我也不担责任，反正有你政府给我当婆婆。上级环保部门查出了问题，咱能往政府推，你要问责，环保法规的不健全还能当挡箭牌，说到哪里也不算瞎说。丁是丁，卯是卯，在这样的官场环境中，一个正儿八经的环保干部竟被逼成了不是滑头的滑头。怪谁都很难说清楚。万幸的是，F县这些年也没出过重大环境污染问题，否则，像丁铆这样的环保局长，估计早八年就干不成了。因为，即使他钢琴弹得再好，也保不准会有变调、断弦的时候。倒退两年，若不是他"大病"住院三个月，他的官位早移人了；倒退半年，要不是他丁铆抹稀泥、会调理的功夫好，他肯定会在新《环保法》已施行的新情况下，在哒一口那个化工企业出现群体性环境事件时，和魏县长一块儿，倒下台来。

五十三

"算你们中央政府狠,两年多就把我整得半死不活的了。不过,我的生命力、繁衍力还是很强、很凶的。再加上你们的工作力度还是冷热不均、上下两层皮。上边,轰轰烈烈,见我痛恨,恨不得一夜之间把我铲除。不过呢,在基层一些地区,在人群里,我还是朋友多多啊。你们的好多决策、任务,越到末端,越不落实,这就给我的生存创下了优越空间。我说我不想活了,鬼才相信,谁愿意死啊?"霾在夜深人静的时候,其实根本就没休息,它们在执法部门酣睡之际,还在雌雄交配,造霾兴家。

"大表弟啊,县长啊,霾是人类生存不可回避之物。防污治霾是区域共酿、共防、共治之事,光靠你F县行吗?不行,要联防联控,才能出成果,光靠你魏县长,累死喽、亏死喽、转死喽、限死喽,也显不出来是你的成绩。面对现实,留个后首,留足后路,留有余地,留条升路,最好的办法是什么?那就是坐山观动向,下大力抓发展,上企业,观测着干,先看看动向,别傻费力气不落好。"

俗话说,假话、黑话只要能有讲一百遍的机会,很可能就会变成真话、实话、让人发晕的话。

"魏县长,既然大气污染是区域性问题,治好大气,不是你一个县力所能及之事,既然大气污染谁也不能独善其身,逼谁单个退出污染排名也只能是理想,那么,倒不如趁周边县倾力治霾,经济在出现暂时下滑之时,你给他来个'放霾归山,上企增效'之策,把精力用到抓发展、抓民生上。到头来,你可以一举多得,既可坐收'蓝天'渔翁之利,又可保GDP稳入腰包之功,求得发展与保护、治霾与创收互利双赢啊。到时候,上边说不定还会树你一个'大众创业,万众治霾'

的标兵县长呢！"

"人家治霾，咱这儿看戏，那不是不讲政治了吗？"

"上边不是讲过吗，发展是第一要务，没有发展什么也没有。再说了，这霾不是靠风刮来刮去的吗，到底谁是制霾的、谁是治霾的，很难说清楚。见便宜不占，那才是傻干；见机遇不抓，那才傻瓜；低下头来治霾，那才是瞎来；抓机遇上项目，霾不霾的让老天爷去安排吧。"

"现今，连小学生和没什么文化的老头老太太都耳熟能详的词语不仅有微信、彩信，还有民意、民生。特别是'民生'二字，只要这道招牌挂上，违法违规没人查，违法建设没人管，违法排污没人问，更不用说有谁张口敢罚。"

啵一口的化工企业，就是在大气污染防治攻坚战打响的同时，在魏县长的关怀下，仓促上马、仓促建设，在环保"三同时"三不同时的大背景下建起来，并很快引发了公众强烈的"告状"的。

啵一口这些言行，最终是让魏县长接受了。魏县长接受了啵一口的歪理邪说，难受的人就变成了环保局长丁铆了。

在大气污染防治的关键口上，在F县臭氧持续升高的镇痛下，魏县长的工作精力，却稳步转向了抓项目上。啵一口的"三无"化工厂，在魏县长的特殊关怀下，在F县落地造霾，导致周围村庄群众集体上访，在啵一口被愤怒至极的群众用砖头砸伤，左眼珠子当场掉到地上后，丁局长不得不奉魏县长的指令，到现场平此事。最终，丁局长用连唬带吓，连蒙带诈的方式，一方面以"你违法在先，如果告到法庭，你的企业要推倒添平，恢复生态，甚至还要罚款、还要判刑坐牢"为说头，压住了啵一口"要报警"的冲动；一方面又以"他违法你们也不能以恶制恶，致人重伤害，也要入狱判刑，不如各忍一把，他治他的伤，你种你的田，企业就此关门，谁也不再找谁，以后各过各的日子，谁也不再告谁"为说头，劝散了愤怒的群众，息事宁人。

后来，啵一口坚持要在县城上马生物质企业，得到魏县长同意后，丁局长就更加难受了。他深知生物质污染排放的危害，也深知上级有明确的相关要求，但无论他怎么劝说、解释，魏县长还是要坚持他在酒桌上"啵一口"后已向啵一口许下诺言的严肃性、权威性，坚持要丁局长直接去帮助啵一口操办生物质项目落地，并把全县城的燃煤锅炉，统统煤改生物质。

被逼为难之下，丁局长竟想出了一个万般无奈的下策，他直接匿名给市纪委写了一封信，举报他自己如何不作为、乱作为，要在F县县城推动使用生物质锅炉。市纪委直接追查下来，倒是魏县长率先了解到情况，"替"丁铆顶了一把，把他"救"了下来。再后来，为了让魏县长彻底改变在县城推广生物质的决策，丁局长还和县法院的郑毅院长一起，"表演"了一场攻"庄"救"魏""灭"污的好戏……

五十四

说实在的，F县环保局长丁铆在工作中被迫"抹稀泥"、被迫"自己告自己"、被迫和魏县长"玩花活儿"这种地步，真的是出于"无奈""压力"与"自保"。就在F县2014年空气污染指数不降反升的时刻，邻居E县的空气质量却持续向好。这就引发许多猜测。由于一升一降，一好一差，使得E县吕正天时常受上级表扬，而F县魏县长却时常挨批，县长挨批，气去哪丧呢？这导致丁铆局长的日子也越来越难过。

同样是治霾，紧邻F县的E县，在胡县长被问责、处分、拿下后，县委、政府班子进行了较大的正常和非正常的变动。新上任的书记、县长，对以大气污染防治为当前首要任务的支持、关注力度，空前之大。因此，作为主管环保工作的副县长吕正天，开展工作异常顺心、顺利、顺势。E县的大气污染防治工作，不仅得到了市委、市政府的充分肯定，也受到域内外投资商、治理商的广泛支持和支援。

尽管E县空气质量改善幅度尚未达到公众预期，但是"初见成效"地大步向好，成绩确实来之不易。在这背后，是政绩观调整的认识保障，是上下一心合力治污的机制保障，是源解析等工作推进的科技保障。在E县领导层，早有了这样的足够意识：空气质量得不到改善，不仅仅是"面子"问题，很可能也是"帽子"问题。原县委书记被调整岗位，胡县长被降职拿下，就是大气考核不及格致的结果。

　　"以周保月，以月保年"的推进机制，书记、县长亲自带队解决一线工作中的重点、难点问题的力度，使E县大气污染治理成为"一把手"工程。

　　但现实最头疼的是，E县财力有限，国家下拨的资金E县根本分不到半杯羹。几十座砖瓦窑要拆除，三百万吨优质燃煤要购进，二百余台燃煤锅炉要提标升级，改气、改电，仅三项工程的落实，就需要近两亿元。捉襟见肘的E县本级财政，只有不足两千万的看家能力！工程不实施，优质煤进不来，年度空气质量"双控"目标任务就会泡汤。

　　"困难再多、再大，我们也不能只等着上级给、上边追，要敢于担当，主动作为。"超常的压力，挤兑得吕正天产生了超常的创新动力。2014年冬前为难时刻，吕正天想出了一个政府、环保企业、金融机构与市场之间相互合作的PPP新模式，通过政府引导、项目示范、机制探索，为融资、租赁、直投搭建平台，解决燃眉之急，确保上级部署的大气污染防治工作任务如期落实的一揽子新举措。这次他想起了他的一个老同学，A市一个有国际盛名的风投公司的大老板——邸总。吕正天这个电话可真是没有白打。邸总当时正在"长三角"某地组织实施一项污染治理工程，难于抽身。但他当晚就委派中惠科银技术公司的女副总华为，第二天上午专程赶到E县，了解E县大气污染防治情况，谋划该公司与E县政府合作治霾之策。

　　"吕县长啊，我们软银财团的邸总说，他和您是在小说《霾来了》里认识的。您的担当精神、实干作风，他很是佩服啊。所以，您昨天一个电话，他这么快就让我来了！"

"谢谢你们公司啊！"

"谢什么，防霾治污，是全社会的责任，全民的梦想，应该是有钱的出钱，有技的出技，全民行动，谁也不能只当看客。听说您过去受了不少的委屈，今天还能这样尽责，我们都很受教育。"

"别客气了，还是谈谈合作治霾的事吧！"

"治霾我们还是有成熟经验的。治理项目，我公司在'长三角''珠三角'，都有成功范例。实践告诉我们，治霾不能盲目决策，不能有病乱投医，更不能东一榔头西一棒子的。既要有靶向治理的准确性，更要有应急预防的时效性。否则，盲驾比酒驾、毒驾更容易劳民伤财。"

"E县治霾有三大难，一缺技术二缺钱，劣质燃煤数量大，煤烟污染伴全年。你们有技术、有融资能力，我心里就踏实了。"

"请县长放心。邸总说了，让E县污染监测设备说话，污染指数不下来，公司一分钱也不收。"

华为的娇美开朗，起初曾让吕正天感觉"合作"的希望会很渺茫。但华为代表公司表达的真诚合作态度和依托上市公司融资实力的大义支持，让吕正天备受鼓舞和感动。

后来证明，中惠科银公司不仅有治理燃煤污染十分成熟的专利技术，而且让利E县，自筹融资，以实施技改和微利贷款"双惠"举措，帮E县横刀立马，攻克了治理技术和资金保障两道难关。

中惠科银在E县的壮士之举，立马换回了良好的声誉。公司致力于环保技术、项目投资，通过氧化催化剂高效净化脱除锅炉燃煤烟气中的SO_2和NOx，创造了国际性低温氧化领域的技术突破。脱硫、脱硝技术，在过程自动控制、定时传输和智能监控管理手段的支撑下，为E县成功解决燃煤污染之痛，降低了燃煤污染，确保城区空气质量极快好转。公司通过在E县的成功实践，自身也创建了良好的社会形象。

"华总啊，你们的治理技术和工程项目已经顺利通过省市验收啦。

但我们还是有些担心呀。"吕正天对华为说。

"吕县长，有什么担心的，您直说。"

"《环保法》要求越来越严，燃煤锅炉排放标准越来越高，我担心，万一我们的技术有什么不过关，出现了超标排放，环保部门可是要按日计罚的。"

"吕县长啊，如有超标，按日计罚不但不让县里出一分钱罚款，我们公司还要向县政府加倍交违约金。这样，您放心了吧？"

"放心是放心，那你们企业的损失怎么办呢？"

"没有金刚钻，不揽瓷器活。口说无凭，咱们在治霾合作框架协议之外，再续加一个君子协定，把刚才咱们讲的话、许下的承诺，都写上。"

"华总啊，这下我就真的放心了。请你转达我对邸总的感谢啊！"

"感谢邸总，您怎么不请他来县里呢？"

"唉——邸总听说我刚因为工程招标的事受过处分，不敢来，怕给我添嫌疑。"

"你们官场怎么这个样啊，清清白白干好事、干正事，怎么还跟做贼似的？嘿——唉——哈哈哈。咱们还是先签君子协定去吧，别给您惹事儿。"

"其实想开了也没那么复杂。进思尽忠，退思补过，是领导干部的本分。多少人未曾败给懒政，却十分轻易地输给了求为与成功。处事谨慎，存心正派，想法不歪，做事就很难歪。既使偶尔歪一点点，只要是走在正道上，也属可以理解范围。否则，是福是祸，还真得打个大大的问号。"

"佩服，佩服。怪不得我们大老板对E县这儿如此情有独钟呢。"

蓝天下的迷烟

五十五

泅渡深霾的一天

太阳照耀与不照耀，都会

恍然有条秘径

去钻研去穿透这世间的虚拟之气

就如一个新的幻想曲目

终将替代一个老的

一些浊物，也在寻求把自己隐藏的方式

而一个原汁原味的水和空气

是我们所思

是一个相对意义上的色彩的本源

我可否把这个本源的自然

定义为，可以把雾霾

转化成一个明亮事物的自然

就像有意聚合的风，来变幻

一个有限的田野

和一口映照无限的池塘

就像一个人，想替代着我

彻日思索

一些浮泛的没有边缘的事物

清晨，二哈伴随着一位男声的诗朗诵，从梦中醒来，拉开窗帘，心中不由一惊。

难道是自己眼花了吗？

二哈家的窗外，紧邻公园，正常情况下，每天六七点钟，公园的喧闹声，就是把他叫起的闹钟。此时，咏诗的男人正对着他家的窗口，还在诗兴未消地原地徘徊。

"克金诗人啊，你起得好早。你的诗让我很揪心呀。"

"二哈局长啊，打搅了。我可不是故意的！"

二哈清楚地记得，昨天傍晚手机上传来的天气预报说，今天是晴天，但眼前的窗外却是灰蒙蒙的一片，青黄色。他迅速打开手机查看，空气质量预报综合指数已经超过488微克/立方米，几乎临近爆表。

早晨起床先掀窗帘看天空污染程度，再打开手机比对现实与检测数据有无异常，已成二哈近年常习。

此时，二哈连脸也顾不上洗，牙也没刷，开门出去，走向街头。

"啊啊——啊啊——啊啊——"伴随着童音撕心般的哭声，二哈看到，路边有一少妇，左手捂鼻，右手拿块手帕，正给孩子擦去脸上的泪珠。尔后，母子俩一同久咳不止。二哈定神向街上凝望，满大街上，像这对母子俩同样的景况，比比皆是。二哈正疑惑地猜测眼前发生如此状况的原因，他自己也不由自主地加入到了大声咳嗽的行列。大街上的空气太难闻了，几乎令人窒息。

"这是什么烟雾，怎么这么刺激人呢？"

"这烟肯定和他妈'啵一口'有关系。"

"康老二卖假环保炉具，专门倒卖劣质煤。这小子准定不得好死！"

"城中村这情况，上边知道不知道？"

"这个'独眼鸡'怎么这么神通广大？是不是有他妈的后台呀？"

"肯定不正常，不然的话，他倒卖假环保炉具和劣质煤会没人管？"

二哈心里明白，街头上人们骂的"啵一口""康老二""独眼鸡"，其实都是指的一个人。二哈正在像演员一样配合街头上的大声咳嗽，突然，身边传来一男一女两名快嘴的对话声：

"今儿个E县的天好蓝啊！手机尾数0688的刘先生发短信说，久别了的蓝天，今年见多，今天早上的太阳都显得好大好红好鲜灵，像个大灯笼挂在天空。"

"我这儿也收到了一条，说F县今天报的是晴天，但上蓝下灰，滋味难闻，他出门去晨练，没办法又被呛回来了。"

"C市有位医生打来电话，说医院床位已满，楼道也满，请患有高血压、心脏病的市民今天不要户外运动。"

"有位媒体女记者给今天F县的天气状况起了个名字，叫'蓝天下的迷烟'。她说，她和市民都期待着相关部门和权威专家能解读迷烟之源。"

两个声音一男一女，你一句我一句，像《杨三姐告状》里杨厅长讲评杨三姐讲话小嘴"叽叽叽"一样，特别吸引人的注意。二哈循声寻找，只见一位七八十岁的老人，身上斜跨背着一个收音机，人却是倒在地上，眯着双眼，嘴里还外溢着黑黄不清的液体。

此时，二哈突然停止了咳嗽，毫不犹豫地掏出手机，拨完三个数字，迅速拨打出去……

二哈后来得知，那天他呼来救护车救助的那位老人，是F县魏县长的爸爸。有人传，老人到医院后就去世了。也有人说，老人已出院。

二哈猜，无论是去世还是没去世，反正出院是肯定的。只是出法儿不一样而已。

五十六

别多见少的蓝天而今能"常回家看看"，应该是值得公众高兴的大喜事，也应该给各级政府、企业和公众同时点"赞"。但自从入冬以来，F县和C市市区的人们仰望蓝天时，却时常笑不起来。为什么呢？细心的人发现，市区天空出现了一个怪怪的现象：很多时候，蓝蓝的天，白白的云，高高在上，洁净无瑕，但市区百米以下的低空，城里城边却时常出现灰蒙蒙、黑蒙蒙的重污染烟带，有时是连成一片，有时是沿街成线，空气质量十分恶劣，气味十分难闻。特别是一早一晚，城际周边有些区域的居民，居家不敢开门窗，出门不敢深呼吸，还有不少的老哮喘、气管炎、心脑血管病患者，甚至躲在屋里还戴着口罩。很多早起晨练的人们，就像行走在庐山的云雾之中，各种烟气飘忽不定，练了胳膊腿，却反而伤了肺。

蓝天白云之下，灰蒙蒙的低空迷烟怪象是咋来的？刺鼻、刺眼、刺喉的气味是什么东西？很多人在发问，很多人说不清楚，很多人很迷惑，更有很多人发出各种牢骚，甚至有人担心地发问："蓝天白云还是大气质量好转的标志吗？""为什么污烟浊气会在低空徘徊？"

"其实，解开蓝天下的迷烟成因之谜并不难，难的是闹清了污染之因，知道了低空污染之故，人们能否'对号入座'见点'阻击'行动？"二哈说。

C市很多居民知道，在C市市区，由国家环保部和省环保厅定时定点设备，建成了六个空气质量监测点。这六个点，由国家环保部和省环保厅实时监控，并公布空气质量相关监测数据。对当地环保部门而言，只有看护维护守护好的责任，没有给监测设备"搬新家"、给监测环境"搞装修"和给监测数据"动手脚"的机会和可能。也就是说，从技术角度来讲，从2013年1月1日起，各级发布的C市市区空气质量监测数据，无论是烟是尘还是有其他什么东西，都是在用事实说话。

"回答蓝天下的迷烟、污霾形成的原因，不是一两句话就能说得清楚并让人心服口服接受得了的。让专家讲，他给你讲一大堆PM2.5、SO_2、CO、O_3之类的污染物种类，好多人听不懂；让外行讲，他可能会告诉你，要享受美好生活，吃点'霾'也可以忍受，世上没有十全十美的事儿。其实不完全是这么回事。"二哈的表情多显无奈，"因工作所需，我局十分有意地探求过城市中蓝天下迷烟形成的缘由，其实很简单。仅就城市监测点周边的现实情况而言，只要认清几组数字，就能说得明明白白。"

二哈说："前一时期严打违法排污，市局借调我与市局同仁一块到F县做过调查。在F县城区，仅监测点周边，就有排放油烟的饭店三百余家，居民散烧煤户有四万余户，各类洗浴、小燃煤企业有几百家；几乎布满了整个主城区的十五万辆汽车，每天在市区排放尾气；几百家大小饭店和数十万户居民家中的厨房，每天向空中排放着大量油烟。这些生产生活产生的粉尘、烟尘、二氧化硫、氮氧化物等，对市区环境质量的影响，令人难以想象。过去，有很多人，包括政府执法部门在内，一提防霾治污，大脑的思维首先都会想到各类大企业。但什么事儿都怕科学和实践证明了的'事实'会是反向的结果。F县和C市市区的污染，尤其是由各种烟气形成的污染，经过一年多的有力治理，大企业的大烟囱，几乎被全部推倒，所剩无几的几个也已经安装上了脱硫、脱尘装置。有网友和市民非常'服气'地说，国有企业治霾比私企好，私企治霾比公众参与好，常驻居民防霾比临时租房户好。究竟谁比谁好，并不是本质问题，本质问题应该是哪些污染源更好治理，哪些污染行为在落实和执行新的环保法规时更容易落实。甚至，对于公众层面的污染源，作为政府、作为公众，应该怎样去面对！很多时候，当我们自己面对不愿接受的污染现状时，可以说，没有几个人能冷静地分析污染的成因，更没有多少人能实事求是地从自身找找该注意些什么行为。其实，当我们发牢骚、讲不满、说怪话、给别人提要求的时候，如果都找一找自己的原因，那么，一定会有新的启示。"

听了二哈的讲解，我很受启发，我忽然想起在C市环保局看过的一份调查报告。文曰：很多市区的污染源，现今工业企业虽然还占一定比例，但徘徊在市区低空的霾，特别是冬春季节的各种烟气，大都是由"民生源"所形成的。"民生源"大致分为两种，一种是"集体"的，一种是"分散"的。"集体"的，主要有三：一是冬季集中供热燃煤；二是公共交通的大小车辆燃油；三是饭店油烟。分散的主要成因有六：一是分散取暖、做饭、洗浴用的街头和菜市场摊点燃煤小锅炉、小炉具；二是私家车；三是各类烧烤；四是家庭烹饪排放的油烟；五是垃圾、秸秆的焚烧；六是鞭炮、焰火燃放。

为防治这类污毒之霾，政府本是下狠心、出重拳、投重资、出狠招、办实事了的，但在北方个别地区的公众层，竟出现了这样的现象：政府出补贴配发的节能环保炉具，有人把它丢在一边，仍用旧炉具；政府发补贴被换掉的劣质煤，有人一边收补贴，一边又烧上了；政府发补贴让淘汰掉的黄标车，有人收了钱，却仍旧偷着开上路；政府三令五申要求在雾霾重污染天气来临时限行、限产，而有人置若罔闻……

霾，其实每天都在我们身边，造霾的人，就是我们自己。正因为我们还没有真正认识霾的成因，所以才有了怪天怪地怪这个怪那个。政府依法治霾，企业依法治污，公众依法参与，"三者"同"法"而语，其实就像家里过日子闹矛盾一样，孰轻孰重，说也说不清楚，道也道不明白，唯有在求生求存求幸福的大前提下，才能求同向而行。

不久前，在网上，有些网民提出了在雾霾重污染天气时提倡网友们"少吃炒菜，多吃拌菜"。其言一出，还招来一些人的不解与非议。其实，正是因为对类似这样的小污染在特定情况下可能导致的大危害不了解造成的。在雾霾重污染天气情况下，我们生活中的很多小污染，都是形成严重霾毒危害的因素，也就是雪上加霜。有专家监测证明，生活中的小污染源，如小烟卷、小火堆、小炒锅、小煤炉、小烧烤、小污水、小燃油、小作坊、小鞭炮等等，这些在生活中看似很不起眼的小污染源，一旦汇集起来，短时间内积少成多，就会变成大的污染现实。特别是在雾霾重污染天气情况下，污染物的突然集结，会导致污染物指数瞬间猛增，让人体呼吸窒息，致飞机不能起降、让老弱群体不堪承受。这样的实例，在近些年的媒体报道中，时有实例。因此说，由网民自发提出的在雾霾重污染天气少吃炒菜，多吃拌菜，不仅具有其科学性，还有其迫切性，不仅无可厚非，而且切实值得倡导。

二哈看大家听得入了迷，缓了口气说道："我要告知公众这样一个已被科学证明了的事实：高空有蓝天白云，低空有迷烟袭扰，并不是我们防霾治污有无成效的证明，它所证明的，只是由于气温高和低暂时导致的阶段污染现象。这也是为什么高空是蓝天、低空是迷烟状况多发生在冬春季节的主要原因，一方面大量燃煤集中在冬春季，另一方面就是冬春季早晚气温过低，烟尘难以升空。一旦阳光高照，气温升高，低空的烟气、油气，会很快升空，蓝天会很快变成灰色，那时，高空与低空会浑然一体，最终遮住蓝天，如果再加上雾的搅拌，头顶上的大灰锅盖会立马让我们体验到什么叫难受。伴随着2015年1月1日国家新《环保法》的正式施行，政府、企业和公众的责任全方位落实已成没有商量的新话题。防霾治污，政府和企业肯定是'主角'，但如果政府和企业治了大而公众不从防'小'处见行动，仍我行我素地无度排放，积少可成多的各类烟污、油污也不会离开我们生活的空间，到头来，在雪上加霜的各类小烟气、小油气面前，受伤害的一定还是我们自己。只有公众也都依法行动起来，从小处着眼，从小事做起，减少各类烟气、油气的排放，高高在上的蓝天白云才会接上低空的地气，让我们生活的环境持续向好。当然，对于公众生活层面产生的各类污染，政府也应继续加大纳入大气污染防治的大盘子，一方面加大防治力度，一方面通过广泛的宣传，引导公众最大限度地改变生活旧习，以新年为新的起点，倡导公众争做环保理念的传播者，低碳生活的践行者，绿色时尚的引领者，生态环境的呵护者。公众应自觉践行环保部发布的《同呼吸、共奋斗公民行为准则》，核心内容有八句话：关注空气质量、坚持低碳出行、选择绿色消费、养成节电习惯、举报污染行为、共建美丽中国。从少开车、少燃煤、少燃放鞭炮、不燃烧垃圾秸秆等小事做起，与政府、企业形成合力，创建防霾治污新常态之下的生活新方式、新思维、新时尚。"

还没等二哈把话讲到头，老黄有点耐不住性子了。

"二哈，听你这么一说，好像这霾都是我们大家伙凑起来的。那他妈独眼鸡到底有多大的罪过？难道说，真是有钱就这么任性吗？"

老黄一言出口，大家的目光几乎是在同一秒钟齐刷刷聚向了康大仙。而老康却迅速把头低下，好像是生怕与众人目光形成对视一般。

"老康啊，认了吧，全是你二哥惹的祸，你就认了吧，谁让你是他亲胞弟呢！"我想，此时老康可能也是这样想的。但千不该万不该的是，老黄此时不能骂人家的娘，人家老康和康家老二啵一口，可是同一个娘啊。既使他俩不是一个亲娘，有事说事，违法有法庭，你老黄也不该爆粗口。对吧？谁知老黄又是怎么想的，恐怕不只是气愤与激动，反正，弦外之音，在场的人谁也没听明白。但总有一天你会弄明白。因为，老黄天生就是个火爆脾气，心里就藏不住个什么事儿。

五十七

新《环保法》的学习、贯彻、落实，在C市形成热潮，E县当然不能落后。但二哈发现，在新法宣传活动中，由于思路方式旧、形式做法老、拓展眼界窄，放不开时代的视野，抓不住公众的心路，接不上时代地气，导致宣传效果不佳。为此，二哈别出心裁，专门在探春小区组织离退休老同志和环保志愿者团队的队员们，一起召开了一场新法宣传"献招"活动，让大家出些接地气的好主意、好办法。

会说快书的老主任"大音箱"，首先开腔献计，他讲话的声音洪亮有力："要论新《环保法》宣传，我看认准一针一线很是重要。法是一根针，群众有千条线。新《环保法》颁布后，广大群众十分关注新法，不仅仅是新法新在哪里、严在哪里、自己应该尽什么责任和义务，更多的群众迫切希望防治污染、改善环境质量，迫切希望通过新法实施，保护自身的环境权益。这就指明了我们宣传的'针眼儿'。开展新法宣传，首先要针对群众的关注、群众的需求、群众的期盼，区分不同群众群体，有针对性地安排宣传主题、宣传内容，突出不同主线，开展有的放矢的活动。开展宣传活动时，我们要把内容的设置、方法的采纳和不同层面的每一条'线'都对准'向污染宣战'这根'针'，通过以事说法、以理讲法、以案宣法，把'千条线'融会贯通于群众需要之中，让不同层面的群众在喜闻乐见中学法、知法、守法、循法。各尽其责，各尽其力。"

大音箱话停，大铃铛立马响了起来，"我看该抓住一早一晚。晨练与晚练、早市与夜市，已成为群众自发的时代新时尚。因此，新法宣传活动中，我们包括老志愿者在内，都要改变过去用正课时间停班、停课搞群众性集会宣传活动的惯性思维，顺群众之自然，利用早和晚群众开展自发性健身娱乐、集市贸易的时机，开展多样式的宣传活动。"大铃铛话至此处，稍作停顿，她见大侃要接她的话筒，赶忙又接上话茬，"用我们环保工作者和环保志愿者自己早起一点、晚睡一点、加班辛苦一点、奉献一点的劳动，换取宣传公众、发动公众参与的良好成果。这样，因势利导地开展宣传活动，不仅可以大大减少组织工作的麻烦，还可以更广泛地提升宣传效能。"

"用好一屏一车很实际管用。街头的大型电子宣传屏幕和带着LED屏、二十四小时在大街小巷穿梭的出租车，如今已成为遍布大小城市的新景观。利用好这一屏一车搞新法宣传，已成为许多地方环保部门采用的新招。街头上的电子屏幕，有的是政府和部门建设的公益广告宣传栏，有的是企业建设的形象宣传栏，还有的是广告公司建设的，专门用于营利性的目的。借助和租用街头电子屏和出租车LED屏，价格不高，但受众面很宽泛，其宣传效果，也不可小视。去年8月份，C市在集中开展新《环保法》宣传月活动，租用了街头18处大屏幕电子显示屏，三千多辆出租车，昼夜不间断宣传新法规条文和标语口号，只花几万元钱租用金，民意测验表明，有几百万人受益。"车行至此，大侃随声献上一招。

大侃话后，栾大V一边夸奖大侃道道多，一边紧接着出招："开拓一网一机会更适合新常态。网络新媒体的及时性、广泛性、群众性和全天候性，已成为当今开展各种宣传活动不可忽视的重要载体。在新法宣传活动中，公众不仅可以坐在家里的电脑前上网，而且可以拿着手机在各种场合上网。利用新媒体接受新闻之便，已经远远比看报纸、听广播、看电视的受众要多上很多。仅以C市为例，在新法宣传月中，C市环保局利用手机短信、微信朋友圈、本单位和日报官方微博，不间断发布新法宣传内容、宣传动态，引导网民在网上开展留言讨论，一个月时间，网上点击人数超过两百万，讨论留言几千条。网民们提出的很多疑难问题，最终准能推促环保部门和媒体不断把宣传活动从形式到内容引向深入，形成新法宣传新亮点，提升新法宣传新境界。"

"好主意，好主意，我也出一招。"随声而望，老黄已抢过栾大V话筒，"我的主意是发动一老一少。现如今，青壮年作为上班、打工族，早出晚归，工作繁忙，学习的时间很有限。而老人是'居家族'，不仅在家里听广播、看电视的时间长、机会多，而且更容易成为家庭和社会各种知识和各种信息的传播者。这一群体虽然不像青少年一样在学校直接接受新知识、新思想、新法规的教育，但这一老一少在新法规的宣传中，有举足轻重、不可忽视的重要传播作用。很多青壮年在谈及生态文明、环境保护话题时不了解、说不清、不会做，甚至不愿做的事情，反而是通过老人和孩子的帮助、启发，得到了解惑与导行。因此，在新法宣传活动中，不可忽视对居家老人公益性、群众性教育的渗透和中小学生课堂教育，让老人当好青壮年的信息员，让青少年当好家长的辅导老师，很具现实意义。"

老黄的话刚落音，那位在大杨树下讲故事的话匣子，这时也忍不住打开了开关。

"干事儿要抓主要矛盾。我看新法宣传，首先要突出一官一企。新《环保法》的宣传贯彻落实，主体在政府，难点在企业。着眼这些特点，在新法宣传活动中，既要考察受众面，也不能把政府官员和企业作为一般公众来对待。要从形式到内容、从条文到引导、从尽责到监督等多方面，突出加大对政府官员、政府部门和企业法人的宣教力度，引导政府官员和企业法人做学法知法守法用法讲法的带头人、主力军。借鉴C市过去的成功做法，在新法宣传中，始终坚持'政府挂帅、环保推动、企业率先、媒体联动、突出重点、全民行动'原则。"

"呀呀呀，别人都讲用新招，您这话匣子怎么又发旧音呢？那还管用吗？"大音箱想压倒话匣子。但话匣子也不甘这样结语："老办法不一定全不行。我看在宣传活动中，环保部门应首先给各级政府官员和企业法人'吃偏饭'，通过印发《严厉执法敢亮剑　履职尽责不越界——

172

致环保工作领导小组成员单位的公开信》和《环保执法必严　违法排污必惩——C市环保局致全市企业的公开信》，引导政府官员和企业法人，知法明责，增添压力和动力，同时，把公开信在报纸和网上公开，让公众监督，肯定有力推促政府和企业的自觉尽责，调动公众广泛参与的积极性。比你那跳舞的招不一定差。"

"好，治污先治官。"大音箱默认了。

"盼姐呀，治污先治官，老吕该是首当其一吧？"老黄的声音，大家一听一准儿。

"宣传《环保法》，不仅是读书、看报、讲课、编材料、发传单，还可以写小说讽刺违法排污。前些时候，有一位环保官员写了一本治霾的小说。这本在网友看来'很猛'的小说，除了雾霾的话题，作者环保官员的身份也吸引颇多关注。作者说，不会怕写小说得罪人，写一本并不是结束，第二部环保小说很快亮相，打算写环保三部曲，也可能写四部曲、五部曲。为了不被人对号入座，他还特意把小说里的很多地名用字母代替了。但还是有对号入座者来质问作者。他也因此受到一些官员的不满和质疑。更有一些官员循着小说里的部分情节，打电话质问，大有对号入座的架势。坦诚地说，有的官员既然对治霾不上心，又何必抠着小说情节'对号入座'？"盼姐的话，表面上是支开了老黄的话题，实际上表达了她大量的心理信息。

二哈听后很有同感地说："现实当中，雾霾成因很多，既有机动车尾气因素，也有农业生产焚烧秸秆因素，还有地理气象因素，以及工业生产等因素。不管是哪一种因素，或者众多因素的累加重叠，都是霾形成的外部客观因素。更重要的是，相关部门对治霾上的重视程度不够，以及方法的滞后与不足，对霾的形成和恶化恰恰起到了推波助澜的作用。显然，小说中描述的情节，正是治霾中的'官场现形记'，切实戳中了这些官员的痛处，'对号入座'也恰恰印证了小说部分情节并非纯粹是'纯属虚构'。小说来源于现实，反映了现实，犹如一把刀、一束灯光，照出了自己的丑陋，戳中了自己的痛点，让一些人产生了些许不快和痛楚。"

"这样的事不新鲜，咱E县不是也发生过吗？"话匣子说，"这之前为什么雾霾天越来越严重？除了没有全面认识之外，有的官员是不看重环保治霾，把本来的环保经费挪作建设办公楼，有的环保官员收受企业贿赂进而对企业污染'睁一只眼闭一只眼'，还有的是不愿意开展环保工作，怕得罪人。不管是哪一种，环保工作被耽搁了，雾霾出现的频率和范围也就越来越大、越来越广起来。因此，也就出现了环保官员不敢在公众面前露出真实身份的尴尬现实了。"

这时，高见多多的大侃，力排众议，讲出自己的新观点："让我看，比起那些麻木不仁的官员，至少对号入座的官员，还有起码的敬畏感。有这种敬畏感的原因是什么？显然是担心小说的渲染会引起社会乃至上级的进一步关注，有可能会像F县的魏县长，在治霾中，丢乌纱帽。但这恰恰是小说对于公众以及相关部门的提醒作用。小说只不过是众多关注雾霾问题的一种外在表达形式。与其说是反映当前严重雾霾的现实写意小说，不妨称之为空气污染治理当中的一面镜子，从中照出相关方面存在的差距。人们关心小说，并不在乎其作者是谁，何种职业，而更在乎的是'该怎样去霾'。治霾者与其对号入座'甘愿受辱'，自找气受，不如把更多心思放在治霾工作中去。"

众人鼓掌。大侃不语，手也没动，好像早已沉进了新的思考。

这次征"招"寻"计"活动，使二哈和环保局宣传科的同事们受益匪浅。会议结束时，二哈出人意料地从屁股底下坐着的大纸箱子中取出一堆书，说："今天让大家辛苦了，也让栾大V说对了，我给大家现场发个小礼品，请大家看一看、读一读。更多的是对我们环保局下一步的工作给予监督和支持。"

大家随着二哈举向空中的右手看去，一本底色发黄、红黑字体相间的小说与栾大V刚才讲的小说名字对上了号：《霾来了》。

二哈发完小说，正想说散会，老黄不干了，"二哈，你不能光要我们大家伙给你支招，你今天应该给大家讲一段你们执法的故事。"

二哈停顿片刻答道："讲故事也可，但大家得先讨论一个环保话题，然后我再讲好吧？"

"行啊，你说讲什么话题？"

五十八

这天凌晨，夜色正浓。检查组驱车来到E县胡山热电有限公司厂区。二哈请随行记者一起，安排一人留守保安室，其他人直奔排放口采样。

"凌晨是许多企业违法排污的高发时段，我们一般都是白天踩点，午夜突袭。"二哈说。

三月起，E县环保局开展了为期三个月的环保专项行动，分别针对大气污染防治、水污染防治、环境风险防控、自动监控设施运行等八个重点开展专项检查。

在此次行动中，二哈安排局监测站，首先通过省环境信息监控平台查阅排污企业在线监测数据，通过对比分析，锁定数据异常企业，并将其作为检查重点。

"最近我们查看监控平台历史数据时发现，嘉周热电有限公司在线数据过于平稳。一般来讲，热电厂在正常生产状态下，SO_2监测数值应有几十个毫克的上下浮动，而胡山热电却保持在十个毫克左右，浮动范围较小，引起了我们的注意。"

前日傍晚，二哈悄然来到热电厂区附近，远远看到厂区内的凉水塔水汽腾腾，两根烟囱有一根冒着烟。

午夜，检查组再次驱车来到厂区。二哈和记者同时在烟囱旁边的监测站房里看到，现场有两套设备，一套是1-5#在线监控设施，因相应锅炉停产，设施各项监测数据均为0；另一套是6-7#在线监控设施，显示屏上实时更新着各项监测数据。

在6-7#在线监控设施旁，检查人员熟练地操作着各种仪器，不一会儿就通过在线监控设施分析仪出气口获得第一组采样数据。

"SO_2的折算前数据是3092毫克每立方米，折算后是5831毫克每立方米。"检查组的张同星指着分析仪显示屏说，"在线监控实时数据是154毫克每立方米，差了三十多倍！"

机器故障还是人为造假？按照省相关地方排放标准，胡山热电有限公司的SO_2排放浓度应控制在200毫克/立方米以内。而现场采样数据严重超标，在线数据却达标，这么大的误差，是机器故障，还是人为造假？

检查组立即分头对在线监控设备的硬件和软件系统进行检查。"我们仔细查看了采样探头、采样管路等监测设施，可以确定硬件不存在问题。那么出现这么大的误差，很有可能是软件问题。"二哈说。

在线监控设施弄虚作假通常有两种手段，一种是在硬件上做手脚，干扰系统运行；一种是在软件上改设置，影响实时监测数据。

但通过翻查搜寻，检查人员并未发现斜率、截距等参数的设置选项。没有修改参数的渠道，难道是机器故障？检查人员随即搬来校定监控设施用的标气罐，连接上监控设施后，标气浓度显示为15毫克/立方米，而这罐标气的标准值是497毫克/立方米，两个数据再次出现了三十多倍的误差。

正在大家百思不得其解的时候，戏剧性的变化发生了。在线监控设施上SO_2的实时数据持续下降，从150毫克/立方米左右一路下降到个位数，最后稳定在5毫克/立方米以下。检查人员再次进行采样监测，得出的数据也下降到200毫克/立方米左右，接近排放标准要求，同时继续维持三十几倍的关联关系。

"只有一种解释，企业之前脱硫设施未正常运行，现在反应过来了，运行了脱硫设施，所以监测数据一路走低。而前后三组在线数据与采样、标气数据对比都有三十多倍的关联关系，可以肯定，这台监控设施存在重大漏洞，极有可能通过一个类似参数设置的程序把真实数据降低了几十倍。"

二哈随后对各项证据进行了记录和固定，并联系了监控设施的运营商和集成商。相继赶到的设备运营商、集成商通过使用其他同型号监控设施进行仪器比对、要求企业暂停运行脱硫设施观察数据变化等多种手段进行现场试验，确认分析仪具备正常监测能力，初步怀疑SO_2校准量程被人为修改，导致监测数据偏低。

设施集成商工作人员现场按较小的倍数逐级上调标气数值，仅用几分钟时间就恢复了标准值。此时在线监测数值随之变化，SO_2数值很快就从几百上升到几千，最终与人工采样监测数据相吻合。

导致数据严重失真的原因搞清楚了，检查人员随即与市环保部门工作人员展开联合调查。但是，调阅近一个月的站房监控视频，并未发现有企业人员私自进入站房，运营维护人员每次进入，也都有工作记录。

"可以肯定的是，热电厂的确存在严重超标排放违法行为，但起始日期尚待查明，监控设施异常原因尚不明确。对于企业超标排放的问题，我们已按处罚程序报市环保局法规科依法处理。"

第二天晚上，随行记者接到市环保局监控中心的电话，他们表示，通过对近期多次出现的监控断点前后的视频仔细甄别，已经发现了断点前后视频画面的细微变化，初步怀疑有企业人员违规进入监测站房，而监控断点很有可能是故意断电所致。目前，市环保局已按照相关规定程序，将案件移交给公安机关。

二哈这个故事是讲完了，但他又惹事儿了。提到企业监测数据造假，大家也不提天黑不黑的事儿了，新话题又来了。

五十九

"二哈呀，C市也好，E县也好，京津冀也好，通过源解析，已经找到霾凶霾蒂，我问你，找到了'霾凶'，常见蓝的日子离我们还远吗？"大铃铛抢在众人前头先问二哈。

二哈说："在戴着口罩呼吸的日子里，你恐怕已经听过太多奇葩的雾霾成因：大东北，某城市，烧秸秆导致雾霾；大西南，熏腊肉导致雾霾……现在，比较靠谱的答案终于来了——4月1日举行的全国环境监测工作现场会上，环保部披露，我国已经完成了北京、天津、石家庄等9个大气污染防治重点城市的源解析工作。北京、杭州、广州、深圳的首要污染来源是机动车，石家庄、南京的首要污染来源是燃煤，天津、上海、宁波的首要污染来源分别是扬尘、流动源、工业生产。媒体的评论慨叹，真让人难以置信，但现实就是这样严峻，治病先找病根，对症才能下药，如果不先找到大气污染的源头，不把城市雾霾的成因搞清楚，我们采取的所有治霾措施，多少都有点'抓瞎'的味道。好在亡羊补牢，总不算太晚，应当以9个重点城市污染源解析为起点，扩大环境监测和污染源解析的范围，坚持不懈把这项工作抓下去。在诸多雾霾肇因中，机动车污染一直是让民众比较纠结的一个，因为牵扯到机动车限购、限行等大家关注的出行问题。如何让'治霾等风'的观望者、'靠限制民众买车用车权利来治霾'的怀疑论者，职能部门说啥也不相信的'老百姓'形成更加广泛的共识，是摆在各地政府面前的必经之坎。"

"环保部公布的大气污染源解析，由于尚未发布详尽的数据，因而有人将信将疑，"大侃说，"我认为需要尽快公布相关数据。而对于如何解决诸如北上广深等城市首要污染来源的机动车污染排放问题，由于在油品的把关与监督、特别是在推动'两桶油'油品质量的提高上，缺乏具体相应的措施，也使得社会舆论担心民众的买车用车权益成为各地治污中最软的柿子，因而一定程度上也有着抵触情绪。"

二哈说："既是为了增加环保部污染源调查的说服力，也是为了尽最大可能维护城市居民的出行权，目前找到的雾霾'祸首'还有待进一步细化。以机动车是首要污染来源为例，究竟是因为一个城市机动车总量过多（是否公车过多）造成污染，还是因为当地的成品油标准不高，或是对黄标车治理力度不够？换言之，不能只是确定一个模糊的'祸首'，还应该进一步指出具体问题。具体问题当然是复杂的。指出这种复杂性，是为了防止限购、限行政策在这个缘由之下变得更任性。对北京等城市来说，即便确定机动车是大气污染主要来源，也不意味着要立即采取单双号限行等激进手段，因为除此之外还有很多事情可做。比如，像很多人建议的那样，大幅减少公车数量，强制提高油品质量，加快淘汰不合标准的黄标车，严查超载超排的大货车、渣土车等。正如科学检测所揭示的，做到上述每一项，都等于减少了很多辆机动车上路。除了民众出行的轿车，影响北京大气质量的，还有一个数量相当惊人的机动车群体，那就是每天夜间进城或过境的大货车。据媒体报道，每天夜间大约有两三万辆重型货车进入北京市区行驶，北京市环保局机动车排放管理处介绍，一辆达标的国四重型柴油车排放的氮氧化物，相当于约90辆国四轿车的排放，与不达标或更低排放标准的重型柴油车相比较，可能会达到一百倍至二百倍。由此，如要针对环保部北京首要污染来源是机动车的定性做出回应，那么首先应该管住大货车。而若要控制住大货车污染，根本之计在于，其一，严格环保前置审查，从源头设置门禁，提高车辆环保标准；其二，京津冀乃至华北地区有必要逐步统一油品标准。总之，即使对症下药，方子也不是限购限行这一味。即使污染源确定了，也很难一招制敌，秒现'临时蓝'。"

"二哈，你说这些网上报道很多。"大侃说，"为唤回各种'临时蓝'，媒体认为应该尤其警惕环境监测中的数据造假——在基本摸清各大城市的污染数据之后，则需在监测标准和监测机构上做好布局。如果数据本身存在造假，那么此后的治理途径、策略和强度都可能发生偏差。"

"要保证数据准确，起码要满足两个条件，第一是监测的标准有严格规定。新《环保法》规定'四个统一'，即统一监测制度、统一国家环境质量监测点位设置、统一环境监测技术规范、统一环境监测信息发布。推进上述'四个统一'工作的完成，将是数据真实化的前提。第二，一旦查实数据造假，相关的责任人必须遭到法律制裁。新《环保法》明确规定监测机构应当对监测数据的真实性和准确性负责，对篡改、伪造或者指使篡改、伪造监测数据的要予以惩处，追究法律责任。不论治理途径、策略和强度如何，这都是一个提醒。"二哈十分肯定地说。

六十

"为了确保环境空气自动监测数据的真实性和准确性，严肃查处弄虚作假行为，依据新《环保法》的要求，最高人民法院、最高人民检察院以及环保部，都相继出台了依法处理监测数据弄虚作假行为的处理办法和法律规定。要求很严的！"二哈说。

老黄说："你这样说我们听不明白，你说说怎么个打击、处理法？"

二哈朝老黄一笑道："你是考我呢吧？"

"我今天就算是考考你也行。"老黄答。

"省里出了十七条相关认定办法。只要是擅自变更、移动、增减环境监测点位的；只要是人为导致监测设备相关设施不能正常运行或故意对监测参数和应用程序进行删除、修改，造成数据失真的；只要是不按技术规范操作或擅自销毁原始记录故意发布虚假数据的；只要是拖延、阻挠现场监督检查人员正常检查的，都属于被问责、被法律追究的范畴。”

二哈还真是动了心计的，他把十七条一五一十、从头到尾讲了个清清楚楚，甚至，让爱挑刺的老黄都敬佩不已。但老黄就是老黄，他只要是一言出口，保证是与众不同，“背得再熟，也不代表你们实际当中就一定是板上钉钉。二哈，你说是不是这个样子？”

“对监测工作人员的法规、制度和技术要求，照常理，落实应该没有问题，但有时也会因掺杂进其他不良因素，出现偏差。但是，那只是个别现象。我刚才讲的只是对空气质量的监测。监测数据出现失真、失实、失控的，多发生在对企业的检测上。”

“你瞧是吧？我在电视里看到多次了，企业自己造假，检测人员包庇企业违法排污，也有造假的。”老黄好像很得意，“造假的事儿，应该提高到杀头的地步，否则，国家出那么多钱治理污染，你企业还总是缺少公德，排黑放毒，那这个污染到什么时候算是个头呀？”

“老黄说得是对的。”二哈肯定地说。

“得、得、得，二哈，你别拍我马屁，我知道你是困了，想跑，我和你说，我还有个问题，你不讲得我心服口服，咱们谁也别想散场。”

“老黄又想扯些什么呢？”二哈心想。

六十一

这些天，二哈一直在加班加点配合市局开展违法排污检查活动。此时他只想躺下好好睡上几天。

老黄也看出，二哈是真的累了，但他还是不愿让二哈离开这个热烈的氛围，便主动提出，由他先讲一段插曲，而且也是大家都十分关心的话题，让二哈休息一会儿，然后，再接下来说。

二哈问老黄："您想讲段什么？"

"我给你们讲一段'恶作剧'吧。这事儿也是你和大侃都关注的话题。"老黄说。

"我关心什么恶作剧了？"大侃追问老黄。

"你不是问过，二哈那天早上在马路上见到魏县长他爹摔倒了，后来有传言说人已没了，还有人说已经出院了吗？等我讲完这个恶作剧，就把你们的疑问回答出来了。"

"那好，那好，你讲吧。我一边听一边先休息一会儿。"二哈说。

"就在魏县长被市纪委宣布涉嫌渎职，停职接受调查的前十天，魏县长还曾被市纪委请去接受过一次'意外'的表扬。事后，魏县长忍气吞声压下心中的怒气，回到F县，当天晚上便把咱康大仙的二哥啵一口叫去，臭骂了他一顿。"老黄一开口便把康大仙拉了进去，这令老康十分反感。但老康并未吱声。

老黄手舞足蹈又开讲。

"你小子傻吗？"魏县长朝他发火，啵一口却像是莫名其妙，看他那厚诚的样子，倒不是装出来的，"魏县长，有话您直说吧，我做错了什么？"

"上周老爷子的事儿，你给我随礼了吗？"

"嘿，瞧您问的，这能少了我吗？"

"你随多少？"

"两万。"

"钱给谁了？"

"账桌。"

"账桌设在哪？是谁记的账？"

"魏县长，您对我不薄啊，我当时怕是拿钱多喽太着眼，给您惹

182

事，所以，只拿了两万，在账桌上比划一下，尽个情意。"

"我问你交给谁了？"

"我还能冤您吗？"

"别废话，快说，给谁了？"

"我知道是拿得少了点，下来您花多少钱，我会全额买单的，您就别查我了。"

"你放什么屁，我问你把钱交给谁了？"

"就交账桌了。"

"那天家里根本没设账桌，你怎么交的？"

"家里没设，胡同口拐弯处设了。"

"哪他妈有这么个账桌？你别瞎掰，从头说。"

"魏县，老爷子办事儿那天，我一大早就来了。走到您家南边那个胡同口拐弯处时，见到有两个半拉子老头，在墙角处摆了一张桌子，桌上放个牌子，牌子上写着一句话：请您节哀守纪，随礼在此记账。后边还有个括弧：家里亲戚到院内随礼。我问那俩老头，怎么把账桌设在这里了，老头说，不能给领导招事儿，离家远点儿，说不清是给谁家随礼，避免给领导招来是非。"

"人家说是哪位领导了吗？"

"没有。"

"人家说是哪家设的账桌了吗？"

"没有。"

"你认识那俩人吗？"

"不认识！"

"现在见了能认出来吗？"

"能——大概差不离儿！"

"你什么都没闹明白交的哪家子钱呢？"

"交钱的也不是我一个人，奔您这儿来的，除了您家里亲戚，都是在那儿交的。"

"什么玩意儿？上当了，受骗了，被人玩了！"

"怎么呢？"

"你们他妈的全是糊涂蛋呀？他又没写、没说是谁家设的账桌，你们就写名、就交钱呀？我说那天来那么多局长、科长、老板的，怎么一个随礼的都没有，原来如此！"

"您被人算计了？"

"我被组织表扬了！"

"嘿，魏县呀，被组织表扬了是好事呀。这么说，咱虽然被骗了点财，但免灾了，还落了个好名声，这您发的哪家子大火呀？"

"滚一边去吧。人家收了钱，写得明明白白，张三李四，上百号真人真名，票子不多不少六十六万，还以我名义，写了一份主动上交礼金的廉洁公开信，还建议组织调查、处理违反八项规定的人。这不是胡闹吗？这不是闹大了吗？"

"啊——会有这样的事儿？"

"都他妈发生了，你还嘀咕什么？快想个什么招，把事儿平平吧！"

"这好办，我有个亲戚在市纪委工作，让他说句话不就行了吗？"

"你怎么不早说，如果能有人说句话，可以把事儿压压，不然的话，一旦报到书记，上边查、媒体炒，那么多干部受处分，我这脸往哪摞。再说了，拔出萝卜，再带出砂子、石头子，说不定你小子也跑不了。"

"我去查查那俩老头儿是谁，开了他们！"

"你去哪查？"

"那么多人，来来往往的，三五里地，不可能全都不认识他俩吧？"

"要是从外地雇人干的呢？"

"至于动那么大心思吗？"

"你问谁？你没干过呀？你能雇人上网算计别人，人家就不能上门

184

算计你了？"

"噢，对呀！您小点声儿吧！"

"我小声点儿好办，不好办的是纪检那儿，你那亲戚在纪委哪个科室？"

"在总务室，还管着个公章呢。"

"好，那说明有点权力。"

"不过，他去的时间不长，人头上也还不太熟悉。"

"熟悉管局长吧？"

"那肯定熟悉了。前几天他到我家去，还吹呢。说管书记那天送他一小把香椿，还让他注意身体，还提醒他要敢于负责，严格审查，把好第一个关口，确保纪检监察机关万无一失。"

"你小子可真是胆子大，有门路，能干事儿。有这么硬的关系，你怎么不早向我透个风？不过我也提醒你，不论你有什么样的后台、后门，处理这次这个事儿，都要慎之又慎，处理不好，我倒台、你关门，说不定还要殃及好多人。"

"魏县呀，这您放心。一定稳妥。"

"好，那你今儿晚上就去找他，让他支支招。别那么小气，说话办事大方点儿。"

"这您放心。我明天上午就去找他。"

"等明天干吗，今儿晚上就去！"

"今儿晚上不是他的班，他到E县串亲戚去了。明天早上八点他才能接班。"

"他们总务室几个人？"

"俩人，一天一宿地对班倒。"

魏县长听啵一口说的话，越来越感到不解，"怎么还两班倒着上啊，他上的这是什么班？"

"看大门的不全这样吗？"

"什么？你不是说他在总务室，还管着公章吗？"

"是呀，收发室来人接待、分发报刊、看车守院、代换文件。您不是讲过，在人家E县环保局，看大门的还能代表环保局，带着收发章，去县政府审批环评项目呢吗？"

"快滚蛋吧你，差一点让你把我忽悠喽。看大门的能办这么大事儿吗？"

"我这不也是替您分忧吗？"

"记住喽，这事儿在上边通报前，可千万别对外人说。否则，让媒体听到风声，先炒作大了，再处理起来会更狠、更难收拾。"

"这您放心！"

啵一口答应一声，扭头出门。此时，魏县长追到门口又骂道："你要真能为我分忧，也干出点人事儿，让F县的污染指数降下来，早日超过E县。"

啵一口听了魏县长的话后异常兴奋地答道："你要说日本军国主义抬头、伊拉克内战的问题，我解决不了，但解决咱F县空气质量全省倒数排名前三的问题，我还真是有办法！"

"你他妈就是这个臭毛病，什么事儿还没干成先吹牛，吹爆了拉倒！"

"不、不、不，魏县，这回可不是瞎吹。您不找我，我还要找您说呢！我正考察一项成熟的治霾技术，特别灵。它可以让咱们县的排名一夜之间旧貌变新颜。让污染过黄河、跨长江、翻越喜马拉雅山，直接到大西洋彼岸落户。"

"呸，别放屁。霾都跑国外去了，你好E县也好，和谁比名次去？"

"那咱可以使用第三方案。三天超E县、三十天超北京、仨月超东京。E县好对付，前年发生辐射风波的事实告诉我们，前边胡县长给留下的底子并不厚实，经不住多大折腾，就得排到咱们后边去。"

"你小子可别掉以轻心啊，E县拆锅炉、关污企、煤改气、抑扬尘、减排放、杀劣煤，可真是下了工夫的，超过他吕正天的人，C市还真不好找。"

"我不是说过了吗？您再实干也经不住折腾。专家对我说，你们把全县的钱全都花到治霾上，把全县的污染源全都治好喽，我在您监测点那儿烧支香，您的成绩立马变成爆表。因此，治霾也要实劲加巧劲。靶向治理，比什么都重要。"

"嘿，没看出来，你小子这两天跑哪儿学习治霾术来了？"

"您放心。技术我去引进，投资我先垫支，不成功算我的，成功喽，您可不能小气喽，我也不会忘了您的关照是吧？"

"好，我就等着看你有多大的能耐啦！"

"好、好、好，您就瞧好吧！"

啵一口话毕扭头又要走，魏县长又把他叫住补充道："我告诉你啊——治霾是躲得了初一，躲不了十五，真要干，你别用阴招、用损招、用缺德违法的招。我可知道你。"

"嘿，瞧您，说哪去了？我能给您惹事吗？"

老黄话至此处，突然停了。

"啵一口能有什么高招？"大侃问。

"前边二哈不是都讲过了吗。联系着琢磨琢磨你不就明白了吗？"

"噢，你这一提醒，我清楚了，魏县被摘官帽之前，还挨过马市长一顿臭骂呢，这事儿，与啵一口有关系吗？"

"有无关系我不知道，但我知道又该二哈接着讲故事了。"

二哈说："那我就接着你刚讲的话题往下说吧。"

六十二

那天啵一口挨了魏县长一顿臭骂之后不久，F县的空气质量很快就有了明显的好转，监测数据突然剧烈下降，并持续稳定地退出了全省空气质量排名倒排前三的黑名单。但与此同时，邻县E县的空气质量监测数据却也同时出现戏剧性变化，重污染天数持续增多，且猛上猛下，数据飘忽不定经常爆表，并由全省排名前三名，一落千丈，变成倒排前三名。两县这种突然的不正常现象，引起了市环保局的高度关注。市局的关注点不仅在于两县的空气污染指数为什么突然上下巨变，而且，E县和F县各自的监测点污染数据也相差甚大。F县的两个站点，相距不足三公里，但既使在大风天气状态下，也是一个污染指数明显偏高，一个明显偏低；而E县的两个监测点同样也是这个样子，在同等天气情况下，迎春小区站点的监测数据，往往比县卫生院楼顶上的污染监测数据高三百多。

这天夜里，市环保局监察支队和监测站组成联合检查组，在事先没有打招呼的情况下，首先来到F县。在第一个站点上，检查人员未发现异常，监测数据也与过去几个月的监测情况持稳。但在第二个监测点上，检查人员发现，在监测设备周边五十米左右，围着监测设备，新安装了大约十几台外形酷似空调、个头有家用餐桌一样大小的新设备。

"这是什么东西？"

闻讯而来的县环保局马局长面对监测站韩站长的问话，显得很不自然地说："你们最好去县政府问一问这是什么。"

检查人员现场认定，这些设备是一种有吸附颗粒物功能的吸尘设施。同等气候条件，同在一片天空，这个站点的污染监测数据，为什么比另一个低那么多呢？大家马上明白了。

"这不是造假吗？"

"这怎么会属于造假呢？"一个男人的声音否认韩站长的定论，"上边有明确规定，擅自将监测设备移位或遮挡或做其他手脚或人为控制、修改监测数据才属造假。我们在大楼上下安装吸尘装置，属于净化大气，属于为民造福，一点也没有干扰监测设备正常工作，假从何来呢？"

借助手电光的照射，韩站长看到，这个讲话的男人，有六十岁上下。突出的个人特点是，左眼眶子好像是因为缺少眼珠子而下陷成窝。

"你是干什么的？"

"我是县政府签约的监测站点第三方运营公司负责人。同时，我还是吸尘设备的投资商。"

"你知道在监测设备周边安装上这些吸尘设备会对监测设备带来什么影响吗？"

"既使有客体影响也不是直接的，更不是违规的。"

"你们这样做，监测出来的数据还有准儿吗？"

"有准儿呀。一天比一天好啊。"

"放屁！"

"你怎么骂人呢？"

"我不是骂人，是骂鬼。"

"有什么事说什么事，你们执法人员不能骂人。我要到市局领导那里控告你们！"

"你快点去，否则时间不多了！"

现场照相、录像并做了笔录后，检查组人员又急奔E县。

E县卫生院楼顶的监测设备运行监测数据平稳，与近期的监测数据基本一致，并略有下降。但距卫生院不足三公里的迎春小区监测点，数据却比这里高出六倍还多。监测人员急奔而去，探求究竟。

迎春小区监测点的设备安装在二号楼楼顶。二号楼共有六层，检查人员要登上楼顶，六楼的楼道通风口是必经之路。

"楼道怎么加装防盗门了？"

"原来六层住着两户人家。前一时期这两户人家突然同时搬走了。原因是有人谣传监测设备有辐射，对人体有伤害。"楼下住户解释。

"这不是胡说八道吗，这两家人怎么这么轻信谣言？"

"不光是信谣，听说这两家是看中了买家给的高房价才卖房子的。现在楼市都在走低，买这两套房子的，据说是个大老板，出手很阔，每平米比正常房价高出了一千多，否则，住好好的，谁愿意折腾。"

"在楼道里加防盗门干什么？"

"新房主一买两户，整个六层两套房是一家买的，加不加门，是人家自己的事儿了。"

"快叫门吧！不然咱们怎么上去呀？"

韩站长敲门，足有半个小时，里边也没有人出来开门。没办法，韩站长只得给二哈打电话，请他过来协助找人开门。

大约又过了二十多分钟，二哈带着E县监测站的人赶来了。二哈一见韩站长就气喘吁吁地说道："这门不好叫着呢，两套大房子，二百多平米，里边就住着一个老头儿。耳朵还有点聋。前边一个多月里，我来过八次，哪次叫门都是在半个小时以上才开的门。"

二哈说着话伸出手正要敲门，这时，门"吱"的一声闷响，开了。

"今儿个怎么了，大半夜的又来查呀？都睡觉了。"

"太麻烦您了。"

"唉，是有点烦人。"老人嘴上说着是睡觉了，可看上去，表情自然，精神头儿很大，根本没有刚刚睡醒的样子。

二哈陪韩站长一行径直走上六楼，在通风口处，顺着墙体上的铁梯子，登上楼顶，打开监测室的门锁，开始查看数据。

"马队长，咱这个站点的监测数据有点不太对劲呀。一小时之前这里的监测数据还近五百，怎么一下子变成五十啦？"

二哈说："韩站长，这个监测站点的情况你也知道，大约有一个半月了，天天爆表，忽上忽下，数据十分不稳定。说来还有点神气，我带人突击来查过十来次，每次都是这样，人来数降，人走数升，而且高得邪乎。要是重污染天气爆表还可以理解，有几次，天清气爽，蓝白清晰，卫生院那个点显示优，而这里却爆表。真让人不可理解。是不是设备出了毛病？"

"有可能，咱们比对一下吧。"

说着话，韩站长亲自动手，用检测设备对监测设施进行检验，折腾了大半个小时，一点毛病也没查出来。韩站长又用自己携带的简易监测设备现场监测，并与固定监测设备比对，数据完全一致，空气质量显示均为优等。

"这就怪了。难道这套设备怕人？"

"马队长，这楼下就住着刚才那一位老人吗？"

"对呀。我来过多次，都是他一个人。怎么，你还怀疑他上来动手脚吗？你扶着他，他都爬不上来。"

"我不是怀疑谁。他做饭用什么？是用煤炉子吗？"

"不是，用燃气。"

"这就怪了。你看看这天气多么好，刚才那爆表的数字是怎么来的呢？明天请省厅监测站的专家来查查吧。可能是我的技术还不太行。"

"请专家来也好，不然我们治了半天，成绩全让这个站点给埋没了。"

一行人下得楼来，先是向老人了解了一些情况，后又以查污染源的名义，让老人打开两套房子的门，一个屋一个屋地查看了一遍，结果什么源头也没找到。临行前，韩队长和马二哈还分别向老人道谢，老人神态自然，神情自若，虽然耳朵听力显得不太灵敏，但却十分热情。

二哈陪韩站长走出小区，握手话别，二人约定，明天找专家来，进一步检查监测设备，看看到底出了什么问题。

一小时后，二哈刚要躺下睡觉，突然，手机铃声大叫起来。因是深夜，铃声显得特别刺激人。

"马队长，二号楼又爆表了。杀个回马枪吧！找什么专家，不弄出个究竟来谁也别想睡觉！"

闷热的盛夏，让人心烦。但烦人的事儿，不一定都是老天爷制闷带来的，可能还有不怀好意的人，在故意制造霾。

让二哈和韩站长他们怎么也料想不到的一幕，竟发生在这个蓝天白云双双显映的大白天。

要论破案，公安局的人就是比环保局的人厉害。在E县迎春小区二号楼监测点发神经、闹鬼变，污染指数持续反复爆表三个多月后，内鬼终于在蓝天下露出了可憎、可恶的原形。

那天深夜，韩站长他们离开二号楼监测点后又发现监测设备突然爆表，紧急相约再次来到二号楼后，叫门六个小时，六楼的防盗门也没打开。结果是监测点爆表一整夜，直到早上七点时，房内的老头正常起床，二哈和韩站长他们才得以上楼观察，结果是不言而喻。爆表停止，监测数据恢复正常，现场没有查到任何蛛丝马迹。

"太烦人啦。这监测设备叫什么玩意儿，把厂家找来，退货吧。"韩站长说。

"我总觉得这事不正常，怕是有什么蹊跷，咱们没有弄明白。"二哈说，"实在不行，咱们报案吧，请环保公安支队的同志来看看，当个案子办一办。"

"闹不好就是设备的事，又没发现什么隐情，技术问题，公安怎么破案呢？"

"我总觉得这老头好像有什么毛病。"

"他是有些毛病。耳聋、贪睡。走道都费劲，他还能给监测造出什么毛病？"

"还是慎重点、严肃点、快一点查一查吧，这样下去，E县有点受不了啦。前功尽弃，越治霾越重，会伤害全县人民向污染宣战的积极性。"

"好，就听你的。"

环保公安支队的李队长带人来了。他详细询问了事情的来龙去脉后，又专门找老头聊天，细探根由。

"您平时抽烟吗？"

"不抽！"

"这房子是谁买的？"

"我不知道是谁买的，我只是被雇来住房的。"

"是谁找您来住房的？"

"是个老板。他说他是个大善人，看我孤苦伶仃的，还认我做了干爹。"

"那人有多大年纪？长什么样？"

"他只比我小十岁。他的左眼不太好使了。"

"他平时来看您吗？"

"常来。他每三天就来给我送一次菜、肉、虾。他怕我出来进去不方便，平时不让我出去。"

"干儿子对您很孝敬的？"

"嘿，要比我原来那贩毒吸毒的亲儿子好上一千倍、一万倍。吃的、喝的，三天两头换样，对我可好了，他可真是个大善人哪！不知祖坟上哪辈子冒青烟，修来的福，让我给摊上了。他还说要给我找一个后老伴呢。"

老头说着话，喜不自禁地站了起来。

"您平时在家干点什么？"

"什么也不干。看看电视，自己做饭自己吃。"

"这些天您注意一下，楼上的监测设备总出毛病，我们可能来得多些，请您及时开一下门。"

"什么？你们还要监视着我呀？"

"不是监视您，是监视楼上的设备。"

"楼上的人都下来了吗？可别留下人啊——一会儿你们走了，我还要锁门。"

"全下来了，不留人，不留人。"

"不留人就好。我这笨手笨脚的，也上不了楼啦。做点事儿，可占工夫啦。"

二哈、韩站长和李队长一起走出老人宿舍，下到六楼，随机听到楼上"嘭"的一声，关门的声音显得非常沉重。

听到关门声后，李队长又急匆匆返身上楼。不一会儿，又下楼来。

水面无波。看似是无果而归。此时，李队长却显得异常兴奋地拉过二哈和韩站长悄悄说："闻到味儿了，快揭锅了。"

韩站长听后莫明其妙地问："刚十点，你就饿了。街头的露天烧烤咱们可不能沾边，否则让老百姓看见了，肯定把咱当笑柄。闻闻味儿散了。"

二哈听后淡然一笑道："你想哪去了，李队长不是这个意思吧？"

李队虽然没正面答复，但他的神情却很是有滋有味，"再爆表，马上告诉我。"

六十三

怪了。这事儿真有点怪了。连续三天，迎春小区二号楼的监测点，竟然一次也没爆过表，甚至，当第三天夜里阴云密布之时，监测设备发回的数据也仅显示出是中度污染。

"李队，快快快，又爆表了。"

二哈、韩站长，在环保局坚守三天三夜。其间，李队长忙忙乎乎，但谁也没闹清他在忙啥。此时，终于再次爆表，李队长显得很是兴奋。

"爆表了你还高兴？"

"估计有好戏了。"

六人分成两组，二哈带公安人员直扑迎春小区二号楼；韩站长带简易检测设备，紧随其后。

　　大家听李队长指挥，悄悄上楼，来到六楼防盗门门口。二哈正要上前敲门，却被李队长一把拉住。借助楼道的亮光，二哈见李队长轻轻地从上衣口袋中掏出一把钥匙，轻轻插入锁眼，轻轻推开门，然后，轻轻上楼。

　　天哪，眼前的一幕让大家惊呆了……

　　此时，躲在屋里的老头根本没有发现已经有人进入到了门内，正在高兴地和人说话。听语气，是在电话中和人对话。

　　"刚点上一会儿，三天了，没有人来。"

　　……

　　"是的，我会很谨慎的。全是按你交代的做的。"

　　……

　　"我不开门谁也进不来。"

　　……

　　"我是那样说的，你这仓库门我没钥匙。"

　　……

　　"是的，是的，我知道你是为我好！"

　　……

　　"不会有问题的，我晚上会按时添煤的。"

　　……

　　"没问题，烧的煤全是你买的劣质煤。我不会让它冒火头的，只让它冒烟。"

　　……

　　"你还夸我呢。我这笨手笨脚的，全托了你的福啊。"

　　……

　　"别这样，别么么叫。叫我大哥更合适。我真担不起这个干爹。"

······

"好的，好的，打死我也不说。"

······

"是的，是的，这偏方就是管用。日后上市喽，你挣大钱，我也跟着享福、享福。"

······

"你就放心吧，方向对得准准的。"

······

"好，好，你就放心歇着吧！"

"嘭。咕噜噜、咕噜噜······"

"可能风太大，把烟囱吹倒了，我马上去瞧瞧。"

随着一声急促把手机放桌上的声音，老头把门打开。

"哎哟，你们是谁？你们是怎么进来的？你们要干什么？"

面对质问，李队长二话没说，冲进屋内，听到桌上的电话里有一个男人的声音还在大声急促地发问："什么情况？什么情况？谁进来了？"

"来贼啦，进来贼啦——"随着老头的叫喊声，电话里传来嗡嗡的蜂鸣声。

六十四

若不是亲眼所见，刚才这一切，只能算得上是个传说。但现实，却是血淋淋的。

二哈和李队长上楼后，立即闻到了一股浓浓的煤烟味。随后看到，在楼顶通风口的下边，一台普通的燃煤小炉具，正冒着浓重的黑烟。顺炉而上，一具铁皮烟囱直接插出楼顶。

"他妈的，什么玩意？"一名监察队员气愤之下，一脚踹向炉子。

插向楼顶的烟囱立时"嘭"地倒地，顺着楼梯"咕噜噜"滚向防盗门口。

"嗨，你急什么？保护现场。"

"来过多次，只闻香水味，没有闻到煤烟味呀，这炉子是哪来的？"

"一会儿再问。"

深更半夜，见有多名壮汉悄无声息地破门而入，老头早已经吓得浑身哆嗦起来，随之，一头摔倒在地。

"快打120，快送医院。"

六十五

二哈太佩服李队长啦！他回想着那天夜里李队长下楼后又上去的情景，马上猜想到李队长一定是用什么方法才配了房门钥匙；他回想着李队长说的闻到味道了，一定是闻到了屋里的煤气味，而不是羊肉串味；二哈还猜想到，李队长这两天一定是查清了房主，并分析透了可疑状况，所以，抓老郭头的现形，是有把握的。

天快亮的时候，老郭头在医院医护人员的紧急抢救下苏醒过来。经医护人员同意，李队长开始讯问。

"您做饭用煤气，又点个煤炉子干什么？"

"用煤气，求仙气。"

"求什么仙气？"

"我有风湿性心脏病。我干儿子对我说，他让人给我算了一卦，说用这个偏方，可以治好我的病。"

"这是什么偏方？"

"我也不太懂。我干儿子告诉我，在楼道里点个煤炉子，把烟囱从楼顶通风口插出去，囱口面朝东南，伸出一米，用煤气可以求来东方的仙气。这样，我就可以治病保命了。"

"天天点炉子吗？"

"不是。我干儿子说，听他的电话指挥。他什么时候让点火我就点，让撤我就撤。"

"平时我们来怎么没见过这个炉子？"

"我干儿子说，天机不可泄露。这偏方不能让外人知道，否则就失灵了。闹不好不仅不能帮我治病，还会导致丧命。所以，每次有人来，我都会先把炉子、煤收拾到小仓库里去，然后在楼道内喷香水，再去把门打开，让人进来。"

"你不是告诉我们小仓库的钥匙在你干儿子手里拿着吗？"

"那是我干儿子教我说的。他说，一旦有人见到这个小炉子，天机就变成天险了。"

"你知道楼顶上有什么监测设备吗？"

"知道。我干儿子说，那东西有辐射，对我这心脏病危害很大。但经煤烟一熏，辐射就失效了。"

"你认为这是真的吗？"

"是呗。我干儿子是个大善人，他能花那么多钱、买那么大房子、天天好吃好喝养着我，还能骗我吗？对了，我干儿子还告诉我，烧煤时不能见到火头，烟憋得越大效果越好。反正你们也见着了，天机也泄露了，我也不用再瞒着什么了。"

"你把烟囱插出楼顶，口朝东南，与监测设备嘴对嘴，把设备都熏黑了，能不露马脚吗？"

"别人要干啥我不知道，反正我是为了自己治病！"

"你刚才讲的这些话，过些天到法庭上去作个证人证言行吗？"

"去法庭干什么？"

"你干儿子可能涉嫌犯罪，你的证言很重要。"

"什么？你说什么？他这样的大善人，怎么——怎么——还犯——犯——犯……"

老郭头言语至此，突然脸色发黄，头顶冒汗，浑身抽搐，头一歪，闭眼儿了。

医务人员闻讯赶来，紧急抢救的结果却令人遗憾！

"完了？"

"不完等什么？这下全完了。证人没了。家里点炉子犯法吗？"

"嘿，这老郭头，死的太不是时候了。查了几个月，刚找出内鬼，线索就这样断了，事儿就这样过去了？"

"过去啦？你想得倒是简单。公安局、环保局，一块惹上人命官司了……"

"嘿——太窝囊了。"

"你还不知道呢！老郭头这一死，他干儿子不干了，连干爹也不认了。"

"他不认了，后事不是更好处理了。"

"怎么好处理了呢？"

"老郭头是孤身一人，干儿子不认他了，没人管了，把丧事办了不就结账了吗？"

"你听扭了，说反了。"

听说老郭头死了，啵一口立马赶到医院，一进医院的大门口，啵一口就开始比赵本山在电视剧里表演哭灵的场面还壮怀，撕心裂肺般，数数叨叨大哭起来：

"我的干爹呀——你怎么就走了嘢——是谁害了你嘢——我要为你申冤嘢——我的干爹呀——"

哭着哭着，人们突然听到，啵一口的叫法突然又变了：

"我的爹呀——我的亲爹呀——新《环保法》有规定了呀——执行公务让企业受损失，政府要赔偿嘢——谁害了我的亲爹，谁要给我赔偿嘢——不赔我去法庭告你去嘢——公安局你也跑不了啊——我爹他是好人嘢——他死得不明不白，他冤枉啊——嘢——深更半夜呀——夜闯民宅呀——吓死我的——爹——呀——你们不赔——不成噻……"

"那不是独眼鸡吗？哈哈哈……他家到底谁死啦？一会儿干爹，一会儿亲爹的。赔爹怎么个赔法呀？"

"这独眼鸡是正儿八经的北方人吗？南腔北调，油头滑脑，怎么还噻噻的。"

"他有那么孝道吗？他挣的黑心钱是不少，可他连亲娘在他家多吃一天饭，都不给个好脸色，什么东西呀！"

"到法院打官司，他也不一定能赢，他肯定是想借爹诈钱。"

"他不认干爹了，叫上亲爹啦。"

"我早听出来了，你说那独眼鸡不就是啵一口吗？不就是你康大仙的亲二哥吗？他啵一口又多了个亲爹，老康，那也得有你的份子呀。你不是帮他算过卦、求过偏方吗？缺德！"

老康听过老黄说的话后，腾地从草地站了起来，骂道："老黄，你嘴上积点德。一人做事一人当，别他妈往我身上拉。我既没帮他算过卦，偏方也与我没有一点干系。你要看人家认亲爹眼热，你也去认——"

"行了行了，把这不愉快的话题揭过去，说点儿别的。"

"老黄，咱们别这样，老康和他二哥不一样，别老伤人。"

盼姐与大侃同时劝黄慰康，矛盾勉强着，总算又一次平息下来了。

六十六

"二哈，你刚才讲的事，是顺着我的故事说的，这都不算，你还得再讲点儿新的。"

此时，二哈虽然顺着老黄讲的精彩片段有滋有味地给大家讲了半天的故事，并提起了精神，但他还是想多休息一会儿。同时，他也深知，老黄这一关难过。于是，二哈又按照老黄引领的话题说："被称为'史上最严'的新《环保法》2015年1月1日开始实施，社会公众对这部新法的关注度持续增加。新法的实施，使得环保部门的责任和权力更清晰，执行更有力，环境执法的震慑力也更强了。新《环保法》扩大了执法权限，欲改变执法'有心无力'的现状；在扩权的同时，新法也给环保执法人员以及政府主要负责人戴上了'紧箍咒'，面临严厉的问责制。特别是新法提出的按日连续计罚、查封、扣押、企业限产、停产、强制信息公开、环境公益诉讼等不少新内容，为人们所津津乐道。但是，人们对新《环保法》仍有诸多疑问。新《环保法》硬在哪里？软在何处？有了新'牙齿'如何去施展？请大家议议。"

二哈话毕，大侃提了个问题，又把话题推给了二哈，"我印象当中，我们很久以前就提出'在保护中发展，在发展中保护'，后来又提出'在发展中保护，在保护中发展'，再后来相关媒体报道中，多有反复。可见对于环保与发展的优先序列问题，认识上冲突非常激烈。现在新的《环保法》出台了，而且非常明确提出保护优先原则，这个原则在新法有什么样的体现？"

二哈说："新《环保法》提出保护优先，似乎有点超前，我个人目前对此有不同看法。我们国家在国际气候变化大会谈判的时候，提出最有利的一个根据就是'共同但有区别的责任原则'，我们仍然是发展中国家，发展是我们国家的第一要务，所以不应当承担和发达国家一样的义务。我们在国家层面上做出了这样的表态，就代表我们国家仍然存在很严峻的发展问题。在世界范围之内，提出'保护优先'之类的国家很少，基本上提出的都是可持续发展、协调发展，这也是符合国际环境法发展趋势的。我个人觉得这已经可以起到环境保护的目的了。现在提出'保护优先'，我感觉更多是一个口号。纵览整部《环保法》，真正体现这一原则的实质条款基本没有，大多数法律条款，包括环境规划、环评制度等，体现的还是可持续发展、协调发展的内涵。"

大侃接上说:"我不太同意这个观点,我觉得至少有两个规定'保护优先'的内容。第一个是第29条规定的生态红线制度,生态红线实际是在重点生态功能区、生态敏感区和脆弱区等区域要实行严格的保护,这是体现了'保护优先'的原则的,首先是保护,在不损害、不破坏生态环境的基础上才能说发展。第二个是环评制度,新法明确规定,没有进行环评的项目不得开工建设,没有进行环评的规划不得组织实施。不过话说回来,真正实现保护优先,一部《环保法》是解决不了的。根子在政绩考核。如果对干部的考核不是这种考核,比如是考核环境,你原来是三级,现在空气质量是二级了,那我就从县长提到市长,他马上就重视环保了。因为这个指挥棒指挥得不太得当,所以导致人们现在想到先发展经济,环保往后再说,是这个概念。所以刚才你说这是一个口号、理念也对。就是首先要让各级领导从脑子里绷根弦:发展经济,环保是首先要考虑的。"

盼姐问:"新的《环保法》赋予环保部门查封扣押权。不过查封扣押权赋予的是环保行政主管部门,没有赋予其委托的部门。请问环保行政主管部门的这项权力是否能够委托?如果不能,作为委托执法的环境监察局在执法过程当中实施查封扣押的时候怎么去操作?"

二哈说:"行政权力有的是可以委托的,比如现场检查权等,有的是禁止委托的,比如行政强制措施权。对此,《行政强制法》有专门规定。查封扣押就属于典型的行政强制措施,这个不能委托。对于环境监察部门,查封扣押这块不能直接行使,只能是发现需要查封扣押的,先报行政主管部门批复,然后我们配合行政主管部门去实施查封扣押。查封、扣押必须由两名以上具有行政执法资格的环境行政执法人员实施,并出示执法证件。日常环境执法主要由环境监察队伍承担,那么,就需要环保局行政执法人员与环境监察部门的执法人员共同执行。在具体实施过程中,可能会遇到一些特殊情况,如不立即查封扣押就会造成证据灭失。对于这样的情况,环保部《环境保护主管部门实施查封、扣押办法》第十三条做出了变通，即情况紧急，需要当场实施查封、扣押的，应当在实施后二十四小时内补办批准手续。环境保护主管部门负责人认为不需要实施查封、扣押的，应当立即解除。"

大侃问："新法跟旧法相比，总体上看是新法更严了，这个毋庸置疑。但也看到个别情况，好像变得更宽松了。比如，老《环保法》有限制治理，新《环保法》当中把这条改成了达标规划，没有了限期治理这一条。"

二哈说："我认为这是政府管理策略上从微观到宏观的转变。过去政府对一个企业或者对一类企业进行限期治理，规定一个时间要治理达标，否则可能面临关闭的危险。现在按照新《环保法》，比如说这个区域有一百家企业，我就做个规划，2015年我治理十家，到2016年我治理二十家，到2017年治理五十家。政府根据财力和轻重缓急来总体把握。环保部门作为监管部门就加重了责任。我觉得这个比原来的限期治理制度更科学了，体现了政府是抓宏观的。"

二哈又说："我认为新《环保法》不是去掉了限期治理，它仍然存在，只是变换一种'面孔'。新《环保法》里第六十条，明确规定经营者超标或者超过总量控制排污的时候，环保主管部门可以停产限产，而且情况严重的可以责令其关闭。它和原《环保法》中限期治理的表述相当，只是把'限期治理'这四个字改为限制生产、停产整治等措施，给它细化了一点。所以我觉得限期治理不是取消了，而是说换了一种表达方法，其根本内容并没有变化。当然如果说有变化，主要是把限期治理的决定权由政府交给环保部门了，这是它的变化。限期治理没有写到新《环保法》里来，我觉得本质上它没有存在的意义了。为什么这么说呢？第一点，本身新《环保法》已经规定停产、限产，环保部门可以制定措施；第二点，限期治理也存在一定的弊端。比如，对这个企业限期三个月治理完，他从第一个月开始到第三个月这段时间仍然在超标排污怎么办，这个不好解决，法律上根本没办法。"

盼姐看大家讨论很热烈，便借势问道："大家能不能给环保部门工作人员提点建议，如何有效实施监管，同时规避一些执法风险点？"

二哈说："怎么样才能尽职免责？以前规定，监察部门每月要对所有企业进行全面检查，但是，目前的情况，一是执法人员的人力、精力、物力有限，有的市县企业比较多，所有企业不能全部被检查，二是一些被列入'十五小'的非法企业因未注册或生产隐蔽就会被漏检，一旦出现了非法排污的问题，执法人员就会被追责。我们在工作机制上制定了一些规范性程序，杜绝执法的不规范和随意性，减少执法的乱作为，同时，我们要求各级监察部门在年初制定监察计划，将年度工作列入监察计划之中，按计划安排执法监察工作。"

大侃补充道："二哈说得非常有道理，我也补充一点。我觉得在现阶段，风险确实有。但是，是不是出了问题，一定追究的是过错责任呢？这个确实有待于商榷，因为有的时候确实无论你如何尽力，也无法避免这个结果的出现，所以需要客观地来判断。那么这种情况之下，到底需不需要出台尽职免责的规定呢？目前在实践当中有这种做法，D市环保局和D市的监察局，联合印发了一个《环境保护违法违纪行为处分适用实施办法》，将尽职作为免责条件，明确写入了这个实施办法。比如说，对在工作范围内已按照职责和法律法规要求尽职尽责，但因为被管理单位隐瞒事实，弄虚作假，导致行政行为不当或者违法的，就是你自己藏猫腻，我根据现有的手段查不出来；再比如，因前置行政行为，就是在前的、在先的违法审批行为等等不当或者违法导致现在的行政行为不当或者违法；还有，无正当理由拒不执行监管指令，关闭淘汰后擅自恢复生产发生的事故等等。一共有八种情形，这八种情形将不予追究行政机关及工作人员的责任。我觉得D市这种做法，应该说是有它的合理性的，使环境执法人员心中有数，不枉不纵。在立法上，我们呼唤这样的东西也在C市和E县出台，哪怕级别不是很高，也具有其积极意义，体现法律的公平。"

"行了，行了，找空再议吧。天快黑了，二哈快讲个故事收场吧！"老黄急了。众人捧场！二哈只得顺风而从，讲了一段C市环保局与F县一家煤化能源企业"较劲儿"的故事。

六十七

"最近半年，C市环保局与F县内一家企业'杠上了'。"二哈说，"我连续几个月被C市环保局借调去帮助工作，并到F县执法，感同身受啊。"

羊年元旦那天，C市环保局对这家企业开出了20万元的行政处罚罚单。可这家总投资超十亿元、历时五年建成的煤化能源有限公司，既不缴纳罚款，也不执行环保局"停产整治"的决定。

从1月1日到3月20日，历时79天，这20万元的罚单"滚雪球一样"，变成一千五百八十万元的"天价罚单"。

即便如此，这家企业仍断断续续试生产。直至6月4日，C市政府约谈企业负责人后，企业才表示立即全面停产，接受处罚。

在这场长达半年的"较量"中，国家环保部环境保护督查中心、C市政府以及企业所在地的F县政府，都有主要领导出面协调。4月11日，C市环保局向该市人民法院申请强制执行。

"现在就看谁坚持得长，谁就能成功。"C市环保局甄局长拍了拍桌子，大声说道，"这是最好的一次普法教育，要让所有企业、基层政府和老百姓看到，长出'牙齿'的新《环保法》是如何咬下去的。"

2015年1月1日，新修订的《环保法》实施。这部法律，被贴上"史上最严"的标签。有媒体评价，C市环保局开出的"天价罚单"，是新《环保法》的试金石。

"C市环保局与煤化能源有限公司的'较量'，始于企业所在地居民的举报。"二哈说，"该企业在未取得省级环保部门批准的情况下，于2013年12月中旬对该化工项目主体管道进行高压气体吹扫，历时五个月之久。此后，在企业未依法取得试生产批复时，擅自于2014年11月开工生产。"

企业一有动静，工厂附近F县马家务村的村民差点打爆了县环保局的投诉电话。这些村民投诉说，工厂三台机组只要同时运行，马家务村就彻底没法住人了。

"两个人在村子里碰面，人就站在你跟前，还是听不见说了啥。"马家务村一名村民对二哈说，他的奶奶，半夜睡觉时常常被工厂巨大的"嗡嗡"声吓醒，村里一些患心脏病和高血压的老人，甚至被半夜的噪音吵到"越来越容易犯病，整宿睡不着觉"。

去年11月，F县环保局第一次对煤化能源有限公司进行现场检查。

"我很震惊。"F县环保局一名参与检查的执法人员说。他发现，在这个占有888亩土地的厂区中，有企业私自架设的排污管道，甚至雨水管网也成了"排污管道"；气化渣在厂区内随意堆放，风一吹，满天飘的都是"灰灰"的渣子；厂区围墙外五百米的卫生防护距离内随处可见民房和庄稼地，最近的一块庄稼地，距离厂区围墙不足十米。

让这名环保局执法人员感到震惊的，还有企业的胆子。这家企业在试生产时，并没有得到环保部门的批复。而根据相关法律："建设项目试生产前，建设单位应提出试生产申请。试生产申请经环保部门同意后，建设单位方可进行试生产"。

检查结束后，F县环保局总结了该企业"未依法取得试生产批复，擅自开工生产"等9个方面的环境违法问题，并正式对其下达停产通知。

剧情似乎没有向环保部门期望的方向进行。去年11月以来，环保部门"最少一个礼拜去检查一次"。每次去，企业都说"马上会停产整改"。这一拖，就拖到了2015年。1月5日，C市环境保护监察支队到工厂进行现场检查，看到的景象"和两个月前无异"。

次日，C市环保局对该企业下达行政处罚决定书。其中，未取得排污许可证直接向大气排放污染物处罚10万元，大气污染防治设施不正常运行处罚10万元。同时C市环保局还责令企业立即停产整治，并补办排污许可证。另还开出一张50万元水污染的罚单。

两个多月后的复查，环保部门人员的心"又空了一下"。显然，这家地方"龙头企业"还是没有要整改的意思，"照样生产，照样污染"。在马家务村，年后，三十多个孩子因为呼吸了工厂生产时排放的有毒气体，喉咙变得又红又肿，齐刷刷住进了医院。

"要是在过去，事情到这儿，环保部门也没啥办法了，只能去找法院。但现在我们有了新《环保法》，它给我们的不是'棉花棒'，而是'杀手锏'。"二哈说。

根据新《环保法》有关条款，4月15日，C市环保局正式对煤化能源有限公司实施按日连续处罚。从1月1日到3月20日，共79天，关于大气排放物污染和大气污染防治设施不正常运行的20万元罚单，最终变成一千五百多万元的"天价罚单"。

"较量"一开始，C市环保局就没占到上风。相较于投资超过五十亿元、有上千名员工的对手来说，这个处级单位，显得有点势单力薄。

截至目前，C市环保局仍未收到煤化能源有限公司应缴的罚款。而这家企业，在环保局下达"天价罚单"之后，仍断断续续生产。即便在媒体于4月中旬做出报道后，这家企业依旧"我行我素"。

C市环保局一份材料上写道：6月7日，有群众反映，"该企业在未得到环保部门批准下再次擅自违法生产"。6月10日下午，环保部督查中心与C市政府负责人面谈，"明确要求责令企业立即停产，严格依法处罚"。次日下午，C市政府面谈企业负责人，企业表示立即停产并接受处罚。当日，企业逐步关停设备。

对此，煤化能源有限公司负责人有"一肚子苦衷"。他表示，这个项目从立项之初，就"得到了县领导的关怀，也被寄予厚望"。项目开工时，因原先设计的产品属过剩产能，就变更了项目，并得到相关部门的批复。

"我前后给环保部门打了十多次报告，希望能得到新项目的试生产批复，但一直没有回音。"啦一口大声说道。

他解释说，在环保部门迟迟没批复的情况下，企业开始调试设备。去年冬天试生产时，F县气温很低。一旦停止调试，有可能引起爆炸。因此，在环保局行政处罚决定后，企业无法停止调试。

"环保部门不了解企业的实际情况，就下罚单，是环保部门不作为。"他说。

双方各执一词，环保部门的执法自然免不了一些"不痛快"。

二哈回忆说，最开始去检查的时候，工厂的人还客客气气地配合，最近再去，执法人员却被拦在了大门外，找谁谁不在。

"哎呀，我们环保局的人啊，跟企业看门的狗都越混越熟，但是跟企业的人，却越去越生。"他长叹了一口气。

这位执法人员还表示，就在前几天，C市政府曾面谈F县政府及涉事企业。会上，环保局的领导提醒企业负责人环评变更的手续，却换来一句"你把你的事情搞好就行了，不是你的事情你少管"。说完这话，企业负责人就"怒气冲冲地走了"，留下正说到一半的环保局领导。

"我们只听法律的。我们相信，在依法治国的大背景下，我们的坚持是正确的。"二哈语气颇为坚决，用手使劲搓碎了花盆里的几片干枯的花瓣。

在他看来，今年正式实施的新《环保法》，就是一剂强心针。前几个月，C市环保局关停了一些"小作坊式"的小电镀，大家"信心十足"。

而在此之前，环保局就没这么"强势"。几年前，二哈曾到一些小造纸厂执法。即便叫上公检法几乎所有的人，他和同事还是被造纸厂的人一路围追堵截。最后，这位副科级干部一路狂奔到E县，才勉强躲过一劫。

这一次，环保局动真格了，以显新《环保法》权威。

除了企业不配合外，在这场C市环保局与煤化能源有限公司的"较量"中，二哈还感受到了另外的力量介入。

至少从他办公桌上垒成一堆的文件，不难看出这一点。企业拒不整改时，他们给市委市政府打报告，又给省环保厅汇报情况，经过媒体的报道，环保部督查中心的约谈也来了。

"阵势越来越大，企业拒不执行行政处罚，环保部门执法人员连企业大门都进不去，谁给了企业这么大的胆子？"二哈大声反问。

老黄追上一句："是魏县长吗？"

二哈没有直接回答老黄的问话，而是从衣袋中拿出一份《中共中央国务院关于加快推进生态文明建设的意见》，哗哗地翻开念道："各级党委和政府对本地区生态文明建设负重责……各有关部门要按照职责分工，密切协调配合……完善责任追究制度，对履职不力、监管不严、失职渎职的实行终身追责。"

"各级党委和政府对本地区生态文明建设负重责"，这句话，二哈一口气读了两遍。"处罚违法企业绝不是环保部门一个单位的事情，如果离了地方政府的支持，也会很难推进。"

尽管文件这么规定，环保局还是受到一些压力。市里有人抱怨，说环保局"不太懂事"，"企业也不容易，国家现在经济压力大，这么大的项目到现在不让生产，就搞个试生产还罚钱，真把企业搞垮了，有啥好处？"

还有人劝环保局，得饶人处且饶人。"一个相对比较贫困的县，能有一个十亿元的项目，这意味着啥啊？那是财神爷啊！"这些人认为，C市环保局死磕企业的事儿，有待商榷。

"我们也想了很多办法，帮助企业顺利生产。"二哈说，"只要企业守法、环保部门尽责、政府有作为，这些事原本可以避免。"

C市市委市政府对此的处理意见是：C市环保局派出专家到工厂，帮助企业完善环评手续，解决环保设施完善问题，F县政府则尽快推进企业堆渣场建设和周边群众搬迁工作，为企业做好服务工作。

"6月1日，C市环保局出具了变更项目环评执行标准，支持变更项目尽快拿到省环保厅批复文件。目前，项目变更已召开了两次专家评审会，报告修改完善后即向省环保厅报批。"

此前，C市环保局与企业的争议即在于此。环保局认为，企业在项目变更后，没有取得完善的环评手续。而企业则认为，企业一直没有得到环保部门的批复。企业资金压力大，不得不先行"调试设备"。

"公司都快被逼上绝路了。"啵一口说，"最近连高薪聘请的CEO也吓跑了。"因此，当C市环保局向法院申请强制执行后，啵一口表示，他将和C市环保局对簿公堂。

据了解，目前法院强制执行时限已过，但不知会有什么结果。

只是，马家务村的村民，仍旧生活在污染的阴影中。煤渣一天多次"降落"，苹果果面布满黑红色的小点，像结了"锈"，大棚菜的叶子上，也飘着煤灰。"苹果已经上市了。大家都要吃绿色食品，这污染食品还有谁会买啊？"

"这他妈啵一口到底都做什么生意？怎么什么污染事件都牵扯到他？"老黄问。众人不语，故事会一时陷入尴尬境地。

六十八

为了重新烘托桃园故事会的"开讲"氛围，聪明的大侃，此时率先开言，打破沉默。

大侃说，他最近又做了个梦。梦中，他以C市政府副秘书长的身份，竟被选为全国人大代表。这个荣誉来得太突然了。他觉着，若不是在梦中，肯定不会有这样的事儿发生。登大雅之堂，去北京人民大会堂开会，而且还能亲自代表人民建言提意见建议，大侃备感责任重大。尤其是新来的马市长，人大代表的身份还不在C市，占的还是外市代表的名额，大侃的责任就尤显重要。离去北京开人大会议的时间越来越近了，大侃这些天上上下下广泛征求领导意见、部门意见、群众意见，最后，以大气污染防治工作为"开口"，以《地方大气污染防治中三个让人"头痛"的问题和几点建议》为题，给人大会议写出了一份建议报告。

阳春三月，人大会如期召开，在京津冀地区代表团讨论会上，大侃的建议报告，受到广泛关注、热烈讨论、群声支持。大侃当然是兴奋至极，如愿以偿，如释重负。他还如明星一般，引来众多媒体现场采访。

"请问大侃代表，你讲的'老天爷欺负人'问题，核心内容是什么？"

"C市地处燕山、太行山两山山脉凹地，重雾静稳天气时常来袭，导致污染物难于扩散。在C市下真功、用猛药、强防治的强大攻势之下，全市上下从春忙到冬，从蛇头忙到羊头，污染指数虽强力下降，但是，每月只要有上两三天的重雾静稳天气，二十六七天全力防治的工夫，就全'废'在了两三天、三四天里，月均综合污染指数，就会远远高于自然气候条件相对较好的风多、气干地区。但每到年终大气污染防治工作考评时，上级却眉毛胡子一把抓，考评标准一刀切。如此这般下去，再治一百年，再防一万次，再下多少功，像C市这样的地区，在先进行列，也会永无出头之日，也会被挨批，也会在问责与'倒排'中挣扎。"

"你把污染原因归结为'老天爷欺负人'，老天爷能帮你什么忙！"

"求老天爷把雾分一分，把风也分一分，让C市这样的城市有个防治出头之日，以此弥补一下不太公正的考评与排序方法。"

大侃的话引来媒体记者一片哄笑。

"大侃代表，像你这样在人大建议报告中的表述，是不是不够严肃？"

"这点我承认，但这样表述不会伤人。如果我向上级说这种考评、排名方法不公平，肯定会遭到批评，肯定会有人认为我是强词夺理、工作没干好还要强调客观原因。"

"哈哈哈，你这逆向思维就不会惹来麻烦了吗？"

"这点我没思考。"

"大侃代表，你第二条建议是'修法与修责同步'。请问你提这个问题是出于什么动机、什么原因？"

"现行的招标法，按说有五种招标方式，表面上很科学、适用。但经过大气污染防治工作有些急活一检验，误事儿的条框就暴露出来了。"

"你能举个例子吗？"

"去年'三伏'之时，C市围绕大气污染防治谋划了一揽子'冬病夏治'工程。工程着眼冬季燃煤带来的高污染问题，以供热供暖锅炉煤改气、煤改电和统一推广使用低硫煤为重点，提出了具体的控煤、减煤、提质的治理工作目标。但是全市上下从'三伏'一直忙活到'寒露'，却有很多工程没能得到如期落实。眼看快入冬了，污染减排任务完不成了，上级要实施问责，手忙脚乱之中，该地开始启动问责机制，查找'冬病夏治'误事的缘由成因。结果查明，大部分工程，清一色都是以'流标'误事在了工程'招标'阶段上。于是，追责变成了反思。"

"花各级政府的钱搞建设工程，必须引入市场机制，实施严格的招标程序，否则，就是违法违规。大气污染防治事儿再大，也不能例外。我听到过一些地方知情人讲过，在一些地方，一项工程的实施从立项到招标，少则一两个月，多则百日有余。这样一来，有些急于上马的工程，既使再急再紧，如果按部就班地办，很多火急火燎的事也会被

‘放凉’或是‘流产’。是这样吗？”

“是的。实施工程招标，是防止暗箱操作，防止腐败浪费的重要手段，无可厚非，这个法规，何地何人都必须遵守。它与大气污染各项防治工程的实施也不该形成矛盾。那么，为什么在一些地方把大气污染防治工程误事的账单挂到了招标上呢？原因有四：一是对工程的谋划从起步时就已经晚了，缺乏事先的预见与计划。二是招标的过程中工作拖拉，有些环节不够作为。三是对国家相关的政策法规不够了解，心里没数，事到临头想‘特事特办’，结果碰了钉子。四是对大气污染防治工作的特性缺少客观认知，缺少整体规划。大气污染防治作为民生工程，至关重要。围绕大气污染防治，全国许多地方都想出了很多好点子，甚至是开了政策绿灯。但从某地发生的‘冬病夏治’工程误事的教训分析，内在原因，不应该说是‘路子’不对头，也不是‘绿灯’开少了，更不全是国家的相关法规政策有什么毛病，根由主要在对工程缺乏超前谋划，缺少事先的科学安排。大气污染防治工作起步时间不长，两年多的时间，那里的经验也不多，出现误事尚可理解，通过教训，很多地方也认识到了大气污染防治工作需要超前谋划，科学防治，有序防治的至关重要。”

“大侃先生，听你讲话的意思，好像与你所提建议，要修改招标法是反向的？”

“不是的。方向是一致的。首先说，要有法必依。但实际工作中，招标法的一些条款，确实给恶意竞标者提供了机会，也给反复流标、耽误工程落实提供了条件。但我也认为，科学有序开展大气污染防治，不应停留在口头上，不应只是一句口号，要付诸行动。各地要在探因解析找准病因的基础上，把整个大气防治工程做一个长久性整体规划，并科学有序地分步实施，要通过科学安排避免打乱仗、打无把握之仗和防止冷一阵、热一阵，更要防止拍脑门工程误事伤财，确保阶段性工程得到落实。超前谋划，是科学有序开展防治的重要环节。超前谋划，不仅体现政府科学运筹的能力，体现政府的担当与责任，还要体现在政府的法纪意识上。不招标就不能实施工程、不验收就不能拨付全额资金、不配套就不符合国家的政策，这些硬杠杠，在我们谋划治理工程时，必须要进入决策者的脑子，落实到整体安排上。试想，各地的决策者，如果把工程招标的时间事先考虑到了，把'冬病夏治'工程起步于冬季诊病寻医、春季上路操行、夏季治病吃药的路数上，招标时间即使再长一些，恐怕也不会导致误事的后果。"

"随着依法治国方略的落实，国家各类法规的健全完善与实施，如何知法守法、知规守规地干好事、干成事、不出事，已经成为考验各级政府执政能力的重要课题。在这样的环境下，基层政府能不能指望再像过去一样让上级给自己开政策'绿灯'行政，既使在全民关注的环保问题、大气污染问题这些民生大事上，行政的过程，也应该是守法运行的过程。基层政府是不是应该在科学安排、科学运作、依法运行上动脑筋、想办法，做到既守规又不误事。尤其是在去年已经有了误事教训的前提下，今年能不能让误事的追悔不再次反弹呢？"

"法也该修，事也该干，但绝不能把不落实的责任全归结在不法商人控标、捣乱的成分上吧？对于这个问题，师博士曾在C市大会上讲过了，我不想再多说什么啦——"

"大侃代表，你提的第三个建议说，要上级帮助C市解决好'大卡车上门送霾'问题，其核心内容是什么？"

"C市距首都仅百余公里，城区四周遍及十余条通往全国各地的高速公路。从发展角度讲，四通八达，四面来金，很是兴旺。但从防霾治污角度讲，四向来烟，四面来霾，很是污染。平日里，大小车辆数十万台绕城行驶，汽车尾气的排放量远远超出市区各类污染排放量的总和。特别是C市城区，固有四条国道穿市而过，每天至少有万余辆运煤、运菜的大型柴油卡车，在市区来回穿梭而行。市区东西南北国道线路长达五十余公里，尾气排放时常把城市上空搞得乌烟瘴气。城区八个监测站点的监测设备，经常爆表。遇有静稳天气，有时二十四、四十八、七十二小时连续爆表。污严霾重，时常挨批，城区市民，实难忍耐，有时市长热线，一天接上千市民举报、谩骂。被迫之下，C市采取非常举措，限制大型柴油卡车入城。结果，惹来更大麻烦。许多卡车司机和相关运输单位联名状告C市地区保护、横行霸道，影响发展。上级有关部门也给C市发来通牒，要求服从大局，牺牲局部，依法保证城市国道畅通无阻。一边是霾多污重，上级有关部门强令限排减污，保大气污染防治成果、保民生安危，退不出倒数前三、前五要追查、问责、罢官、约谈、限批；一边是知霾难治，迎霾入门，服从大局，保障畅通。面对民怨、伤害、不作为的骂声，有苦难言，还得忍痛赔笑。"

"你认为你反映的问题应该怎么解决呢？大侃先生。"

"国道穿市，是历史发展遗留问题，地方无权变更；大气污染防治让C市退出倒排前五，上级考验，任重责大，压力空前。但两条路怎么走，上级应该综合、联合、结合地方实际情况，综合考虑、联合办公，结合实际，一方面是从大局出发重新规划交通线路，一方面是面对现实，别给地方双向施压太大。"

"你认为这类问题应该哪一级出面协调才能上上下下，皆大欢喜？大侃先生。"

"我是人大代表，有权提建议，无权做决策。但我认为，解决好这类问题和矛盾，权力在上边，压力在下边。上边能做的快做，下边能担的先担着。但，下边的承载能力与承受能力还有多大的支撑力、支撑时限，上级要特别考虑。"

"你认为解决这些问题的办法只有上级政府一条途径吗？大侃先生。"

"那倒不是。依靠政策源头防，依靠科技从源头到末端综合治，法规、政策、金融、产业、保险与大区域综合防治举措相配套，与考核、问责机制相协调，与区域情况相衔接，综合施治，再加上上级权威部门的立即行动，我认为科学发展的征途才会更宽阔、更美好。"

"好！说得好！"媒体的记者们放下相机、电脑、笔记本、摄像机，共同发出微弱但同步有赞的掌声。

大侃面对记者侃侃而谈，诙谐加幽默，冷嘲加热讽，用心加有意，把他上书的建议几乎是演成了小品。

他在讲述现实柴油车管理制度缺失和建议时，列举自己的调查和专家的研究报告说："作为机动车尾气排放炉的柴油车，虽然数量占比小，但污染贡献率十分高，排放量十分大。有关数据表明，占全国机动车总量16.1%的柴油车排放的氮氧化物接近总排量的70%，颗粒物超过总排放量的9%，而其中重型柴油车的大量排放又是导致这一结果的重要原因。因此，治理柴油车特别是重型柴油车是机动车辆污染治理的重点，而健全此类车辆管理制度则是重中之重。但目前的管理问题是柴油车增量管理制度缺失、运输企业对柴油车管理制度缺失，针对此类车辆的道路交通管理制度缺失。一些柴油车有时可以不受区域限行和限时的制约，任意穿梭于城市道路之中，不仅释放严重污染，而且有严重的安全隐患，仅近三年中，重型车辆创下的伤亡人数就有三十多人次。特别是在道路交通流量大、路段拥堵的情况下，长时间处于重荷低速运行或怠速运转状态，更使污染物排放剧增，对局部区域空气质量影响尤为明显。C市就是其最大的受害者之一。"

大侃在人大会议上提出的三条建议，也很具体实在：

> 一是健全柴油车特别是重型柴油车总量调控制度。通过调控增量，有效控制柴油车特别是重型柴油车发展速度和规模，减轻此类车辆过快增长带来的污染。

> 二是健全各类柴油车运营监管制度。强化此类企业的环保责任，通过多种措施和途径，大力发展绿色运输。

三是健全针对柴油车特别是重型柴油车的道路交通管理制度。控制此类车辆排放对交通密集区域城市空气的严重污染，其中一个重要方面就是不断完善城市交通管理制度，科学而严格地限制此类车辆进入城区行驶，从而有效减少城市车辆总体排放量。建议有关部门研究完善行政辖区内低排放区管制制度，划定低排放区域范围，从管制时间、对象等方面，提出对进入低排放区车辆的要求，鼓励清洁车辆的使用。特别是要针对城市发展新情况，改变国道穿市区局面，结合实际，划定重点控制区，以城区周边一公里、三公里和五公里区域范围为核心，实行分级治理，规定柴油车特别是重型柴油车在一定范围内禁行，从国家层面，用法制保护譬如C市这样"支援了全局，污染了自己，情理、法理上忍受了痛苦，照顾了企业，大气污染防治考核、问责上，又毁了自己的城市"。

"大侃呀，明天开始你别去工作啦，你就天天在家做梦吧。把你的每一场梦都编成故事讲出去，霾去了的日子就快到来了。"老黄说。

"老黄，你别吹我了，你的气力太小，不如来场风见效。"大侃说。

"那就一边搞'反四风'教育，一边等着四面来风，驱污降霾吧！"

"老黄还懂点政治，进步啦！"盼姐这一夸老黄，老黄乐得屁颠屁颠的，直在原地跳脚。

建言：故事会链接之五

六十九

在二哈讲完环保执法困境的第三天，我在一家国家级报纸第十版上见到一篇题为《基层监管用车面临尴尬》的建言文稿，看署名，是大侃写的。文曰：

新修订的《环保法》已经实施，基层环保部门在执法中却遇到了一个现实问题。在2015年全国环保工作会议上，部分省市环保厅长都提出，应该保障基层环境执法用车。这是怎么回事呢？

多年来，一些地方设区市和县级环保部门，除了行风评议时被视为执法机构，平时在政府部门序列里，未被列入执法机构，环保部门的公用车辆是按照普通事业单位的标准配备。现在，各地推进公车改革，不是执法机构的环保部门，就面临着事实上的执法用车被改革改少的困境。

国务院下发的《关于加强环境监管执法的通知》第十五条要求："强化执法能力保障。推进环境监察机构标准化建设，配备调查取证等监管执法装备，保障基层环境监察执法用车。"这些年来，环境保护部围绕提升基层环境监管能力，曾直接给县级环保部门配备执法车辆，一些地方政府也给予环保部门有力支持，但基层环境监管执法车辆缺、少、差的问题始终存在。特别是用于处置环境污染事件的应急技术保障车辆和指挥车辆，更显不足。

面对公车改革，谁来认定环保部门是执法机构？如何保障基层环境执法用车？要解决这些问题，一方面要把环保部门名正言顺地列入执法机构，一方面切实解决执法用车、应急用车严重不足的问题。否则，环保部门本来不多的执法、保障车辆还将大量减少。

再好的法律也需要人去落实，需要良好的软硬件支撑。落实新环保法的主体在基层，期待上级有关部门尽快协调，出台措施，为基层执法提供有力保障。

"大侃写这东西有用吗？"

"谁都清楚的事儿！"

"真他妈清楚吗？"

"你嘴真臭！没刷牙呀？"

庭审现场

七十

"被告庄箬,对迎春小区物业公司状告你用虚假广告推销不合格环保炉具一案,你有何陈述?"

此时,坐在被告席上的男人让全场的百余人都备感惊讶:这么一位浓眉大眼、白脸如玉的英俊美男,怎么会是原告指认的、借霾挣黑心钱、发不义财的被告呢?此时面对法官的提问,他头不抬、身不动,好像被法官点名的人,根本就不是他似的。

法庭一片寂静。突然,庄箬发声了:"我提醒下法官先生,现在我也是原告。"

"请你直接回答我的提问。"

"我认为这个问题应该由我的被告来回答。"

"被告师伏德,庄箬状告你非法生产不合格炉具,使他公司名誉、生意受损,并导致20名城中村居民煤气中毒,你对此有何陈述?"

随着法官问话声音的停顿,人们发现,在原告席上站起一位相貌普通、脸黑个矮的男人。他这一站,立时引起旁听席一片议论:

"被告怎么坐原告席上去了?"

"现在法院也和环保一样,活多人少。可能是忙乱乎了,也可能师伏德是有什么硬关系吧!"

"他就是师伏德呀？不是早有谣传他和市长是亲戚吗？"

"可能不是那么回事儿。听说这位师伏德既是被告也是原告。"

"怎么回事？"

"迎春小区状告庄莙造假环保炉具排污害人。庄莙又告师伏德弄虚作假，偷梁换柱，贩卖假环保炉具。师伏德又告庄莙以假乱真，侵害他企业的产品专利权。"

"刚才迎春小区物业公司告庄莙的罪名不是推销假环保炉具吗？"

"那只是案中的一件事儿。探春小区告的和迎春小区办事处告的不是一个案子，也不是一码子事。"

"哎呀，怎么这么乱乎呀。"

"我看后边这位黑啦吧唧的，倒像个被告，庄莙倒像是个演员大腕什么的！"

"你是以貌取人呀？"

"不以貌取人，你怎么认挨骂挨甩追人家二丽，而人家'黑牡丹'倒追你，你还躲着人家呢？"

"算了、算了，法庭上别乱说！说不定还真是这样：别看矮、别看黑，里里外外放光辉。长得白、眼睛大，心眼儿不一定就不差！"

在人们的一片议论声中，在黑脸男人正要回答法官问话的当口，突然，坐在被告席上的白脸男人一跃而起，大声叫道：

"报告法官，我要控告！"

"请被告不要激动，坐下讲话。"

"我坐不住了，这不明摆着是侮辱我吗？"

"是谁侮辱了你？用什么手段侮辱了你？"

"原告把我的名字写错了。"

"错在哪里？"

"我的名字叫'庄君'，是'正人君子'的'君'，不是带'草'字头的'莙'。'君'字上面加一把草，含义就大相径庭，差出十万八千里了！请法官接受我告师伏德侵害他人姓名权罪、诬告他人罪和故意侮辱他人罪。"

"请你对三项状告他人的罪名当庭做出合理解释。"

"我姓'庄'名'君'，他告我的法律文书却写成'庄莙'，侵害了我的姓名权；如果他这个罪名不成立，他对我的状告就立马变成诬告了，因为两个名字不是一个人，今天把我请到法庭上，都是不对的。"

"第三项呢，你说说原告怎么侮辱你了。"

"法官大人，这点知识你们应该知道吧？'君'是正人君子，大仁大义之意。而'莙'表达的则是一种由野菜变种的皮厚叶大的植物。用在此时，则有辱骂我脸皮太厚、叶（业）大无德之嫌，你说这是不是构成了侮辱罪？"

"哈哈哈哈，真是一个有识无德的家伙，怎么不打就招了。"

"好戏还在后头呢！太不靠谱，风马牛怎么合一块儿了？哈哈哈哈。"

在人们一片笑声中，黑脸汉说话了。

"法官先生，对刚才被告的抗议我也有同感，但同感又不完全一致。我认为法律文书的起草应该是极为严肃的，无论是原告还是被告，首先不应该把人名字写错，特别是不该写人外号。"

"请你把写外号的事儿向法庭解释清楚好吗？"

"好。法官先生，由于我的工作失误，不仅导致了我的律师把庄君名字写错了，还把另一名被告康求德的名字写成了'独眼鸡'，对此，我向法庭和当事人当场道歉。文书出错是文种因素促成的。但我请法官关注的是，我们今天不是要修改文书，而是人证俱在，抓紧调查以假乱真，导致探春小区物业炉具超标排放，因此挨上环保局二百万元环境污染罚款，办事处主任被问责撤职的官司。"

"法庭支持'双告'师伏德的提议，接受师伏德的道歉，并请庄君和康求德接受师伏德的道歉，继续进行法庭调查。"主审法官言后急转弯，发问："庄君，你刚才说是师伏德的产品导致了你对探春小区物业公司的损害，请问，你使用的产品，是在师伏德的公司购买的吗？"

"是的。"

"请出示证据。"

"发货票丢了。"

"请问师伏德，庄君使用的炉具是在你们公司购买的吗？"

"不是。"

"请出示证据。"

"这是我公司2013年以来发货的台账和全部链接齐全的正规发票底联，请法庭验证。"这时，师伏德的代理律师把半大纸箱子物品送给主审法官的接证代理法官。

"请问庄君，你说的在师伏德公司购置炉具之言，在法庭已有的证据中无法认证，请你如实说清炉具的来源。"

"我也是委托第三方购买的。"

"第三方是谁？"

"康求德。"

"他在哪里？"

"就是他。"庄君朝其左边一指。康求德点头哈腰。

此时，主审法官正要面向康求德发问，突然，从律师席发出了一个令法官和全场人都意想不到的女人的声音。

七十一

"法官先生，被告庄君出尔反尔，是不是轻视法律、轻视法庭，不够严肃？"师伏德聘请的律师冯娟，音美声利。此刻，她面向庄君问道:"听说你名字很多,不仅叫'庄君',是不是还有个名,叫'庄孙仔'是吧?"

"那是我做生意时用的名。"

"这就对了!"

"怎么对了?"

"你在环保产品洽谈会上,推销过一种叫清球牌空气净化装置的产品吧?你托人找关系向马市长推销这个产品,让马市长给你吃了'请出羹'了吧?你通过独眼鸡打着先期投资的幌子,去骗F县的魏县长了吧?你说。"

"我抗议原告律师在法庭上叫我外号。"康求德叫道。

"我也抗议原告律师对我的无端指责。我认为魏县长买我的产品,动机是好的。至于产品还处在试验开发阶段,如果暂时还不能满足我创意时的初衷,应该也是可以理解的,根本构不成欺和骗。退一步说,既使让F县花了些钱,也应该算是对治霾试验事业做出的巨大贡献,根本构不成问题。再换句话说,既使F县魏县长决策有什么失误,也是独眼鸡穿针引线之过,怪不着我。"

"庄孙仔,你他妈怎么说话呢?我的外号是该你这种人叫的吗?你他妈不在产品说明书上胡说八道、天花乱坠,我会向魏县长推销吗?"

"算了吧你,我把产品卖给你,一台才两万,你是先垫资了,但你他妈为什么蒙成五万一台了?"

"你再敢胡说小心老子揭你老底儿。"

"我不说,你他妈嘴上也有点儿把门的!否则,孰重孰轻,你比我清楚。大不了,我就是做生意的,没直接沾过官场,你小子顾忌着点儿。"

"有些涉官之事,你也沾边儿,别以为自己没事儿。"

"有事儿也是你指使的!"

独眼鸡来狂言,庄君上烈语,这一轮,最终,还是以独眼鸡先不言语为标志，败下阵来。

但此刻庭上庭下都让前边这段插曲给搞迷糊了。

"冯娟律师提出的问题，与法庭正在调查的事儿，是一码子事吗？"

"好像不是。"

"精明的律师往往都是这样，绕道迂回，攻其不备，以攻为守，旁敲侧击，再回主题。"

"你好像很懂行似的？"

"我陪老板上过法庭，经历过。"大侃说。

"不提这事儿。你知道刚才冯娟律师'击发'出的事儿是什么事儿吗？"

"你说庄君和啵一口相互咬的那个事儿是吗？"

"是的。"

"这我还真的知道点儿内情。"大侃说。

七十二

"C市举办'818'国际环保产业洽谈会期间，庄君以治霾专家的身份和一个黑心发国财的家伙勾搭到一块儿，三天三夜，就利用吸尘器技术原理，造出了一个所谓的清球牌雾霾净化装置，拿到展会上去推销。他还想拉大旗作虎皮，托人找到马市长，让马市长看产品说明书，还想请马市长拍板使用他的产品。"

"得逞了吗？"老黄问。

"屁。马市长能上他这个当吗？看了一眼他的产品说明书，听着庄君津津有味的海吹，刚讲没几句，就被马市长轰走了。"

"刚才他俩不是说魏县长上当了吗？"

"魏县长只是听了啵一口的一派胡言。再搭上啵一口说他自己先期投资，魏县长就草率答应了，在F县城监测点周边试用，说好了，若真管用，政府给钱。"

"成了吗？"

"成了。成了没几天，正赶上马市长去F县检查大气污染防治工作。马市长一见把这东西安在了监测点边上，立马臭训了魏县长一顿，还让他写了检查。但魏县长觉着冤枉，对马市长说，我和E县相邻，他们的吕县长不知使了什么招法，空气质量比我这儿强一大截了，我这不也是有病乱投医，试一试嘛，看看到底我F县比E县差在哪。"

马市长听后说："你可以去E县考察一下，看人家是怎么真防实治的。但我告诉你，你F县与E县比较，虽然只差一笔，但这一笔的最大差距是你县长差在了责任上、差在了德行上、差在了底线上。眼前做检查的事，只能是面对了，不好挽救了。"

说着话，马市长从秘书手中接过一份产品说明书，递给魏县长说："你看看吧！"

说完，上车走了。魏县长遥送马市长走远，便急促地读起说明书：

清球牌雾霾净化装置说明书

产品创意背景：随着工业的快速发展，雾霾天气出现的频率越来越高。雾霾的危害，尤其是对人类健康的危害已越来越大，对此，不仅政府头痛，公众担忧，就是新出台的《环保法》也为之无奈。

怎么办？从源头上控制PM2.5的出现，对于我们这样一个人口众多、污染源广泛且复杂多样的大国来说，根本不可能做到，必须从后天收集、控制上解决问题。

怎么办？为减少污染排放，很多企业煤改气、煤改电，致使生产成本大幅度增加，失去产品竞争力。很多企业被关停，致使大批工人下岗，引发严重社会问题，必须变"改"为

"收"，以解企业危难！

怎么办？清球牌雾霾净化装置闪亮诞生了！！！你可以随时排硫、随便排烟、随地排尘、随心排污的时代到来了。清球，清球，它帮你清净全球。

产品原理与应用：当空气中的细颗粒物贴近清球牌雾霾净化装置后，会立即遭到彻底吸收，并可引发远距离、超远距离颗粒物迅速、自觉、主动地快速向设备迁移，最终，全霾覆灭。一个房间、一个室内球场已远不在话下，一个庭院、一个广场、一个小区、一个城市、一个国家，乃至全星球，只有想不到，没有做不到！！！

产品技术指标：应用产品在狭小空间反复万次实验结果推算，每一台大小相仿于一般、普通饭桌大小的设备，可在八小时之内吸尽千米之内所有雾霾，并将永久不会再出现重度污染。本产品是现今中国唯一——项经过最高科研机构、顶级专家、最权威认定、价格最低廉、效能最好的雾霾净化装置。不图赚钱，谨防假专家、假产品、假技术浑水摸鱼，以假乱真。

社会和经济效益：目前的"改"可以立即停止；目前的失业可以立即复职；企业的效益可在当夜速增。不仅社会的稳定可以得到长期的保证，而且，目前因霾而生的癌，可以得到有效医治，对可能由霾引发的疾病，可以得到根本性的有效控制。一家安装，多家受益；一县安装，全市受益；一国安装，全球受益；全球安装，人人受益。一切社会制度的初级阶段，都可在您坚定决心后连夜跨越，新常态因清球牌雾霾净化装置的应用，不仅会让古丝绸之路的"尘"睡，变成天蓝地绿，水净人精，而且还会让GDP伴随您的财路与官运，同运而升。

面对监测咱不怕，面对排名咱不怕，面对问责咱不怕，怕的是你没有坚定信心，失去机遇。早安装早受益，不安装不受益，多安装，准受益。智者不虑，机不可失。

订货电话：1M——944

售后安装：1S——588

长期服务：1T——625

质保举报：1D——3721

"哈哈哈哈哈哈哈……"还没等大侃把话说利落，老黄率先仰天大笑道："一买就死，你试我发，服务一推六二五，举报一定不管三七二十一。庄孙仔的产品说明书，这不是自揭疮疤了吗？哈哈哈哈……这他妈能治霾吗？这他妈不是和上边的政策对着干吗？这是他妈什么创意呀？"

"这个创意比我骗人时说得还邪乎呢，除非存心想劳民伤财，否则根本不可能有人相信。"

"老康啊，这回你失算了。在你哥长期助力投资下，魏县长不是信了、买了吗？"

"我二哥也有点犯傻了。"

"他傻什么？发国难财啦！"老黄调门高高的，"我告诉你吧，前边说到的，F县在监测点楼上安装的吸尘装置，就是你二哥和庄孙仔骗了魏县长捣的鬼、作的假。"老康不语，头低得低低的。

七十三

法庭调查书归正传。

"庄孙仔。不，被告庄君，E县政府和环保志愿者集体联名，控告

228

你在E县大气环境监测点楼内捣鬼，雇人故意在顶楼通风口处烧劣质烟煤，并把烟囱直接对向监测设备的采样口，施放浓重的烟气，导致E县监测设备污染指数爆表数月，严重影响E县形象，干扰E县大气污染防治工作正常开展，对此，请你做出解释。"不知法官是有意还是故意，反正"庄孙仔"三个字从法官口中一吐出，庄君就气得拍起了桌子。

"请法官先生叫我学名，不要再称呼我的商业活动代用名。"

"请你原谅我的口误，请你回答我的提问。对E县政府和环保志愿者对你的联名控告，请你当庭做出解释。"

"我没有什么可解释的。我根本不知道有这么回子事儿。"

"你是否在E县迎春小区2号楼2单元顶层买过房子？ 601和602的房主是不是你？"

"这些是。房子是我花钱买的。但谁住在里边，我不清楚。"

"你是出租了吗？"

"不是。"

"你是借用给他人了吗？"

"是。"

"借给了什么人、做什么用处？"

"借给了独眼鸡啦。"

"你他妈怎么又叫我外号。"

"不，我是借给了康求德先生了。"

"康求德，庄君的那两套房子是你借用着呢吗？"

"是呀。"

"你借用庄君那两套房子做什么用处？"

"养爹。"

"你父亲叫什么名字？"

"康俊堂。"

"县医院和公安机关提供的证据显示，那天在你借用的房内病倒，后来病逝的那位老者姓郭，请你说明情况。"

"法官先生，你刚才问的是我父亲叫什么名字，没问前几天死了的爹叫什么名字呀！"

"你的反问有理。但是，我现在问你，那天病倒在你借住房内的老者是你的父亲，还是你的亲爹？"

"不是我的父亲，是我的亲爹。"

"请问你父亲和你亲爹是一个人吗？"

"当然不是，我父亲是我母亲的丈夫。我亲爹是我赡养的一位孤寡老人，与我母亲一点关系都没有。"

法庭旁听席上发出一阵笑声。

"请肃静。请问康求德，你是不是向你赡养的老人认了干爹，并把他看作是你自己亲爹一样好好照顾，由于他的去世你又很是伤心、痛苦，才在控告E县环保局、公安局执法过程中使你干爹受到伤害的诉状中，把你干爹称作亲爹的？"

"是的，是的，谢谢法官的理解！"

"如果是这样，请你重新再写一份诉状，这个诉状有不实之嫌，不符合法律要求。诉讼文书要一是一，二是二，真实可信，不能感情用事。所以，你的诉讼文书本法庭不能采纳。"

"不采纳，这事儿就这么过去了吗？"

"过不去。法庭还要调查新的问题。我问你，E县政府和环保志愿者控告你干爹，在他居住的楼房内，故意向环境监测设备施放大量浓重的煤烟，导致E县大气污染防治工作受到严重干扰和伤害，请你做出三点解释：第一，他为什么点煤炉，并通过烟囱把煤烟传送给监测设备？第二，他的行为，是否受到过他人指使？第三，他去世了，但由此造成的严重后果，法律责任该由谁承担？请回答。"

"他是我干爹没差。但他为什么点炉子放烟，我不清楚。难道居民在自己家中点炉子也犯法吗？再说，如果真的犯了什么法，也该由法律认可的房主承担连带责任。与我何关？"

"放屁，你干爹白住我的房子，还让我承担什么法律责任，你他妈有良心吗？"

"我提醒二位，在法庭上讲话要文明，不许带脏字。"

"法官先生，到底出什么事儿了，怎么还涉及法律责任了？"

"在环境监测点周边制造的任何人为干扰监测设备的行为都属违法行为。故意向监测设备采样口施放煤烟，就是犯罪。老人虽然去世了，但违法的事实必须调查清楚，分清责任，应该谁承担的谁承担。"

"康求德，你是男人吗？别往外推，是你干爹做的事儿，你跑不了。"

"我再一次提醒你，你小子说话嘴边上加个站岗的，别他妈什么都往外喷。"

"你自己雇爹住房干的事儿，你比谁都明白，与老子无关。"

"你是房主。"

"我是房主，但我没雇爹制霾。"

"你没制霾，但你干吗说一支香烟就能把监测设备搞毁喽？你要不说，谁他妈知道这些？"

"法官先生，刚才康求德和庄君的对话，是不是可以作为有人知道老郭头故意放煤烟干扰监测设备正常运行的证据？"师伏德博士一语惊人。

"谁能证明我雇的老头点炉子是为了放烟？谁能证明他放烟是为了干扰监测设备？谁能证明老郭头的行为是有人指使？"康求德连发三个问号后，环境公安执法支队的李队长大声说道："我可以用对老郭头的询问笔录证明这三个问题。"

"请证人出示证据。"

经法官允许后，李队长当庭宣读了他对老郭头去世前的讯问笔录。法庭立时一片哗然。

"太缺德了。他一看事儿不好，连干爹也不叫了。"

"什么干爹亲爹的，分明是雇爹骗爹故意伤害E县嘛！"

"应该认定康求德是故意犯罪。把他当庭抓起来。"

"死无对证。单凭李队长单方面的讯问笔录，也不能形成完整的认定有谁犯罪的链条啊。"

"缺点活儿，缺点活儿。就缺一点点啦。"

"法官先生，刚才证人的证言只能证明老郭头求生心切，听信迷信，不能证明他的行为是为了干扰监测设备正常运行。更不能证明是犯罪。"

"他的行为是你指使干的，你的目的是什么？"

"我的目的？我的目的就是帮老郭头治病啊！"

"你怎么不叫他干爹、亲爹的了？"

"法官不是说他可能有犯罪嫌疑吗？我应该早点与他划清界限啊！"

"哈哈哈……"法庭内又发出一阵群体性笑声。

"你说老郭头的行为与你无关。但刚才李队长的证言，证明是你指使了老郭头的行为。你是不是应该承担由此产生的法律责任？"

"我承担的哪家子责任？我教他那样做，是我帮他找的偏方，目的是帮他治病，至于污染不污染、干扰不干扰、犯罪不犯罪，根本和我说不着。"

"如果有证人证明，你的指使有为了帮助他人治病之外的动机呢？你认罪吗？"

"你少在法庭上搞敲诈，诬告也是违法的！你拿出证据来，否则，我当庭告你诬告！"

"我还没有找到更充分的证据。不过，你不用着急，法网恢恢，雾霾有灵，人性向善，天理难容之事，必会露馅曝光。"

"法官先生，我当庭告师伏德诬告，请法庭接受我的控告。"

"我能证明。"还没等到法官回话，一个女子的声音震耳发聩般在法庭上响起，"前边讲的锅炉的事儿，后边讲的煤烟污染的事儿，我都铁证如山，谁想逃也没门。谁是制污犯罪嫌疑人。我都能证明。"

法庭几乎要爆炸了。此时此刻，在法庭上发出这样一个声音，太让人害怕了，同时，也太让人振奋了。

七十四

"有请证人作证。"

随着法官的语音落地，一名红衣美女，亭亭玉立般从旁听席站起，在一名女法官的引导下，走向证人席位。就在红衣女子从旁听席姗然走向证人席的那一刻，站在原告席上和被告席上的康求德和师博士，同时表现出了惊讶与意外的神情。

"闺女，你……"

"法官先生，我要抗议。"

"请问庄君，你有何抗议？"

"刚才大家可能都看见了，也都听见了，证人一上场，师伏德先生立即感到了惊喜，还忍不住叫了声'闺女'。请问法官先生，让自己的直系亲属来为自己作证，在这种情形下，符合法律要求吗？这会不会对原告方造成伤害？"

"被告抗议无效。"面对被告的所谓抗议，法官听出来了其中蹊跷，被告可能是听到师博士喊证人"闺女"后产生了误解。

"请原告、被告都不要心态过急。证人是经过法定程序审查合法的。下面，我向证人询问几个问题。"

"请法官先生询问。"姑娘落落大方。

"请问证人姓名、职业、工作单位？请回答。"

"我姓康，叫康霞，是被告之一康求德的女儿，我是……"

当康霞讲到她是康求德女儿时，庄君忍不住大喊一声："好！我差点误会喽！"

"肃静、肃静。被告注意，请不要随意插话。下面，没有本法官的同意，庭上人员不得打断他人讲话。请证人接着回答我的问话。"

"我在绿空公司工作，主要是研发环保新科技产品，我是一名普通的技术员。"

"请问你要作什么证？"

"我掌握绿空公司生产环保炉具的底细，也知道绿闪公司推广使用炉具的底细。就刚才庭审中法官先生询问过的谁真、谁假，谁黑、谁红，谁清、谁白，谁理、谁非，谁对、谁错，谁守法、谁不法，谁该奖、谁该罚等问题作一旁证。同时，我也能用铁证证实，E县2号楼监测点煤烟干扰检测设备是真是假，是否构成故意犯罪。"康霞语快字清，口齿伶俐，言惊四座。

此时，大家看到，站在原告席上的师博士，自若的神情中带有几分自信。

再看被告庄君，他已经喜不自禁地拍起双手，似乎还有几分跳跃的小动作，只是拍手并没有发出声音。再看一看同为被告的独眼鸡——康求德，此时的他，脸上好像挂着万分的不解，心里好像挂着十五只大水桶，七上八下，他闹不清他女儿的来对他是喜是忧，是福是祸。尽管庄君一个劲儿地给他使眼神加吧唧嘴表示祝贺，独眼鸡脸上也没一点兴奋。庭上百余号旁听者此时的注意力，早已经离开了法官前边对原告与被告庭审案情的关注，转向了对庭上现实景观的猜测与推理。

"这闺女是来为他爸作证、开脱的吗？"

"什么话？你闺女去帮别人打官司害你呀？"

"怎么原告也把她叫'闺女'呀？"

"人家师博士也没说谁闺女呀，别人的闺女就不能叫声'闺女'啦？"

"你抬的哪家子杠，咱这不是研究吗？"

"研究个屁呀，一会儿就开始三攻一啦！"

"肃静、肃静！"

"别说了，证人要发言了。"

"肃静，请大家肃静。我宣布，由于被告康求德突发一个小情况，现在暂时休庭十分钟。"

"独眼鸡怎么了？他站在那儿不是挺好的吗？"

"站得稳的不一定腿脚就好。上边看着没事儿，下边不一定没尿裤子。"

七十五

"康霞是哝一口的亲闺女，一点不假。康霞是师伏德公司的员工也一点不假。她今天上庭作证，到底会对哪一方、谁有利，对谁不利，咱暂且不说，下来再讲。让我先把康霞这姑娘的相关信息介绍给大家。"

"大侃，你别急人好不好？你先说，康霞的证言，最后把谁办了、把谁救了？"

此时，大侃好像根本没听到老黄的问话一样，一边拉老黄坐下，一边聚精会神地往下说。

康霞是康求德家的长女，属龙。她还有一兄一妹。大学毕业后，她放弃父亲为她花钱托人、找关系已经确定下的进F县政府机关当公务员的机会，通过应聘，进入首都一家大型钢铁公司当技术员。后来，公司搬离首都，迁到数百公里之外的一个沿海城市。闺女不在身边，不知是当妈的想闺女，还是还有其他因素，妈妈天天给她打电话抹眼泪，求她回到家乡找份工作。正巧，当地大气污染防治攻坚战开始后，师伏德博士的绿空公司招聘有技术专长的员工，在她父亲的推介下，康霞顺利进入绿空公司，加入研制新型环保燃煤锅炉和新型环保燃煤炉具的团队，并很快成为技术骨干。因工作需要的原因和亲自参与技术攻坚课题，她对师伏德博士的公司一切产品底细，知根知底。很多时候，她回到家中，父亲都十分关切地向她询问过她公司产品的底细。有几次，她竟然亲眼见到父亲到她的房间，偷偷翻看她带回家的一些产品资料。当时她并没有多想。大气污染防治已成为全县公众日夜关注的头等大事，父亲的关注，当属正常。有时，康霞面对父亲对一些技术参数、产品设计图纸的深入询问，也不加防备地耐心介绍。但每次她都会对父亲敬告一句："这可是公司的商业机密啊——不能外露。"

有道是家贼难防。有一次，康霞下班回家后，突然发现，她从不防备的父亲竟然在用手机的摄像头，偷拍她桌上的新产品图纸。

"您拍这个干什么？"

"我看着挺花花儿的，拍着玩儿。"

"这可不是拍着玩儿的，一旦泄露出去，让人先发制人申请了专利，公司辛辛苦苦投资上百万的研制成果就拱手让人啦。快删掉，快删掉。"

"噢，有那么重要啊？我马上删，马上删。"

康霞还真的认为父亲只是贪图好玩，也真的把图纸从手机图库中删除了呢！

父亲还以有饭局为名，惊慌出门。这时，康霞却见母亲躲在旁屋里偷偷用毛巾擦抹双眼。

"妈，你哭什么？"

不问还好，经康霞这一发问，母亲突然"哇"的一声大哭起来。

"闺女啊——你在外边上学、上班多年，家里头有好多事儿你是不知道啊。你爸他变了，他变得越来越不正经啦。他眼睛瞎了，他的心，比眼睛还瞎呀！"

突如其来的现实，让康霞一下子愣住了、惊住了、吓住了……娘儿两个正哭天抹泪地叙说，门外突然有人敲门。

"妈，是我老姨来啦。"

"呸，让她滚出去。她还像是你老姨吗？快把她推出去！"

"大姐，你这是干吗呀？你让我滚我就滚吗？混好了一起混，混不好，闹掰了情分，可不能怪妹子我缺情少义！"

"你、你、你——你还嫌这个家不够乱吗？你还有脸把我叫姐吗？"

"当着外甥女的面，咱姐俩说话都给孩子留个空地儿。事儿到今天，你能怪我吗？有能耐，对那瞎货温柔点儿。再不然，你把那个瞎货看住喽、管好喽，不比什么强！我还受着委屈呢！"

这一连串突如其来的场景，一下子真的把康霞搞晕了头。

"你们这是干什么？你们这是为什么？你们到底怎么啦？"此时，用声嘶力竭来形容康霞的言神，根本表达不了她此刻撕心裂肺的心情。

七十六

康霞和当代众多少男少女一样，是典型的手机低头族。平时别说在外地上学和工作，就是回到家乡工作的这几个月里，她对父母的事儿，也从来都是漠不关心。除去工作之外，第一头等的大事，就是低头不语，专心致志，摆弄她的手机。

世界上很多重大发明都是在生活中不经意间的发现。不仅仅中国史上的四大发明是这样，上下五千年人类文明史上的蒸汽机时代也是这样，正是从对壶盖为什么会跳动开始产生的疑问中诞生了推进人类迅猛发展的重大发明。

康霞天天摆弄手机，虽然没有为人类电子时代的发展贡献过哪一项获专利的发明，但从上大学时起，她就学会了破解手机内存的再生术。有几次，同学的手机因从床上掉到地板上摔成了八瓣，同学为恢复手机信息而愁眉哭泣时，都是康霞见难相助，跑到学校附近的手机维修店内，借用人家的工具，三捣鼓两捣鼓，竟用数据线把手机内存的各种信息恢复到新手机上。内中奥秘康霞从不外漏，但她很快落上了一个手机"低头霞"的"客名"。到公司上班后，有一次，公司里有一名专家，把原本设计好的一项可获专利的新产品设计方案和数据，因怕在电脑上串上互联网泄密，竟全部存在了自己的手机中。不料，有一次和朋友吃烧烤喝酒时闹了意见，对方二话不说，抓起那名专家的手机，猛然摔到了墙上。这下可惹祸了，手机摔得七零八落，专家辛苦了大半年的科研成果眼看着全部要泡汤了。公司老总非常生气，当即勒令这名专家，如三日内不把科研成果重新拿出来，就让他赔偿百万科研经费，然后再炒他鱿鱼。这名专家情急之下，要与摔他手机的朋友白刀子见红。康霞知情后，仅仅用了一个晚上，就将这名专家手机的内存信息，图文无缺地修复了原样。事后，这名专家拿出二十万元奖励康霞，康霞只是淡淡一笑。挥手拒财之举，真的让全公司的人看到了"霞客"的风采。从此，康霞在公司的人脉大力提升，"低头霞"前面又被众人加上两个字："仗义"。

尽管康霞在公司里工作很顺心如意，但家里最近发生的一连串不快，还是很让她烦心。

就在妈妈和她老姨不明不白吵过一架，她老姨摔门而走之后，康霞不止一次地向妈妈问其缘由，妈妈除去抹泪，只会说一句话："慢慢你会知道的。"但自打这天起，康霞也好像是突然变了一个人一样，她几乎每天回家都像侦探一样，细心观察父母的一言一行，一举一动。她发现，父亲回家吃饭、睡觉越来越少，妈妈的眼圈越来越黑。终于，有一天，父亲傍黑回家来了。但进屋不到半小时，康霞就听到父亲大喊一声："你不去也能离，我都托好人啦。"随着"啪"的一声巨响，父亲的手机在客厅地板上分成多块，四分五裂，主机正巧飞向康霞独居的屋子里。

"你们有事不好好说，闹腾什么？手机都摔烂了。"

"有钱，有备份，摔烂一个还有十个。"

"你有钱，你有能耐，你随便去造吧！"

父亲摔门而出，母亲欲哭无泪，康霞惊怔不语。

难眠之夜，母亲搂着康霞，突然一点哭声都没地对康霞说："告诉你吧，我今天全都告诉你吧！"

康霞懂事儿地给妈妈倒上一杯热水，递到手上，轻声轻语地对妈妈说："妈，你别太伤心，有话就对女儿说吧！"

妈妈怒目圆睁，长长地舒出一口夏日里的寒气……

七十七

独眼鸡——康求德，从年轻的时候起，就没做过什么好事儿。他的瘦条儿脸别说与他的三弟康大仙一点儿都不像亲兄弟，就是与他同胞而孕、同胎而生的哥哥，长得也一点都不像双胞胎。尽管说三兄弟皆为霾兄霾弟，但康求德还是显得比他那一兄一弟黑了很多。

不管是黑是骗，康求德在当地也应该算得上是一个比较有钱有业的企业家了。董事长的招牌尽管是有大有小，有黑有白，有阴有阳，有人有鬼，但名声在外，也能唬人和招人眼球。甚至，还能招财进宝，当然也少不了会招惹是非。

那天，康求德在家里和他的结发之妻，也就是康霞的妈妈闹得翻了脸，并一气之下，把手机摔到地板上，变成天女散花之后，甩下一句"还有备份"后夺门而走，康霞见她的妈妈在悲愤与悲痛之下，哭成了泪人一般，但她那性格"开暴"的母亲，仍旧顾及父女关系的情面，没有多说一句过激的话，也没揭独眼鸡丑陋难堪的老底儿。但细心的康霞，在父亲走后，翻沙发、倒桌椅，终于把父亲摔成六块的手机，东拼西凑，又组合到了一起。说是组合到了一起，但有些配件是在她用技术手段仔细衔接后才勉强恢复功能的。

父女情深。尽管康霞对父亲伤害母亲的行为很是不解，甚至足以让她愤怒，但善良聪慧的康霞，还是担心父亲的手机摔坏后，会给他在企业经营上带来损失，她用了足足三个小时的时间，终于把父亲的手机组合到一块儿，目的是想帮助父亲恢复手机内存的信息，并把信息下载下来，备份到一部新的手机上，以免父亲耽误了什么事儿。

谁知，也就是她的这一举动，不仅让她妈妈忍痛难言的一切，在手机的信息窗口全然暴露出来，而且，他父亲在企业经营活动中的那些丑行恶作，也都从手机的录音和图库、录像中暴露出来。

七十八

无耻的我，竟然霸占了你，请你救救我！我很困惑，我想要帮助，我想解开这个心结。

先声明：我很爱你的姐，虽然她在你我的事情上不能容忍，甚至表现刁蛮、任性，但是，我真的像着魔一样，很爱你，也很爱她。无论发生什么，我也不会离开她，尽管她长得越来越丑，尽管她骂起街来失态无度，我从来也没有想过要和她离婚。但，我也不会离开你。

可是，这段时间，我自己都很痛恨我自己，我居然无时无刻不在想着你，我的小姨子。想着你丰满的胸部和迷人的身材，我无法抛开这种邪念，我不知道该怎么办……

自从你来公司以后，你姐在的时候，我们三个人还在一起经常聊很多工作以及其他的事情，那时候我对你这个小姨子也没有任何邪念。后来，你姐怀孕了，考虑到城里面的空气以及食品安全问题，我让她搬到乡下老家养胎，那里山青水绿，没有那么多的污染，让我放心。

接下来的日子，由于工作和其他一些方面的事情，我经常和你沟通，并在一起谈事。由于你姐不在，你负责起了我的饮食起居，如洗衣、做饭什么的一些家常事。

我和你一起吃饭、聊天、谈工作、喝红酒、看电影。日子就这样一天天地过，你姐不在，只有你陪我。

渐渐的，我发现，你身材太好了，特别每次你洗澡出来，或者穿着低胸装、超短裙的时候，我都会情不自禁地多欣赏几下。慢慢的，我和你开玩笑，比如："你不要穿抹胸装和超短裙""你身材太好了，一般男人受不了的"。你每次也都是开玩笑地说："勾引大款和帅哥啊，想要找个男朋友，要你管。"我知道，你是在开玩笑，你不可能真的会去勾引大款，因为你的性格太好强，不可能做那事。

到最近，我突然发现，我好像已经爱上你这个小姨子了。很多时候我刻意找你谈生意上的事儿，只为了看你一眼或者聊一下天。如果哪一天没有见到你，自己就会心神不宁，总觉得不自在。你喜欢听什么歌，我就跟着去听什么歌，你喜欢什么东西，我就千方百计地买来，只为博红颜一笑。

无数次，我看着你，都有一种想占有你的冲动，我只能努力让自己保持冷静。我知道，如果我真的要做什么，你可能不会反抗，或者说你就算奋起反抗，也会无济于事。可能是我的星座决定了很多事情，我双鱼座，一只向下和一只向上的鱼，注定了这辈子是纠结的，两种完全对立的想法同时产生。一个我说：去吧，去占有吧，尽情享受这份快乐，人生苦

241

短，何必为难自己。而且你也不会告密。因为你如果说出去，你怎么面对你的姐。

我能承担什么？离婚娶你，还是给你一个情人的位置，还是让你一辈子不结婚，给我当情人！

从你姐的眼神，我知道，她知道了咱俩的事儿。她委屈，她无奈，也很气愤。但是，我也知道，她没有寻求退路，我很迷茫，我不知道该怎么办？天哪，我真的恨自己，那一天我控制不了自己，做出禽兽之事。有谁能够告诉我，我该怎么办？你和我，怎么才能回到从前。回到从前那个对你没有任何邪念的我？霾来了，你给我一条生路，否则，永远在雾霾中挣脱不已的，不仅仅是你自己，还有你的姐和我……

这不是网上一段姐夫勾引小姨子的小说中的一个片段吗？如今，竟变成了家中的现实。康霞气愤至极地把已经撮合到一起的手机"啪"地摔到地上，但让她万万没有想到的是，四分五裂的手机块儿，此时，竟在地板上大声地开始说话了："庄总啊，你要的东西我已经搞到了。不仅有环保炉具的设计原理，连构件图纸我都搞定了。你开个价吧！"

"没那么容易吧？你是把师伏德灌多了吗？"

"哪呀，我派去的卧底已经开始发挥作用了。"

"你小子真聪明啊，你是要我再给你家闺女发一份红包吗？"

"哪里，哪里，她根本不知道咱俩合作的秘密。"

"图纸是完整的吗？"

"我刚拍一半，闺女回来了，不过差不多吧。"

"没那么简单吧？你可别给我留一手。"

"不会的，不会的。你先把搞到的拿去，剩下的，下来我再找机会给你搞。"

"那只能先付你一半资料费。"

"好说，好说，不过你千万要保密呀。否则，闺女暴露了，让师伏德炒了鱿鱼事儿小，别让闺女和我翻了脸呀！"

"那都是小事儿，图纸不全，环保节能的技术过不了关，将来还要惹大事儿的。"

"假不了……"

录音断了！这明明就是父亲和另一个男人的声音。康霞呆呆地坐着，呆呆地听着。突然她抄起床头平时盛放硬币的瓷猪，高高地举过头顶：

"天哪，这难道，就是我的父亲吗？"

"啪——"瓷猪从空中砸向手机碎块儿。

砸歪了，康霞气得正要伸手直接去抓地上的手机碎块儿，忽听手机碎片里又传出了新的声音：

"我那产品你和魏县长说了吗？"

"说了，说了。他答应要20台先试用。不过，价钱可不是你所说的两万，你开票时要写每台五万。"

"写那么多，县里还要吗？"

"是我先垫资。市里大气污染经费说给又不给了，既使给了也要做限煤的工程，主要是淘汰十蒸吨以下小锅炉。县里没钱。魏县长说，有钱也不会向大气投，天空又没有围墙，谁污染的也说不清，道不明。治大气政绩难说功难表，等两年再说。让我投资，我还不趁机捞他一把吗？"

"魏县长要问价钱我怎么说？"

"你别和他见面，有事儿找我。咱做生意的，就要靠上他这样的昏官，两杯酒下去，啵一口，全是咱说了算！"

"啵一口这雅号不是您老兄的专利吗？怎么给魏县长用上了？"

"你少钻话苍说废话，这是我们哥俩的联体雅号，用法各有不同。他是啵一口，耀武扬威，个人说了算，谁也不敢惹。我他妈这啵一口主要是用给小姨子。正闹心呢，别提这事儿。"

"好，不提这事儿。E县迎春小区的房子我已经买下装修好了，你找干爹了吗？"

"别他妈说那么亲。我让我外甥给我找了一个老郭头。他原在六十五中学看大门，因为酒后无德，把我三弟告诉他的一个秘密说出去了，导致六十五中学一个学生自杀，被我外甥海校长开除了。听说是看房子，闷屋里不让外出，我外甥才想起这个老郭头，让这个老绝户好吃好喝闷屋里，稀里糊涂混几年死了算了！"

"你天天让他点炉子放烟，他会听你的吗？他万一说出去怎么办？"

"这不用你管。他有风湿性心脏病，我有风向性指挥招儿。你把你假环保锅炉的事儿摆平就不错了，别多操心了。"

"小区办事处已经告到法院去了。师伏德肯定不承认假锅炉是他的。全怪你情报不准确，关键的技术原理根本没用上。"

"新环保炉具，国家没标准，告也没用。到时你一推六二五，让那个师大博士吃官司去吧！"

"这些事儿别人不知情吧？"

"天知，地知，你知，我知，别人知道个屁呀！"

"你把魏县长维护好喽啊——到时候上边没人，打官司也不好赢。"

"你可别和魏县长讲这些没用的事儿，他毕竟是国家干部，一县之长，咱只能偷着和他玩游戏，捞点钱花。你要是让他了解了内幕，他会丢卒保车，把你劈扒喽，保他的官帽的。"

"E县那边你也慎重点，搞不好就是犯罪，我学了新《环保法》啦！"

"学以致用。以新治新，以歪治正，以霾治法，以静制动！"

"你这些下三烂理论还真够多的啊——"

"你他妈说什么呢？我一个土老板，再怎么着也比不上你买假文凭的庄博士下三烂吧？你造一个假能骗多少钱、能制多少霾，你比我清楚！"

"好好好，咱哥俩志同道合，谁也别……"

"我发现你康总特会借官发财呀。"

"这就是市场经济的特色，只要没有规则认定你违规，怎么挣钱都是对的。"

"听说你与魏县合作做重型柴油车的买卖没少赚呀？"

"哪有什么重型柴油车的买卖，只是给车带个路，行个方便，支援国家经济建设。"

"算了吧，别拉大旗放污染了。你教我一手，你和魏县怎么分成？"

"你误会了，他根本不知道我这档买卖的内中奥秘，是他手底下的小官们误解了。"

"你小子这欲盖弥彰、草船借箭、借官发财的计谋用得就是好啊。魏县长今儿个帮你啵一口，你捞一把，明儿个又帮你啵一口，你又捞一把，你捞足了，他也快进去了，到时候你会去花钱求人捞他吗？"

"我们合作是为共谋F县发展，瞧你想得乌烟瘴气的，快赶上雾霾啦！"

"你别把雾和霾放一块儿说。雾是雾，霾是霾，雾本是清白的，是霾污染了雾。"

"也不完全对。霾本来是可以扩散的，是雾收养了霾，这个理你懂不？"

"我懂，就差一场风啦！"

……

录音又断了。康霞此时已经很冷静了，她生怕这些宝贵的证据会丢失，就小心翼翼地把散碎的手机块收集到床上，然后，取来自己的手机，把刚才放出的声音，又从头到尾地播放了一遍，然后，又把自己的手机录音器打开，重听了一遍，确认完整无误后，才又把散碎的手机片一块一块，收拾到了一个小首饰盒子里。

七十九

父亲康求德因为环保假炉具和E县环境监测点发生煤烟干扰事件与庄君一起被告上法庭的事，康霞早在半个月前就知道了。

论人性，此时康霞是痛苦的。痛苦的选择，让康霞始终没有勇气走上法庭去为正义作证。因为，她知道，她一旦走上法庭，父亲的后果会是什么。

父亲在她早年还很幼小时的心灵里，早已埋下了高大、深爱、血浓于水的深情。父母之间的情感纠葛，尽管对她有很大的伤害，导致她很憎恨她的父亲，但此时的她，已是成人之龄，她曾多次下定决心去帮助母亲，但此时，若是让她去法庭上亲手把父亲送到铁牢，她还是缺少一份勇气，她心中的正义之情，最终还是没有战胜父女亲情。但家里发生的又一件事，真的是让她那仅仅剩有的一丝亲情防线彻底崩溃了，是良心与道义之力，又让她变成了正义的女汉子。

羊年春节，因为缺少证人证言和证据，法庭被迫休庭。康霞的父亲康求德和庄君，双双被取保候审，回家过年。

此时，康霞的大伯小模特和三叔康大仙，因为前边大家都知道的原因，早已被双双判刑。男人被关牢狱，康霞的大娘和三婶，正月初三都回了娘家。因为康霞的父亲正和她母亲闹离婚，她母亲气病住院，已经输液二十来天，连大年除夕之夜，也是康霞陪床在医院度过的。

大年初五上午，康霞的老姨突然提着一大篮子水果，闯到医院，一进门便大声喊道："闹吧，闹吧，把亲妈都闹腾死了。"

康霞的母亲见状，腾地从床上坐起来反骂道："你越是盼我死，我越不会死，你给我滚，我不用你看，我不用你瞧，我更不用你咒我。"说着话，翻身起床，抄起康霞老姨拿来的水果，打开窗户，顺手扔到了窗外。无巧不成书，水果从三楼扔到楼下，不歪不斜，正巧砸到了一个男人的头上。

"哎哟！"

听到有人大叫，康霞的妈妈顺窗口朝下看去，只见一个男人头上戴个大白孝帽子，穿着一身白布孝服，正蹲在地上抱头怪叫。

"康霞，快下楼去看看，这脏东西砸着人了。"

康霞正要起身出门，她老姨此时却在那里冷静地说："不用去看了，砸的不是外人，是你爹。"

"胡说，他穿孝服干什么？"

"你婆母，她奶奶，死了。你就接着闹吧！"

听到这话，康霞和母亲立时惊呆了。好一会儿，先是母亲，后是康霞，跪地痛哭起来。

娘儿俩正痛心哭啼，突然一个男人粗声粗气地牢骚道："老大老三不孝，两个媳妇更不懂人事儿，大年初五的，活生生让老娘连冻带饿没了命，我要到监狱找他们算账，我要到两个混账媳妇娘家问一问，老娘轮拨吃饭，她们为什么不好好在家伺候老娘。真是太没人性了。"

"你说他们哥俩、姐俩没人性，你有人性，你为什么见老娘病了不去管，你为什么不把老娘接到自己家里去吃饭？"

"轮拨轮拨，这是老爹活着时就定下的规矩，我已经尽到责任了！"

"他们不是遭难了吗？你为什么在这个节骨眼上，还和兄弟们较劲，不管老娘呢？"

"分家时财产就是三一三二一，一分三份，赡养老人也该是三一三二一，各有一份，该我尽的那份责，该我尽的那份孝，我尽到了。我这不也是为了打赢官司，在外边忙乎，没怎么着家吗？"

"昨天你亲眼见到你老娘病倒在你门口了，你怎么不让她进门去吃饭，你怎么不带她去瞧病。而是坐上车就走了？"

"没在我拨上，昨儿个该轮到老大家，我去大嫂娘家找她去了，谁会想到，回来之后，老娘就等不及了呢！"

"呸。看你这瞎德行。要不是因为你，我们姐俩至于闹成今天这个样子吗？"

"别闹了，别闹了，谁也别闹了，什么也别说了。他们不德不孝，我不和他们一样。走，回家办大席、唱大戏、买大棺材、修大坟地、出大殡，让老乡亲们看看，我康求德，有财有德。"

"呸——还买大棺材，把你妈葬到东陵去，她也不会瞑目的。你就等着让雾霾毒死你吧！"

此时，康求德看到，三个女人抱到了一起，但屋内，却全然没有了哭声……

"你们不走还等什么？"

"我等你还我青春、还我家庭。等一会儿小二小三来了，我会告诉小二，他不是你抱养的，是你找外秧生的，然后又用钱把人家母亲嘴堵了；我会告诉小三，她也是你欺辱我，才留下的孽种，我会把你给我的一百万臭钱还给你，让你日后死无葬身之地。"

"你他妈是要疯吗？"

"我是要疯。我已经写好了遗书。我还要还我姐一个公道，我还要用死，去告诉你官场上的那个哥们，让你的丑行帮他觉醒……让F县早一天走出你们制造的恶霾。"

八十

你是一个不争气的人，
把空气污染了，
却让国家花钱去治理。

248

你是一个不争气的人，

偷排乱排直排，

把水源污染了，

却让国家花钱去治理。

你是一个不争气的人，

什么缺德贪财的事都干，

把土地污染了，

却让国家花钱去治理。

你是一个不争气的人，

用金钱哄乐了昏官，

把地球污染了，

却让国家花钱去治理。

你是一个不争气的人，

小不忍而触犯法律，

把监狱都污染了，

却让国家花钱去治理。

你是一个不争气的人，

丢了良知德行，

把人间都污染了，

却让国家花钱去治理。

你是一个不争气的人，

因为你，让法规付出了代价，

因为你，让贪腐灌满了监狱，

因为你，让污染指数欺骗了幸福指数，

因为你让中国多少环保人饱受辛苦和委屈，

还是因为你，

让霾，

对人类，

都有了，

看不起！

你是一个不争气的人，

你不敢去伏法，

若你不是一个不争气的人，

空气会有多好，

水源会有多好，

土地会有多好，

地球会有多好，

省下那些"治"的开销，

美化我们生存的空间，

丰盛我们一日三次的餐桌，

发展我们的星球，

生活会有多好？

你不敢去面对，

未来，

你该和公众一起，

学会争气！

"二哈，二哈，快醒醒。你听大侃给你二舅作诗呢！"

"老黄，你别再讨厌了，让二哈休息一会儿，听大侃接着讲故事。"

"大侃呀，啵一口最后怎么着了？庄孙仔的官司是怎么打输的？师博士最后赢了官司了吗？"老黄问。

"唉——"大侃长叹一声，说："好事多磨呀。谁都不会想到，好不容易有康霞出庭作证了，但万万没有想到，又出差儿了。"

八十一

庭审由于康霞的出现，进入高潮阶段。此时，法庭审判人员在期待，庄君在期待，师伏德博士在期待，观众席也在期待，恐怕最不指望有期待出现的康求德，此时也在期待着他的女儿，不是来和他反目的。期待各有不同，但真正的期待，都是在期望康霞即将的作证，更加有利于自己。但一切期待中的答案，还真的都是未知数。

"证人康霞，在你向法庭陈述你的证言前，法庭向你提出三点要求。请你听好。"

"好的。法官先生。我在认真听。"

"第一，你对你即将陈述的证言，要确保真实无误，并负法律责任；第二，请你不要担心你的出庭作证会为你带来伤害，法庭和司法机关将依法保护你的证人权利和人身安全；第三，你所陈述的证言，都要当庭出示能证明它们的人证、物证或音像证据。你能做到吗？"

"我能做到。法官先生。"

"好。请你陈述上述两家公司是哪一家制作了伪劣假冒环保燃煤锅炉？是谁侵犯了谁的专利权、名誉权？"

"我证明，是我父亲在我的家中，用手机的摄像装置，部分偷窃了我所在的绿空公司的科研成果，并非法贩卖给了绿闪公司的庄君。但由于技术资料不全，绿闪公司假冒绿空公司生产的节能环保锅炉和炉具，技术指标不合格，才导致了非法排放和污染事故的发生。"

"你说你对E县迎春小区2号楼检测设备遭到煤烟干扰情况，能证明是有人故意而为，请你陈述证言。"

"E县检测设备遭煤烟干扰，导致监测结果错误，使E县大气污染防治成果失真，数据失实，形象受损，这些，完全是我父亲康求德一手筹划的阴谋。他串通庄君，唯利是图，欺骗F县县领导，为一己私利，竟雇用一名不明真相的老者，到E县居住，并在迎春小区2号楼2单元6层，采用长期燃烧劣质燃煤的手段，向楼顶的监测设备施放煤烟。这种行为，应属犯罪。"

"法官先生，她是在胡说。她是在替她妈公报私仇。"

"法官先生，康霞的证言纯属一派胡言，我和她父亲，除去正常生意外，没有做过一件违法犯罪的事儿。"

听了康霞的证言，师伏德博士怔了；康求德和庄君急了。

"闺女，我知道你是有性格的女汉子，但在法庭上可不能感情用事啊。闺女，你别作这个证了，法庭上说了的话，可是要负责任的呀！"师伏德博士是在担心康霞的正义之举缺少证据，"法官先生，我请求不再让康霞对我们的官司作证人，她还是个孩子。"

"法官先生，我已经不是个孩子了。我已经二十有余，完全有公民法律权利和自主能力。"

"康霞，你曾向法院法官保证你的证言完全可以用你所掌握的物证来佐证。请你出示你的证言证据。"

"好。我现在当庭出示我父亲康求德和庄君就上述两件事的两次通话录音。"

康霞语毕，把随身所背的一个天蓝色挎包放到桌上，尔后，打开拉锁，从包内取出一个精致的首饰盒，放到桌上。

"法官先生，这里面有我的一部手机，有我父亲用过的一部手机。那天，我父亲怒气之下，在家中，把手机摔坏了，但我从他的手机录音中，听到了能证明我刚才所陈述证言的全部录音证据。后因手机已损坏，我把录音转录到我的手机上，请法庭当庭放录音、辨真伪。"

"嘿，我他妈缺哪辈子德了，养了你这么个闺女！"

"独眼鸡，你他妈什么东西，让我陪你吃他妈这哑巴官司，下来我他妈饶不了你。"

"肃静，肃静。"法庭沸腾了。康、庄一个气得拍脑袋，一个拍桌子跺脚。

就在法庭上上下下从主审法官到旁听席百余号人，眼巴巴看着助理法官从康霞手中接过首饰盒，打开盒盖子的那一刹那，全场的人都看到，助理女法官和康霞，两双目光，同时面对首饰盒，表现出了一种惊诧的神情。

"报告主审官，盒内只有一块瓦片，没有手机。"就在助理法官向主审法官报告异常情况的同时，康霞像受惊的小鸟一般，慌乱地把手重新伸进包内，尔后，又把包内的物品全部倒在面前的小桌上。此时，康霞发现，刚才她所说的两部手机，全都没有了踪影。

"怎么啦，怎么啦，这是怎么啦？天哪，我的手机哪去了？我的证据哪去了？"

"法官先生，别再让她找了，我看她是疯了。她是前些日子哭她奶奶哭出精神病来了。"康求德一见康霞拿不出证据，立马由软变硬，他和庄君都好像是落水后又抓住了稻草一样，来了精神。

"法官先生，我看这丫头片子是戏弄公堂。念在她是经受失去亲人痛苦，精神不够正常的分上，也别追究她的法律责任了，把她轰出去得了。"

"你胡说，你们两个都是胡说，我是有证据的，就在包里，就在盒里，哪去了？哪去了？"

"大侃啊，你别急人了好不好？证据哪去了，你快点直接说了好不好？"

"你急也没用，我也说不清哪去了。反正，据我所知，康霞这证人，最后是没当成。证据泡汤了，官司至今也没结案，就这么放下了。"

"放下了算怎么回事儿？"

"疑罪从无。"

"那证据到底哪去了？"

"据康霞后来回忆，有一个环节，可能是她证据丢失的关键！据说，首饰盒的那块瓦片，是她奶奶出殡那天，他爸爸摔碎的那块瓦的一部分。"

"什么关键环节？"

"可能是康霞的妈妈……"

"她妈妈不也是恨死她爸爸了吗？"

"慢慢琢磨、慢慢听故事，你早晚会明白的！"

"嘿——大侃你还学会拿人啦？"

"哈哈哈哈哈，看把老黄急的……"盼姐说。

八十二

康霞丢失了关键的证据。独眼鸡和庄君，矢口否认锅炉造假，否认在E县空气质量监测站人为排放煤烟污染等犯罪行为与他二人有关。师伏德博士有理难讲、有口难证，这让既是法院院长，又是法庭主审法官的郑毅，难于决策案件的是非曲直，使庭审陷入尴尬境地。好像古时先辈们造字时就早已猜测到郑毅今天会陷入"正义"困境一样，超前定了"尴尬"二字的诞生，含义就一定会是九日、日九（久）。但聪明睿智的郑毅，很快想出了一个绕道迂回、揭假取证的案调方案。

绕道迂回，揭假取证，说起来容易做起来难。为了不露声色地"验证"师伏德和庄君两位博士谁真谁假；验证两位博士谁是在真心为C市、为F县治霾干正事，谁是在招摇撞骗，想借机发一把国难财；验证相关案件谁是谁非、谁非谁过……郑毅真的是下了一番工夫。他把公安局、检察院调查、取证的工夫集用于案，破天荒地在F县法庭，组织了一场治霾技术论证会，以此顺藤摸瓜，实现他绕道迂回，取证定案的目标。

经过向专家请教、向C市环保部门咨询和向相关案件部分原告走访调查和细研相关案卷后，郑毅又采纳县环保局长的建议，决定请上魏县长，开始了他的A计划。

这天，F县天空阴霾遮日，但法庭内却在明亮如日的灯光下挂上了一条"治霾技术论证会"的巨型红底白字的大横幅。桌椅摆放成方块型模式，似是平等而席。郑毅庭长等法官、律师正面而坐，师伏德和庄君及他们所带的团队成员，分坐左右，独眼鸡自然而然地坐在了庄君身旁。会场上招人眼球的不仅是各位法官均着便服，更吸引人眼球的是F县的魏县长、环保局长和政府、环保相关执法人员齐刷刷坐在了郑毅对面的席位。

"各位领导、专家和各位法官、律师，防治雾霾人人有责，法院当然责无旁贷。"郑毅主持论证会，但讲话的语气，俨然不同于往日以主审官身份出庭审案时的威严，"今天的论证会，我们主要想围绕当前大气污染防治中的相关工程，向两位专家做一咨询。同时，我们有幸请来了尊敬的魏县长做一旁听，对我们法院的工作给予指导。"

话至此处，郑毅话锋一转，面带微笑，似是向魏县长请示地问道："魏县长，看您还有什么指示。"

"好，好，好！昨天郑院长就到我办公室请示，汇报今天要开这个会。我早说过嘛，防治大气污染，是全县各级各部门要共同做好的一件大事。但很多部门还没有动起来或是没有大动静。法院的做法很好、很好！在全县带了好头。法官学业务，不仅要学法，还要了解与审案有关的业务知识，不然的话，遇到相关的案件，不就麻烦了吗？那样，新《环保法》落实就会出现质量不高的问题。虽然说我县的大气污染防治工作成绩显著，还没有发生违法乱纪的问题，但厚积薄发、有备无患。好，好，按计划开始吧。我只是旁听，也没准备讲稿，我就不发表讲话啦。开始吧！开始吧！"

"师博士、庄博士，两位专家，今天的论证会，我只想咨询两个问题，都是与大气污染防治工程技术有关的话题。"

"没问题，没问题，有事儿你就问，有难我来帮你解。"没等郑院长把问题讲出，庄君便率先插话，表示友好。

"在论证问题提出前，我想先把我了解到的今年市县大气污染防治任务向大家作一介绍。2015年，大气污染防治工作任务十分繁重，市县主城区十蒸吨以下小锅炉要全部淘汰；十五蒸吨以上锅炉要全部完成提能改造；全市一百五十万台散烧煤小炉具要淘汰、更换成新型环保节能小炉具二十万台；全市一千二百万吨燃煤要完成清洁煤替代；二百座燃煤黏土砖窑要全部停产、拆除；全市八千家大小饭店要全部安装油烟净化装置，并实现社会化第三方常态清理服务与管理；全市百余家VOC排放企业，要全部完成挥发性有机物治理，实现清洁生产。"

"好啊，法院的工作真的是融入中心了。"魏县长含笑表扬郑毅后，郑毅开始提出问题。

"第一个问题，直接与我们法院那台锅炉提标改造有关系。原先是烧煤锅炉，环保局说污染排放量大，要减煤，要我们提标改造。但改气缺气源，改电成本又太高，并网还要等三四年。请问两位专家，我们怎么改才好？"

"嘿，这算个什么问题吗？改生物质正合适呀！F县是农业大县，生物质原料来源丰富，有效利用生物质资源，是必然方向，必然选择，法院带头，更有示范意义。康总这儿就有现成的生物质成型燃料和生物质锅炉，就地取材，既经济、又合算。"庄君先声夺人，继续说道，"从大气污染防治上讲，生物质可以达到零排放。魏县长很支持在县城推动煤改生物质。"

"师博士，您的意见呢？"

听到郑院长问话，师博士略有所思地说："生物质燃料燃烧技术，在国家的大政策下是支持的。但是这种应用方式是在目前控制水平和管理水平基础上的中间产物，是在没用更好地利用秸秆方法的前提下使用的过渡技术。生物质燃烧在碳循环上面发挥的作用是值得肯定的，煤需要几亿年才能形成，燃烧后进入碳循环，而秸秆燃烧后第二年就可以进入碳循环，这就是所谓的零碳排放。但是，碳循环是很复杂的，不能仅仅考虑这一点就下结论。"

"听师博士的意思，是反对煤改生物质吗？"郑毅问。

"不完全是。比起农村散烧秸秆，若利用生物质燃烧，并做好移动分散型加工设备的分配工作，用此替代简单粗放的草木灰回填，效果是非常好的。但在县城主城区采用此种办法，以目前的技术手段，要使氮氧化物排放浓度达到80毫克每立方米以下是有很大困难的，随着国家进一步收严氮氧化物排放标准的限值，需要更多地考虑生物质锅炉的技术寿命及成本。京津冀一体化过程中，各项标准趋向一致性，若和北京推行类似的标准，那生物质锅炉的申请一定很难实现。"

"听师博士的意思，是魏县长的决策有误啦？"庄君话中有话地反驳师伏德。

"我只对事，不对人。生物质燃料含氮量要比煤高。之所以这样说，是因为我的专家团队搞过这样的研究，发现F县有些生物质生产，为了降低生物质含氮量，往里加木屑，而木屑的含氮量比较低。但是含氮量有可能是形成大气污染的一个源泉，而且这个污染还很不好治理。在烟尘治理上，可以把多管式旋风除尘器换成布袋除尘器，效果能够上去，可生物质燃料在氮的控制方面，目前不管是scr脱硝技术还是sncr脱硝技术，都无法实现理想效果。如果用sncr脱硝技术就要改炉仓结构，我本人不太支持这种技术，因为氨本身又是一种恶臭污染物质，一旦控制不好，就会造成恶臭污染；工业锅炉用scr脱硝技术也不行，需要使烟气温度达到340～350度，工业锅炉烟气温度不到200度，达不到温度就脱不了氮。"面对质询，师博士讲话仍是慢条斯理，"我说这些的意思就是，使用生物质燃料，氮氧化物是关键，要想推广生物质锅炉就要想到一个稳妥的方案，让含氮量下来，要想达到30毫克每立方米，多管除尘不可能实现，就得用布袋除尘，但布袋除尘怕明火，如果锅炉出口有没烧透的火星，就能把布袋烧漏，使其失去作用，就会导致超标排放，这样是不行的，监测数据是会猛增的。"

"我看也不一定。F县第三监测点下边就有一台生物质锅炉在运行，但监测数据比其他站点都好，你怎么解释？"独眼鸡耐不住私心杂念道。

"这不用解释，也不复杂，把生物质锅炉改成电锅炉，那个点会更好。你明白了吧？"

"照你这么说，生物质就不算是清洁能源了？上级的文件要求也是不对的了？"庄君开始向师伏德开火啦！

"对不对要让科学说话。生物质燃料要充分利用是肯定的，从不同角度讲，它既是清洁能源又不是。如果从碳的排放和碳的循环上来讲，生物质燃料不是从地下挖出来的不可再生能源，而是利用太阳能固定下来的，从这个角度讲，它比煤要好。但是，要是从污染的角度来讲，把它作为一种燃料的话，那它当然不是清洁能源。这个问题在国家层面上已经讨论很多年了，为什么让它参照煤的标准去处理，而不是天然气的标准，因为，它和煤一样是一种燃料。生物质利用是必须的，就像煤的利用一样，但，谁来用？怎么样用？是一个重要的问题。因为生物质锅炉不是主攻的方向，如果把它放到农村去，可以减少很多燃煤，那么，我想是非常有意义的，可以解决我们的散烧煤的问题。如果把它利用在主城区的话，就和我们当初建燃煤小锅炉的问题是一样的了，会重复老路。我认为，在主城区，就得把它和燃煤同等看待，我不主张在主城区搞生物质锅炉。有天然气当然是用天然气，没有天然气可以用电，用不起电的话，可以考虑煤的集中使用，我们京津冀地区尤其是C市最大的污染问题就是煤，煤最大的问题就是煤的散烧散用，集中利用再加上有效的处理设施，可以有效减少污染排放。大气污染防治，千万不能有病乱投医，千万不能把农村的污染人为引到城里来，应该从全局、从长远考虑。我们政府的每一步决策，都会在我们大气污染防治的历程中，写下重重的一笔，每个人都要负起历史的责任，一定要看清问题和大背景。"

"你这话说得有点太刻薄了吧？大气防治，是一场全民战争，是枪刀齐用的战术，只要是为了治霾，就没有什么对不对、错不错。"

"庄博士，你刚才这句话，是对第一个问题的讨论结语吗？"郑院长问。

"是的。不过我还要强调两点：第一，坚决维护魏县长决策，在县城改生物质不能动摇。第二，康老板的生物质产品和锅炉，零排放是没有问题的。"

"请问师博士，你对这个问题的结语是什么？"

"我有四点结语：一是在市县两级建成区、人口密集区不推荐使用生物质燃料。生物质燃料虽然二氧化硫排放浓度较低，但烟尘、氮氧化物排放浓度较高，与燃煤锅炉相比并无优势，且排放的烟气中还含有挥发性有机物等复杂成分，不属于清洁能源。二是可在农村地区适度推广使用生物质燃料。F县农村尚拥有秸秆等生物质资源，适度推广生物质燃料可减少秸秆露天焚烧和散烧煤用量。三是不再增建或扩建相关企业。F县生物质燃料来源有限，若增建或扩建此类企业，必定会引入外地原料，在F县形成新的污染源，增加大气污染治理难度。四是对已经建成的生物质燃料企业加强管理。企业所在地环保部门和农业部门应对相关企业加强监管和技术指导，避免生物质在收集、储存、生产、燃用等过程中产生的二次污染。"

"好啊，我看师博士讲的还是有一定道理的。庄孙仔博士讲得好像有些欠妥。"谁都没有想到，本说不再讲话的魏县长，此时突然说道，"康总啊，你不是说庄孙仔博士治大气很内行吗？怎么我听着有点像产品推销员呢？"

"县长大人，我叫庄君，不叫庄孙仔。"

"康总啊，不是你告诉我给县里推销雾霾净化器和推广煤改生物质技术的专家叫庄孙仔吗？"魏县长发问。

"你他妈康求德才真是个孙子，我是名正言顺、有真才实学的治霾专家，你怎么向县长胡说八道瞎介绍呢？"庄君有点火急火燎地朝着身旁的康求德瞪大了双眼。

"叫啥，怕什么，没人说你是假专家不就得了。魏县长已经答应了，治理VOC的活儿，也听你指挥。"康求德皮笑肉不笑地半举双手向庄君求和。

"好吧，下边咱们论证、研讨第二个问题。入夏以来，院里好多人对F县臭氧突然升高不可理解，也想借此机会学点这方面知识。请问，F县持续升高的臭氧，到底是怎么回事？防治工作应该从哪里入手？重点工程应该干些什么活？还是请庄君专家先讲吧。"郑毅道。

"好啊！感谢主审法官对我的信任。"

"庄专家，你别客气，我今天的角色不是主审法官，是专家们的学生，是学习治霾技术、了解雾霾知识的。"

"好！那我就不客气啦！我听专家讲过课，臭氧这东西，在高空是个好东西，是保护咱们生存空间大气层的好东西，但在低空就成了害人的坏东西啦！"

"庄博士，你本人不就是专家吗，还听别人讲什么，你是又客气了吧？"独眼鸡提醒庄君。

"噢，对了，对了，我刚才一激动就忘了，这本来就是我个人的研究成果嘛。"

"哈哈哈哈，有点谦虚过度了吧！哈哈哈哈……"场上有人发笑。

"各位别笑，我这说正经的呢。咱F县的臭氧这两年越来越高，越来越凶恶，已经到了不紧着治就会导致死人的地步了。"

"有那么邪乎吗？"

"这可一点都不邪乎。你想啊，PM2.5都能致癌，臭氧这臭东西要人命还算新鲜吗？"

"你说说，F县的臭氧是怎么来的呢？"

"一半是自产自销的；一半是从E县刮来的，我的专家团队测试过，各占百分之五十。"

"用什么测的？"

"我也说不清那个仪器叫什么名字，但肯定没问题。我分析，F县的臭氧，都是汽车尾气、燃煤和汽车修理厂喷涂造成的。因此，我通过康老板向魏县长提出了建议，汽车要限行，燃煤要改生物质，汽车修理厂一律改用水性漆。否则，全停、全关。改生物质咱有现成的，改水性漆也不难，我这个康哥们，一周内就能从美国把水性漆买来，就是价钱比国产的稍微贵点儿。不过呢，一分钱，一分货，要治霾，就不能心疼钱。"

"好，就刚才这个问题，请师博士谈谈看法。"

"臭氧污染成因很复杂，治理起来也很难。去年以来，F县每到夏季，臭氧便持续升高，而且气温越高，臭氧就会越厉害。这是因为夏季持续高温和强日照天气会加剧大气光化学反应，促使近地面氮氧化物和挥发性有机物等在高温、强光照条件下发生光化学反应生成臭氧，造成我县夏季臭氧浓度明显升高，臭氧成为首要污染物的天数大幅增加，影响环境空气质量综合指数。同时，F县出现的夏季臭氧污染指数大幅升高现象，也是近年京津冀地区出现的普遍问题。臭氧污染的前体物是VOC和氮氧化物。国家大气十条提出了大气环境质量近期改善目标，同时规定了VOC控制目标、工作重点和工作任务。之所以如此重视，就是因为VOC与SO_2（二氧化硫）、NO_2（氮氧化物、PM10和PM2.5混合物）一并，被列为重点大气污染物实施控制。"

"臭氧升高是不是说明我们前期大气治理很不成功？"

"绝对不是。进入夏季，大气中臭氧污染日趋严重，臭氧几乎取代了PM2.5，成为了多个地区的首要污染物。其实，这种现象反映出了两个问题：一是这种现象表明了我们两年多大气污染防治的良好成果。臭氧污染成为了首要污染物，说明PM2.5中的其他污染物在明显下降。二是表明我们过去对臭氧污染重视不够。根据我和团队专家们的调查分析，目前F县涉及VOC和氮氧化物的排放源主要为涂料生产、表面喷涂、包装印刷、光电产品和电子元器件制造、有机化工与制药、油品储运销、餐饮行业和工业企业燃煤设施和居民散烧煤排放以及机动车尾气排放等。本着立足现实、立治立效、突出重点的原则，应尽快开展专项污染防治攻坚行动。尽快制定重点行业VOC综合整治方案，提出限期治理要求，明确工作进度和完成时限，提升VOC监测能力。"

"好、好、好，师博士呀，你具体说说怎么个干法儿！"此时，魏县长很是来精神。

"F县由于化工行业比较多，加上每个行业所用的化工原料千差万别，即使同一产品所用的工艺路线、同一工艺的不同时间都有差异，生产过程化学反应复杂，因此，造成化工废气种类繁多。化工企业还有一个特点，就是大小不一，管理混乱。既使在大气污染防治过程中，也有个别地方，还有小化工企业偷偷上马，违法生产，违法排放。甚至说，在我们的身边就有这样的实例。其实企业上VOC治理技术并不难，但目前有些企业不够尽责，挣了钱却只排污不治污。我听说F县就有这样一家化工厂，在生产过程中管理松懈，有规不循，导致VOC无序排放，不仅使厂区周边的空气质量遭到损害，而且污水四溢，甚至淹死了树木和老百姓的庄稼，企业的老板在聚众纠纷中，被村民用砖头砸瞎了一只眼，还因为是以恶治恶，不敢报警，有苦难言，让人白打了。"师博士这些话一出口，场上气氛立即活跃起来，大家一齐把目光投向独眼鸡和庄君。

"不说这个，不说这个，咱们今天主要说治理的事儿。说具体一点。"

"刚才我说过了，任何参与大气光化学反应的有机物，都称为VOC。

治臭氧污染必须以治VOC为前提。VOC是大气光化学反应的重要参与者，构成PM2.5质量浓度达10%～70%。无组织排放时，包括装卸、工艺废气、罐区呼吸气、废水池、泄漏，污染物种类达一百三十多种。刺眼、刺鼻、刺激呼吸系统，可引发慢性疾病，特定条件下也可直接引发心脑血管疾病复发、加剧，最终致命。目前，底数不清、技术不精、管理偏松问题十分普遍。同时，真正有VOC污染治理能力的企业并不多。海湾环境科技有限公司和聚光科技公司，可通过采用回收利用、销毁和综合施策'三大技术'，用冷凝法、吸收法、吸附法、膜分离法、热力焚烧法、催化燃烧法、生物降解法、光催化降解法等传统和新型技术，成为VOC治理主力，具有成熟的市场技术和成功案例。但从技术上讲，人为VOC排放非常复杂，点多面广。由于VOC具有挥发性，在储蓄、运送、混合、搅拌、清洗、涂装、干燥及其他处理工序，均可能造成排放，因此，在目前排放量大、涉及面广、管理手段和控制技术薄弱的情况下，按行业、产品、工艺和环节，制定分行业的VOC控制方案，推广应用最佳可行技术，按照区域和行业差异性，从易到难逐步推进，尤显迫切。"

"师博士呀，说得还要更具体一点才好。直说吧，让F县干什么？怎么干？"魏县长有些如饥似渴了。

"再说具体的，就是做好九件事。请县长定夺。一是强化企业VOC排放的过程控制。全市所有VOC排放企业一律按相关行业标准，落实密闭一体化生产工艺，对生产工序全过程中产生的挥发性有机废气要做到集中收集、集中治理，坚决控制生产管线和设备跑冒滴漏等无组织排放问题。在表面涂装企业，有序推进、推广使用水性涂料。"

"怎么做叫有序推进，应该马上齐步开花。"庄君起身大叫道。

"目前在喷涂行业普遍推广使用水性漆还不是很现实。一是技术还不过关、不成熟，导致某些行业不可能这样做；二是相关法规制度不配套，执行有很大难度，所以应实事求是地干。"

"技术不成熟就干不了吗？不干，VOC怎么降下来？"

"你别老是打岔，听师博士说。"魏县长目光直逼庄君。

"二是科学安排室外喷涂作业。在臭氧产生高峰期内，县城主城区每日十二点至十七点，应全面禁止建筑墙体涂刷、市政设施涂装、道路画线、沥青路面铺装等有VOC排放的作业行为。三是有效控制重卡入城，化解交通拥堵。重型柴油卡车尾气排放的颗粒物、VOC、氮氧化物是导致我县臭氧污染的主要因素。应尽快建立并施行重型卡车驶入市区准入制度，落实常态化、全天候限行举措。采取有力措施，疏导重点区域道路交通流量，最大程度化解交通拥堵，倡导停车三分钟熄火，减少机动车怠速和低速尾气排放。"

"县城内的国道你也不让人家走了吗？"独眼鸡插话。

"你小子别老是算计自己那点破事儿。"魏县长朝着独眼鸡厉言。

"四是严厉处罚油气回收装置非正常运行行为。对全市现有加油站、储油库油气回收装置稳定运行情况进行暗访暗查。对已安装油气回收装置，但不正常运行的依法严惩。五是切实保障餐饮油烟达标排放。通过建立社会化保障服务网络，加强餐饮行业油烟净化装置管理，确保已安装的净化设施及时清洗、稳定达标运行。扎实落实市政府下发的《关于规范市区烧烤类餐饮服务业经营秩序的通告》。六是尽快落实燃煤设施提标改造和劣质煤禁烧。推进全市工业企业燃煤窑炉、锅炉等燃煤设施的烟气治理设施提标改造，完成除尘、脱硫、脱硝治理，确保达到特别排放限值要求。立即开展城中村居民散烧煤治理，全部更换环保炉具，使用清洁型煤。七是严禁垃圾、生物质露天焚烧。充分发挥全市环保网格化管理机制作用，确保露天焚烧行为及时发现、即时制止。八是坚决禁止汽修行业露天喷漆作业。对全市汽修行业统一要求安装废气净化设施并保证正常运行，对不正常运行的予以严厉处罚。对无环评、无审批、无废气治理装置的汽修企业，坚决予以取缔。"

"汽修行业全取缔了，你说老百姓们修车怎么办？"独眼鸡又发言了。

"我听得明明白白，人家师博士是讲取缔'三无'修理厂，你小子怎么张口就胡搅和呢？别说话了。师博士，你接着讲。"

"好。这第九点我认为很重要。强化专家引路。与京津相关专家团队合作，摸清污染源底数，制订重点行业VOC排放标准和管理法规，建立F县VOC污染防治法规政策体系。分两期组织VOC防治技术和管理能力培训，提升企业管理人员和环保执法人员的业务素质。"

"好，好，师博士讲得很在理儿。"

"我还有一事要补充。生活中，我们时常在加油站、汽车修理厂闻到很刺激的汽油味和油漆味，这些都不可小视。加油站给汽车加油和装卸汽油时，都应采取废气回收技术，防止油气排放。但有些加油站，为了省电、省事儿，操作过程中，有回收功能却不使用，造成人为、故意排放，按现行环保法规，这种行为已构成故意排放污染行为，应给予重处！"师博士话毕，由站转坐。但独眼鸡却气急败坏地由坐转站。但他刚要起身说话，却被魏县长挥手拦下。

"好，好，好。师博士讲得就是好，和那些坑蒙拐骗的专家比，就是不一样。我早就意识到了这样一个问题，只要是人做的事儿，都有可能造假！为了自己的利益造假，属于人的正常思维，但不可回避的是，你自己要为此付出代价，弄不好还要捎上别人。今天我算是明白了。散会！散会！"魏县长此时似乎是异常激动地喧宾夺主了。

八十三

就在魏县长气急之下替代郑毅宣布"散会"，并起身正要离场之时，忽然，会场上传出一个男人借助麦克风发出的高亢的声音：

对雾霾可以这样想

一些时候，我们就生活在某种未明之思中

思想浑沌之状

没能出现真正的太阳

而今天，白云即是乌云

迷茫之处

雾霾外化于旷场和渠路之侧

它注定是一个敏感的话题

而雾霾

也隐藏着莫名的言辞

最可怕的，最糟糕的，是一场意识的霾气

使我们置身于

对外在和内心的双重感知

甚至雾霾，早已成为我们自身的一部分

污浊残存于此

像智者的头脑亦占有是非之地。

大家随声望去，正在诗朗诵的人竟是马二哈。

"这诗有水平。是你有感而发的吗？"有人问。

"不是的！不是的！这是市作协著名诗人王克金的诗，他是我的好朋友。"

"好诗！好诗！不过，在这个场合朗诵这首诗，你不怕得罪当官的吗？"

　二哈乐道："以诗抒怀，宁失不霾！如果大家感兴趣，那我就把克金诗人的《听听霾怎么说》这首诗也借兴朗读一下，仅供大家欣赏，但不供大家思考和找茬。"

二哈言毕，场内又响起他朗诵的宏声：

在瞬间，一栋大楼走向瓦砾
同样，森林形同灰烬
这些成为我的部分，却不是我能主宰

霾说：我不是我意识的存在之物
我本身没有思想，没有感觉
没有情，也没有爱……

无意识却能运动，无思想却能占有
我能超出想象的国土
到达你们意想不到的高度

世界从来就有两个世界，如现实和内心
一个是意识行为创造的世界
一个是无意识时，行为创造的世界

两个世界交织如一幅图景，如晨昏
相拥在一起，仿佛
呈现了意志的盲目和意识的混乱……

如此，我们共处于一隅，甚至在城市
乡村和旷野，与你们讨价还价
在意识与无意识的交错中，分享一些澄碧……

是真的吗：故事会链接之六

八十四

C市召开大气污染防治阶段攻坚工作调度会，F县魏县长汇报取缔县建成区内露天烧烤工作成果时说："通过采取县长分工包片、县直相关部门一把手包小区、居委会主任包难点和充实执法队伍力量、昼夜不间断巡查及见一个治掉一个，治一个媒体曝光一个等有效手段，经过一个多月的不懈努力，我县县城各类大小烧烤得到了有效控制，污染也得到了有效控制。据县综合执法大队统计，目前，我县城区以烧烤羊肉串为主的各种烧烤摊点，已由四月份的一百二十八个，有效管控到五月份的二百五十个。"

市长问："你说的数字是真的吗？是不是把两个数字讲倒了？"

魏县长答："首先，我用人格保证，数据绝对真实。其次，我回去再问问相关部门，下来再给您报告。"

魏县长从C市开会回来，召集县直各相关部门传达会议精神，要求各部门汇报攻坚工作。轮到县工地管理局夏局长汇报控制工地扬尘污染时说："施工工地扬尘污染，是我县PM10和PM2.5双重污染的重中之重。落实控尘、控遗洒等七个百分之百，是全市的统一要求，任务艰巨，来不得一丝一毫的马虎和懈怠。为此，我局上下动员、全员上阵，确保了七个百分百的百分百、千分千、万分万地得到了事事俱细的全面落实。"魏县长听后非常高兴，随口表扬道："我们县直部门抓大气污染防治，一是缺部门合力，二是缺一把手上阵真抓实干。工地局的夏局长为我们部门一把手做出了很好的表率。我们干事就应该这样，要做到心中有数，要干好一项工作，首先要把该干好的事装到心里，否则稀里糊涂，该干什么都不知道，那么，百分百别说七个，一个你也做不到。这样，夏局长，你今天当着大家的面，把工地扬尘管控七个百分百的内容给大家说一说。"夏局长不假思索地答道："好！一是百分之百的工地配备苫布，领导何时来，提前一小时把露天土堆盖严实；二是百分之百的渣土运输车统一配备步话机，发现综合执法部门检查遗洒，及时通告，有效防范；三是百分之百的工地出门口都要百分百建设运土车清洗点，并时刻备足充实的水源，做到有查必冲，无查备洗……""停停停，有这三个百分百就已经体现出你们的工作精心、用心、诚心了。不过我还是要问你一句，你刚才汇报的情况，水分有多大呀？"

"魏县长啊，我用人格保证，我刚才汇报的情况全是真的，一点水分都没有！"

"辛苦啊，不容易啊，同志们！"

话到此处，会场上突然有人没控制住情绪，发出两声如嘲似讽的喷口讥笑。

魏县长不知其妙，顺口问道："谁在笑？笑什么？可笑吗？"

这时，会场上突然有一个人站起来大声说道："县长啊，我得向您做个检讨。上午您向马市长汇报的取缔露天烧烤工作的成果，有两个数弄颠倒了。以前咱们才是二百五，现在不是了。"

魏县长听后大怒："市长都知道咱们是二百五了，不能变了。"

跳吧，广场舞

八十五

你时隐时现，

你时高时低，

你时长时短，

你时重时轻，

你时烟时尘，

你时灰时雾，

你时黑时黄，

你时来时去。

你怕风，

人怕你，

你怕晴，

人怕阴。

你爱雾——求生，

人捣鬼——求财。

你害人又爱人，

人怕你又养你……

"哈哈哈哈……哈哈哈哈……"还没等大铃铛把诗性发挥到位，老黄就已经乐得前仰后合了，"我说铃铛队长啊，你的诗我听着怎么比大白话还白呀？哈哈哈哈……"

"乐死你，讨厌。"大铃铛没好气地瞪了老黄一眼，扭头拍了大侃一把说："大侃，前些天你总怕我们出点什么事儿，现在闹明白是怎么回事了吗？"

"大姐呀，你还是说说这里边的过节吧，我到今天也没闹明白前些天你们到底打的是哪家子官司。"

"这事听着很气人的，我不想说，我想给你发微信讲好吗？"

"大姐，我没有微信。"

"那很好。你真时髦。二十一世纪什么最宝贵？神秘！"

"暗地潜伏的制霾人、养霾人算神秘吗？"

"那不叫神秘，叫诡秘。是找望元向他收费呢。很危险的。"

八十六

在那个初伏十日后的第一个庚日，台历有标，那一天叫"中伏"。

按节气，夏至后第三个庚日叫"初伏"，第四个庚日叫"中伏"，立秋后第一个庚日叫"末伏"，统称"三伏"。初伏到中伏，相隔十天，中伏到末伏相隔十天或二十天。通常也指夏至后第三个庚日起到立秋后第三个庚日前一天的一段时间。

这段是C市下雨最频，雨量最大的时节。雨说来就来，说暴就暴，说停就停。雨季的到来，给市区的众多建筑工地施工带来很大干扰，很多施工工地为了把雨天的误工补回来，顾不上政府禁止夜间施工扰民的限令，开始昼夜加班连轴转儿，很多市民打电话举报，但一些包工头仍旧不管不顾，我行我素。

探春小区对面就有一家建筑工地，包工头不知是倚仗了多大的后台，面对大铃铛和老黄这样厉害的环保志愿者都不害怕，硬是连着三夜，机器轰鸣。而且，自从入春以后，这家工地从开槽到回添，土堆不按规矩苫盖，拉土车满公路上遗洒，工地周边是风天漫天黄，雨天满路泥。PM10与PM2.5相生相伴，导致C市市区空气质量总体向好的天空，时常是夏天尘土与汽车尾气此起彼伏，冬季是尘土与煤烟煤灰交互同伏。C市请专家确解的污染源分析结果表明，尘霾的潜伏期是冬季排亚，但春夏秋三季，均排冠军，十二个月，扬尘均属霾凶霾首霾巨头。用老黄的话说是，晴天降黄沙，雾天浮黄尘，雨天下黄泥浆。

市区的扬尘如此严重，根子是城市管理水平薄弱，但面对霾害，有增无减的城市扬尘量，实在是让人难解！

工地扬尘该谁管？运土车道路遗洒该谁管？C市政府防霾治污工作研讨会上，各部门互致寒暄、互让权力、互相吹拍、互予鼓励，最后是择日再议，热情散场。最终，导致政府不得不一纸文件，强压责任。但最终的最终是：没苫盖，没人查，没人管，没落实；土飞尘扬路更脏，城空更黄。

大铃铛和老黄他们恨透了那个只顾挣钱不顾居民生存感受的黑心老板。近些天，大侃多次看到大铃铛和老黄在晨练时找几个牵头的老头老太太，一起嘀嘀咕咕，不知是在算计什么，也不知她们要采取什么行动。有一次，大侃见老黄和大铃铛商量事儿时突然有些激动了，有几句话的音调，高出了"偷偷谋划"的境界，竟传出老远："对，就这么整！要彻底整掉，决不能留下后患。"

"要整的话就这两天，我听天气预报了，不用等到晚上，白天就可以整！"

"咱们一块干吧！有责任一块儿担，谁也别看热闹！"

"好，今天晚上我就去串联一下，先把'风'放出去！"

"老黄，你别破裤先伸腿啊，咱们要稳扎稳打，一举端锅儿。"

大铃铛他们偷偷摸摸谋划什么？大侃心里不由得担起心来。

八十七

"跳吧——"

"洗刷刷洗刷刷——"

"跳吧——"

"洗刷刷洗刷刷……"

一曲终了，一曲又开，听乐调，应该是《蒙古包》。

嘹亮的歌声中，大铃铛牵头，带着足有百十号人的歌舞团队，伸胳膊蹬腿，载歌载舞，好生投入。

2013年，成为了中国治霾元年。京津冀地区全力应战，两年多来已战果累累。

C市作为京津冀地区的一个行政区域不大不小、雾霾不轻不重的城市，站位全国，却是位重霾也重。

2013至2015年，C市全市上下深入发动，推黑烟囱、治大锅炉、换小炉具、控煤控车控尘又控烟，可谓多管齐下，求减求效，战果自己跟自己比，PM2.5、PM10污染下降率都十分明显，特别是不断添加的蓝天、白云、星星，让全市上下看到了防霾治污的成果，不仅增添了持续治霾、科学治霾、精准治霾的决心和信心，也让过去多年躲霾而生的"闷家族"的大爷大妈们走出防盗门，奔向《小苹果》，跳起《最炫民族风》。在大铃铛等人的操控下，广场舞在C市已不是一个社区一个跳法，他们在市文化局宫局长的指导下，已经编出了一套全市统一，编排科学，能带给人们正能量的全新动作。看着像跳着玩，加上些词语后，有时一表演，竟像是文艺节目。

"大家别光傻跳啊，我和音箱大哥一块儿给大家说一段。"伴着大铃铛的话语，她已与那位瘦身白脸、人送外号"大音箱"的原县委宣传部干事随众人的掌声、笑声、欢呼声，跳到场地中央。两个人男学单田芳，女学刘兰芳，开始以"马"和"羊"字的成语为由头，对讲《防霾治污警示录》。二人约定，"马"和"羊"字必须为成语的第一个字，可以用谐音字，但不能只说不跳或半截闷口，否则，谁违规败阵，罚演一个节目。

"大音箱，大铃铛，讲起雾霾响当当，没心没肺别发慌，骑马回家喝羊汤。"

"老黄，你怎么又瞎捣坏？瞎说什么？一会儿让你表演一个，你又该狗肉上不了大席了。"

"得得得，你快演你的，别抓住我的小辫子你就不放。"老黄求饶，大铃铛拉一把大音箱，开演。锣鼓齐鸣，大音箱先开腔，大铃铛后配句：

女：马年去，羊年来，羊羊得意说治霾，
男：羊年来，马年去，马革裹尸添土气。
女：控污染，治大气，马耳东风已过去，
男：治大气，控污染，洋洋盈耳像快递。
女：昔往日，两年多，马首是瞻众登场，
男：两年多，有成绩，阳春白雪在记叙。
女：说防污，道治霾，马放南山得不来，
男：说治霾，道防污，羊质虚皮盼变故。
女：东说西，西怪东，马仰人翻倒栽葱，
男：西怪东，东怪西，阳奉阴违恶胜贪。
女：精治污，准治气，马牛襟裾要抛弃，
男：准治气，精治污，扬清激浊绘新图。
女：你污染，我污染，麻痹大意命危险，

274

男：我污染，你污染，殃及鱼池都丢脸。

女：识大局，顾大体，蚂蟥见血识利弊，

男：顾大体，识大局，羊狂狼贪进监狱。

女：治懒政，抓落实，马壮人强心必齐，

男：抓落实，治懒怠，扬铃打鼓靠边去。

女：干今朝，待明天，马到成功责谁担？

男：待明天，干今朝，洋洋大观白云飘……

"好，说得好！大铃铛比大音箱演得还好！"老黄带头闹腾。

此时此刻，我听着大音箱和大铃铛你来言我去语的表演，不仅感到十分精彩、十分辛辣，忽地，我还感觉到，他们两个表演的语句，我似乎在哪里听说过。

噢，我想起来了，几个月前，我受大辛信息提醒，在网上读到的《治霾众生相》，与今天二位讲的词语，大有眉来眼去之感。

那天在桃园故事会上，大侃还问过我，《治霾众生相》是谁编写的。我看着、听着、琢磨着，此时的注意力，好像全都集中到了大音箱身上。他当过宣传干事，刚退下不久，他有这个能力，他也有这个觉悟把握好词的温度。

其实，也不一定就是大音箱写的，如果他是受网上原文的影响改编的呢？

瞎猜什么也没有用。谁写的并不重要，重要的是让马年羊年的"众生相"，到猴年来到后，都能变成正能量。

此时，大铃铛和大音箱演兴正浓，突然，一个女人火急火燎地闯进人群，她一把抓住大铃铛的头发嚎叫道："大铃铛，你还我丈夫，你还我儿子。我跟你这个仇，没完、没头儿。"

八十八

　　风靡大江南北、登上春晚舞台的广场舞，随着经济社会的发展，人民群众对生活质量的要求不断提升，较好地满足了部分群众的精神文化需求。广场舞不仅锻炼了身体，具备了陶冶情操的文化功能，而且在C市，在以大铃铛为队长的探春小区舞蹈队，还形成了以舞为"媒"，推动公众参与环境保护的新境界。

　　但是，当广场舞卷入"扰民"声浪之下，大铃铛的广场舞团队，也没有逃过这一"劫"。大铃铛和他团队的大爷、大妈们的团队形象，还曾一度负面到了极点。虽然他们没有遭遇被泼水、泼粪、放狗咬、放枪吓的境地，但有那么一段日子也不是那么好过。为此，C市四十多个部门还在兴师动众征求意见后，"晒"出了行政处罚权力清单。市公安局公告：在街道、广场、公园等公共场所组织娱乐、集会活动，使用音响器材，产生噪声，干扰周围居民生活环境的，可警告、罚款。对未按规定控制音量或者采取措施，从家庭室内发出噪声，干扰周围生活环境的行为，也要警告和罚款。跳广场舞或躲进家中跳舞，都有可能被罚款，舞友们实在是不能理解，找到大铃铛，要她带队，去市政府请愿，要求给广场舞一席之地，并立法确认。大铃铛束手无策，找盼姐商量，该怎么办？盼姐说："这些天'攻方''守方'人都在火头上，我看先停几天，冷静一下再谋计不晚。"

　　大铃铛说："反正跳广场舞也不是什么犯罪，大不了把音乐声放低些，方队也别太大喽，也给不跳舞的人留下活动空间。不要以为谁先占过，广场空间就都是自己的，让别人都顺着你。说穿了，就是谁也别太任性。"

　　盼姐说："要不让你当队长呢，适者生存。如果咱们志愿者团队趁着大家伙儿关注咱的这个节骨眼上，能做几件对大家伙儿有益的事儿，恐怕会争取更多的同情。说不定，咱们的志愿者队伍还会更壮大，更能树立威望呢！"

"盼姐，你可真不愧是当过干部的，有计谋，有远见，我看行。"大铃铛随声附和。

"凶吉相悖，瓜熟蒂落。我看就先从大家最关注的工地噪声和尘沙污染做起，协助政府相关部门办点实在事儿。"

"好！盼姐，你说怎么办？"

"依我看，明早起，咱先把发高调的音响停了，一是舞蹈改半静跳；二是学踢毽子，踢毽子可以不用音响。"

"就听你的。"

常言道：清明过后寒十天。第二天一大早，尽管阵阵冷风让人们还仿佛触摸到了冬天的尾巴，但探春小区的居民们真的没有像往日那样，早早地就被"高音"叫起来，但小区广场上，却依旧是热闹异常。大家看到，往日里一向和踢毽子的姐妹们争地盘、闹意见的舞蹈队的姐妹们，一反常态，一下子变成了"踢姐"们的学生。

"踢毽子一样能健身，大伙一块儿练，一块儿踢吧！"盼姐招呼着。

人群中，有位叫冬梅的大姐，踢毽子很是内行。她每天拿着自己亲手做的毽子，跟伙伴一起出门，来到小区后的广场上，这里有她熟悉的"毽友"，她每天都在这里跟"毽友"们踢上一个多小时。可能连她自己也没想到，昨天还和她争地儿斗气的邻居夏菊，今天自愿成了她的学生。"踢毽子也上瘾，我的瘾很大。让你给勾上来了。"夏菊对冬梅说。

"红毽子，黄毽子，空中飞舞如燕子。"看到"毽友"们开始活动了，冬梅大姐按捺不住兴奋。抬腿、跳跃、屈体、转身，动作熟练流畅。"别人看到我，都不相信我已经五十四岁了，我身体可好啦。踢八年了，练就了好身板。"一边说着，冬梅大姐一边接下了队友传过来的毽子，一边还教夏菊动作要领。她与队友四人围成一个圈，一个毽子上脚后，上下翻飞，你传我接，接连不断，左脚右脚轮番上阵，十分钟过去了，这个毽子还在她们脚上飞来飞去，让人看得眼花缭乱。

"踢毽子这项运动使脚、腿、腰、颈、眼等身体各部位得到锻炼，从而大大提高各个关节的柔韧性和身体的灵活性。踢毽子的这八年里，我基本没生过病，连感冒都很少。"说起踢毽子给自己带来的好处，冬梅大姐更是滔滔不绝。

"其实跳舞也很好的。我参加晨练，主要是想加入铃铛姐的环保团队。"夏菊一边主动向冬梅大姐学习踢毽子，一边又开始动员冬梅大姐加入环保志愿者团队。

"踢毽子对我的影响太大了，不光锻炼身体，踢过之后心情也舒畅了，每天都觉得过得很充实，我会一直踢，也会带动身边更多的人加入这项运动。"冬梅大姐说。

就在脚一起一落的不停运动中，"毽友"们一起计着数："……32、33、34……"毽子好像突然不听话似的向前边"逃"去，冬梅大姐赶紧向前迈了一大步，身子向后一仰伸出右脚使劲用脚尖一勾，毽子又乖乖地回到了她的脚下……

"好精彩呀，冬梅大姐！"

"你别夸我了，等你学会了，我再和你们学跳舞，一起参加环保志愿者活动，你说好不好？"

"太好了，冬梅大姐。铃铛姐几天前就找我，让我和您结对子，想把您吸引到我们志愿者队里来呢。"

"嘿，这个夏菊，可真是个火热心肠儿，还没三天两早晨，就把底儿全交出去了。"大铃铛吵吵着对盼姐说，"你这招儿还真灵。"

探春小区环保志愿者团队的人数伴随着舞姿与踢毽子的磨合、历练，在不断地增加，而恰恰与之相反的，是矛盾和冲突在不断减少。

既然是矛盾与冲突在减少，前边出现的那幕，大丑婆冲进舞蹈队，抓住大铃铛的头发，又哭又闹又骂的闹剧又是怎么回事呢？

八十九

大铃铛近期带着环保志愿者团队，干了几件十分出彩的事儿，在C市、在E县、在F县，反响强烈。这也是招来大丑婆哭嚷着追到广场上，找大铃铛讨要丈夫、讨要儿子的前体因素。因为，大铃铛做的这几件出彩的事儿，几乎都与康求德和他的儿子有关系。

在F县康求德经营的那家化工厂与周边村受损害群众发生聚众斗殴事件后，县环保局长奉命平波，两边抹稀泥，费劲儿扒拉，总算是在县里把事儿摆平了。魏县长压下此事，违反规定，没有上报这个情况。但他万万不该的是，硬逼着环保局丁铆局长，又让违法排污的化工厂开工生产，理由是："化工厂也不容易，等工厂把投入的成本收回后再停产也不晚。"

此前，在桃园故事会上，我就听二哈说过一件事儿。二哈讲："环保部门查封污染企业，勒令污染企业停产，当然会给污染企业及其老板造成经济损失，甚至影响企业生存。从这个角度说，被查封的污染企业的确'不容易'。但是，任由污染企业继续生产，污水、粉尘等污染势必严重影响周边居民生产、生活，让居民苦不堪言。老百姓在污染中的生活何尝容易？何况如此污染企业已违规生产数年。环保部门因为迫于政府个别领导的压力，便顺从地以污染企业'不容易'撕掉封条，从某种程度上说明，在个别政府领导和个别环保部门心中，违法企业的效益比百姓健康更重要。"

对此，大侃也有看法。他说："从法律的角度说，企业该不该被查封停产，关键不是看企业经营是否容易，而是要看其是不是有违法违规之处。如果企业违法污染，那么就必须查封、关停，即便导致企业破产也是理所应当之事，没有讨价还价的余地。说得极端点儿，有人正在杀人放火，难道执法部门也要等其实施完毕，而不是第一时间制止吗？虽然性质不同，但道理是一样的，任何违法行为一经发现都该被及时处理。环保部门因为企业'不容易'允许其继续生产，这种所谓'人性化'执法，实质上是典型的行政乱作为，是对污染企业的庇护和纵容。另一方面，环保部门一会儿严肃查封，一会儿'人性化'解封，如此出尔反尔的执法，只会让公众怀疑环保部门没把严肃的执法当回事，没把国家法规当回事。如果有人从中收受了企业好处，最终损耗的是政府公信力。"

二哈接上说："近年来，各地环境污染问题不少，一个重要原因就是有的环保执法不严，相关部门对污染企业太过纵容。自今年新《环保法》实施以来，铁腕执法、严格执法成为环保执法新常态，没有环评报告的项目就不能开工，开工了也必须关停——在这样的背景下，依然有环保部门在执法问题上'心慈手软'甚至故意'放水'，难怪一些地方的环保人被追责。"

F县政府和环保局的行为发生在新《环保法》实施之后，周边村民对此十分气愤，联合众多环保志愿者，到F县政府声讨。大铃铛就是因为在此次活动中充当了"主角"，而被大丑婆盯上了，大丑婆是谁？她就是啵一口——康求德的老婆。前边说过，康求德正与他老婆闹离婚呢，她怎么还如此这般地维护他那"没良心"的丈夫呢？众人分析，这主要是因为她的儿子因另一件事也被抓了，所以她才来找大铃铛闹腾的。

很多认识和了解大丑婆的人，对她在家庭中的处境，其实并没有几分同情，原因是她的嘴特骚臭，特别爱骂街，特别不顾及作为一个女人的颜面。在家里家外，她时常因为啵一口在外胡搞而破口大骂，让啵一口觉得很没面子，很憋气。甚至，有时因为一些小事儿，骂得四邻不安。对母亲的这种怪癖，女儿康霞，都深受其害。有一次，因为有个小青年故意在大丑婆损花种菜的菜地里撒了几把白灰，她竟气得像打了鸡血一样，站在自家后阳台上骂起来："是哪个小王八蛋操的干的事儿，我他妈损——损——损花碍得着你了吗？那地又不是你家的，我种菜，你管得着吗？"

大丑婆骂得正欢时，康霞正好带着男朋友来家里。女儿的男朋友是个外国人，弄不清大丑婆骂街是在干什么，就问康霞："你妈妈在喊什么？什么是小王八蛋操的？"

康霞闹了一个大红脸，搪塞着说："她是在和你打招呼，是当地人对外人来自己家里做客表示友好的一种方式。"

谁知，康霞的男朋友入乡随俗很快，上得楼来，大丑婆刚一开门，他便对大丑婆热情、有力地说道："阿姨好，您小王八蛋操的好！"

大丑婆听后哭笑不得，气得一把把康霞的男朋友推出门，砰的一声，把门关了。后来，再后来，康霞与男朋友的爱情，至今仍然沉默在大丑婆亲酿的雾霾之中。

最终，F县这场由污染导致的"不稳定"因素，以啵一口被抓判刑；魏县长停职检查，听候组织处理；丁铆因采取非常手段，"越权"上报F县发生的"不稳定因素"而"立功"，免于处分。在这场风波中，最受益的要数啵一口的一担挑，也就是他小姨子的爱人了。其实，在这场风波的前半截子，用砖头砸瞎啵一口的人，不是别人，正是他小姨子的爱人。事后，有人拿出了用手机拍摄的录像"举报"给了啵一口。但啵一口看后说了一句话，算是把追究凶手责任的权利放弃了。

"啵一口说什么话了？"

"啵一口说，我给他戴了一顶绿帽子，他打瞎了我的一只眼睛，都是亲戚理道儿的，算是扯平了吧！"

其实，大铃铛他们参与到F县由化工厂污染引发的全市环保志愿者集体抗议活动中，完全属于临时应对的突然事件。在这之前，他们关注的是市区探春小区工地夜间施工噪声扰民、白天施工黄尘扰民问题。

此前，他们已商定计策，要把这个工地"整治"到符合市政府要求的七个百分百标准为止，否则，要天天到施工现场和老板讲法论理。甚至，大铃铛还安排人做了宣传横幅、法律知识标语和一块问答题宣传板。答题特有讽刺意味，其中有这样一些问题很耐人寻味：

A执法人员问：政府规定的施工工地防污治霾要达到的七个百分之百是什么？

啵一口答：百分之百关系户，百分之百无苫盖，百分之百无车牌，百分之百有遗洒，百分之百扣不了，百分之百罚不了，百分之百好好好！

B执法人员问：当前最具魅力的组合是谁和谁？

啵一口答：人和霾；违法与权力；良知与渎职……

大铃铛的环保志愿者团队人才济济，诸葛、武松，再加上大音箱，什么招儿法都想得出来。

啵一口被抓后，他在探春小区的施工工地随之被转包。但在长达半年多的时间里，也没再继续施工，成了半荒地。大铃铛他们策划的"反噪声、反扬尘"行动，因而就此半停半续。于是，大铃铛他们又谋划了另一场行动。

这天，C市天空阴得像老包的脸一样黑。前一天的天气预报说，今夜到明天是阴有中到大雨转中雨再转小雨再转多云。

上午十时，中雨开降。街头上，许多人在毫无防备之下，紧逃避雨。而恰在此时，从探春小区、盼春小区、新春小区等市区十多个居民小区中，同时有数千人涌上街头的公路。只见大家清一色穿着戴帽的雨衣，手持大笤帚、小扫把，有的还手持墩布。涌上街头后，大家有次序地从人行道上开始扫起，利用天然雨水，先把人行道上积蓄的黄沙泥土，扫到大路上，然后，再排成人墙，从路中间扫起，把泥水向路两边的下水道推进。中雨、大雨、小雨，好像是有意配合环保志愿者们的行动，一上午，两个多小时的时间，足有三千人，竟把市区三条主街道清洗得黄路面露出了黑颜色。

自打那场雨之后，安设在三条主街道路边的两台环境质量监测设备，一连二十多天，监测数据持续低于其他监测点。特别是PM10污染，好像一下子就变成了霜打过的茄子秧，蔫了。晴天飞黄沙，雾天飘黄尘，雨天下泥浆现象，一下子在这三条主街道上变成了过去。

大铃铛等环保志愿者团队的自发义举和意外成果，引发了市政府领导的高度关注。甚至，马市长还委托大侃登门取经，并向大铃铛他们表示支持慰问。

"铃铛大姐，借雨清街，除尘降霾，这主意是怎么想出来的？"

"是师博士向F县政府提过的建议，但魏县长说这是歪主意，根本不起作用，也落实不了。你看事实怎么样？只买了把扫帚，'双P'就全下来了。代价小，效果大，别拿师博士不当干部。"

"师博士说，C市的污染祸主是一台车、一路土、一股烟。这一路土的危害让您证实了，但还有一台车、一股烟很让政府头疼。"

"大侃，我们环保志愿者准备协助政府治一治这股烟，但需要政府出台一个在市区禁止露天烧烤，在室内烧烤要安装油烟净化装置的通告，这样有据可依，工作就好做了。"

"好像您对烧烤无序排放污染治理早有考虑了似的？"

"我们早就盯上康鸭脖这类人了……"

九十

"哥俩好啊，三头蒜呀，四腰子啊，五串肉啊，六杯酒呀，七你输呀，八我来呀。俩公羊啊，吃嫩草呀……喝喝喝，我看你是吃羊鞭吃过劲儿了，又输了，喝喝喝……"

入夜时分，当许多居民都该进入梦乡的时刻，这里的夜市却闹哄得正热闹。三五好友，围桌而坐，吹牛划拳，喊声震天。诱人的羊肉串让入口者倍享口福，但浓烈的烧烤烟气，夹带着强烈的孜然味、辣味、羊肉味，与持续不断的呐喊声，直冲夜空，从夏季居民敞开的窗户，直扑到每家每户屋内。

网上流传一句话，世界上没有什么事是一顿烧烤不能解决的，如果有，那就是再吃一顿。没有啤酒和肉串的夏天，是不完整的。老黄家就住在街边上那栋楼，惬意的夏夜里，老黄哄孙子睡觉的美感，被时时袭来的无尽的油烟和喊叫声取代得无影无踪。孙子的哭闹和时常挂在脸上的黑眼圈，终于把老黄逼急了。

"羊肉串，毛病多，老鼠肉，属最多。吃烧烤，易得病，最厉害，得癌症。烟熏的，火燎的，不卫生，不能吃。假羊肉，更蒙人，快散伙，免生祸……"

这天，老黄经过事先的精心准备，把一个高分贝的大喇叭，架到自家的后阳台上，对着楼下街头的烧烤摊，一遍又一遍反复"高调"宣传着吃羊肉串的害处和有人在用假羊肉串骗人骗财的事。他想以此把街边的羊肉烧烤摊子轰走。

高分贝的喇叭起了作用，食客很快少了很多。但是，事情没过几天，当老黄的大喇叭刚刚再次响起的时候，烧烤摊上一个比老黄家大喇叭声音更大的大喇叭突然对着他家大叫起来："有人居心叵测，造谣生事，蛊惑人心，严重影响了城市美食的和谐秩序，使我们不能正常经营，我们要养家，我们要生存。公众要美食，我们要支持。大家千万别上当。那位造谣生事者，大家都认识。他无端怀疑过吕局长、吕县长，还给我们的盼姐栽过赃。大家一定要提高警惕，明辨是非，千万别上当。美食在召唤，鲜羊肉，就是好，爱腥味，烤羊宝，吃够百元大酬宾，白送鸭脖送温馨……"

"烧烤烟雾就是霾，伤天害理少胡来……"

"烧烤美食就是香，又解馋来又健康……"

"烧烤释放二点五，杀人能力赛老虎……"

"烧烤有霾量不大，要饱口福别害怕……"

两个大喇叭，一连数日对阵高叫，闹得整个探春小区的人夜不能眠，对阵双方互不相让，最终，居民们找到了政府。经过协商，双方达成一致意见，一是按政府通告要求，摊主把烧烤摊子搬入室内，加装油烟净化装置，政府给摊主补贴油烟净化装置安装费用的一半。二是双方都拆掉大高音喇叭，不再扰民。

事情本该这样平息了，但老黄的气儿还没顺过来。在拆除大喇叭之前，他又对着大街喊了一句话："康鸭脖，没良心。挣黑钱，祖辈传。"

老黄这一嗓子喊出去，"康鸭脖"竟变成了康求德那个儿子——康生的永久牌外号。

康生和他父亲啵一口如同用一个模子刻出来的火烧，厚黑焦黄，一模一样，他从小开始，就学着做买卖，但首先学的是投机取巧，不会正经做个事儿。

康生在公众强烈反对和政府通告压力之下，勉强把烧烤摊点搬进了屋里，市环保局还派人，给他安装了油烟净化装置，政府还出资五千元，给予了补贴。但康生天生就是一个不守规矩的人，为了每天省十几元的电费，他竟然不正常使用油烟净化装置，油烟照样从屋里向屋外直排。每到夜间，安装在探春小区楼顶的空气质量监测设备就爆表。而且，老黄家和同楼的居民家，每天，照样还是受烧烤油烟的侵害。

"长条盒子，摆铁签子，烤肉串子，冒黑烟子，净化装置，摆摆样子，检查前后，开开关关，目的是啥？请你猜猜。"

"省点黑心钱！"

一天，有人把康生的不道德违法排放行为编成了谜语，贴到了他的门脸窗上。康生见后气得脸红一阵，黄一阵。他猜测，这一定是老黄干的。于是，他又安上大喇叭，和他妈一起，轮流上阵，对着老黄家窗口，不干不净地点名骂起街来。

康生骂得正欢，老黄的儿子黄标冲进屋来，抄起凳子，把他的大喇叭当场砸瘪。康生情急之下，抄起菜刀，对着黄标的后身连砍三刀。

吃烧烤，在C市由来已久，民已成习。

在桃园故事会上，说起烧烤食习之害，二哈说："城市街道时不时冒出烧烤摊点，其中不乏露天烧烤。烧烤被许多人视为美味，但露天烧烤却有几大弊端：油烟污染，噪音扰民，垃圾乱扔，摊位占道。卖家忙前忙后，乐呵呵地数钱，食客吃得痛快，吃完抹抹嘴离去，周边居民和过往行人则苦不堪言。这些年，露天烧烤一直是群众投诉的热点。在防治大气污染的背景下，C市开始重拳整治露天烧烤。对此，许多市民是十分支持的。但也有人不以为然。理由是不少人好这一口，烧烤有刚性需求。露天烧烤成本低，推个车子，弄个炉子，找个地方，甚至都不用支桌子、摆凳子，买卖就可开张，价格还挺便宜。'既扩大就业，又方便食客，这不是好事嘛，政府管这个有点小题大做。'这话有些道理，但放到大环境下考量，它的理就弱了。城市是众人集中之地，做任何事情，如果光想着自己赚钱，光想着满足口腹之欲，影响别人的生活，影响环境质量，怎么可能干长久？小小烧烤，考验监管者、从业者和公众的责任心。"

康生三刀"砍"来三年有期徒刑。其中两年是直接伤人，一年是违法排污。

庭审那天，当康生拒不承认自己故意关闭油烟净化装置，违法排污时，大铃铛出现了。她把她用手机实录的康生烧烤摊油烟直排的数十天恶状，像记流水账一样，编排成了一个小专题片，拿到法庭上作证，最终，康生才在铁证面前低下了头。

"大铃铛，你等着，咱没完！"

那天，在法庭上，大丑婆面对大铃铛，气得发疯般放出这句恶话……

九十一

桃园故事会散场时，友人相约，明年中元节再叙。回到家里，当夜繁星，预报无霾，而且接连三日均属晴天。现今有霾无霾，空气质量指数，县以上区域雾和霾状况，均已列入气象预报内容，让人易惊易清，易喜易忧。

入睡前，我还在思考着桃园故事会上的一些问题，努力梳理着杂乱成章之道儿。正在我欲睡之际，忽然，耳边传来邻居家孙儿的哭声。紧接着，就传来少妇的怒气之声："你爸不在家我就管不了你了是吗？你给我把这根苦瓜吃喽，败败火。"

邻居家少妇为什么如此暴怒，咱不得而知，但她的高声调，竟让我想起了二哈单独和我讲的一件事。

二哈告诉我，因为康家三兄弟均因失德养霾，违法入狱，二哈和妻斗嘴时，开了句玩笑，说："瞧你这三个舅舅，真给咱亲戚们做脸啊！"

二哈不承想，他这句话，深深刺痛了妻。

这天，儿子楠楠，突然哭涕着给二哈打电话说："妈妈不让我吃饭，天天让我咬核桃、咬榛子，而且不让我用锤子砸，逼我用牙咬开剥着吃。我的门牙被硌掉了两个，后槽牙痛得受不了，脸都肿了。爸爸，你快来救救我吧，否则妈妈说，你不回来，她就不让我吃饭。"

"她这是干什么？"

"我妈好像不像原先那么爱我了！她说，你们环保局贯彻新《环保法》和她对我的惩罚是一样的，乳牙当钢牙用，从小就得练习着，学你爸敬业不要家的本领。”

"你妈怎能这么做呢？这是两码子事嘛！"

我听后哭笑不得。

二哈说："我后来带妻去两家医院瞧过了。中医说，这是心火上升，久闷不郁造成的心肝之火，乱了神经，用中药慢慢调理一段就好了，关键是夫妻生活要和谐。西医说，病根是环境污染所致，要治病先治污，十万火急，必须下猛药。"

"现在呢？"

"正服药。"

"孩子的牙怎样了呢？"

"他和我说，咱父子一样，姥姥不疼，舅舅不爱，妈妈施压，爸爸不回家。我听后问他，姥姥是谁？他答，是妈妈的妈妈；舅舅是谁？姥姥的儿子；妈妈是谁？妈妈现在是变色龙……我听后哭笑不得。"

我听后和二哈是一个样，哭笑不得。特别是那天大侃和我讲了另一段小插曲后，更加令我哭笑不得。

大侃说，他妹美娟和妹夫会民婚前在弃婴室抱养的那个遗弃娃，刚刚学着懂点事，就经常提一些稀奇古怪的问题气美娟。有时美娟气急了，也拍她两巴掌。这下坏了，她说她知道自己不是母亲亲生的，不然妈妈不会舍得打她。巧合的是，他们的孩子也起名叫楠楠。这还不算，更巧合的是，正赶上二哈的儿子受妈妈不明不白恶气那几天，二哈妻带着大楠楠从E县来C市串亲戚。大楠楠和小楠楠见面后，两小无猜，相互倾诉最多的，是自己的妈妈所谓的狠心之举，并相互换回知心与同情。

这时，我心里情不自禁地把大楠楠与小楠楠的"楠"字与C市、E县环境执法之难的"难"字联系到了一块，并由心发出这样的感慨：孩子需要妈妈的爱。否则，小楠楠在市里，有自己的难处；大楠楠在县城，难处会更多。环保，真是，越往下越难。

我自己这样想着，随之又不由自主地开始了自己对自己的否定与半否定：孩子的名字叫啥，身居何处，妈妈爱不爱，关男人工作屁事儿？

我又记起来，大侃告诉我，小楠楠大名叫甄唤宝。

那么，唤宝的亲娘，是谁呢？正这样想着，突然，我的手机铃声大作。

"你听说老胡在城西臭水渠边上吊自杀的事了吗？"是盼姐的声音。

"为什么？"

"昨天上午，E县幼儿园集体体检，有3个孩子同时被查出得了白血病，集体体检源于前两日，有两个孩子因患白血病，失去了幼小的生命。魏县长把这个消息用短信传给了胡阵雨，给胡增添了很大的思想压力。原因是那个幼儿园就坐落在E县城西那个污水河渠边上。巧合的是，昨天傍晚下班时，老胡又收到一条不明人员的短信，说是省里一个大官被'双规'了。他在网上证实了他省里那位保护伞被武松的杠子打着了之后，压力倍增，一夜未眠，今天又一天未食……"

"唉。"盼姐长叹一声接上说，"雯雯和克克的婚事也可能要吹了。"

"为什么？"

"老胡上吊自杀，俩孩子说，媒人要是死了，婚姻不吉利……"

"交往这么多年，说吹就吹了？真的那么简单吗？"

"嗨——一两句话也说不清楚，找空再聊吧！"

"嘿……"

我遗憾地放下手机，随手打开电视机，真是无巧不成书，电视剧频道正在播连续剧《潜伏》，我厌烦，想找个娱乐节目，没想到的是，一下子拨到了电影频道，定睛一看，正播放电影《十面埋伏》……

九十二

C市治霾"治"出了众多花边新闻，不仅用上了中医的"冬病夏治"，《孙子兵法》也被移花接木派上用场。在治霾的全过程，C市人与同路人一起，经受了一场空前的道德洗礼。

治霾不仅需要铁腕、铁规、铁笼子，需要决心、恒心、信心，更需要道德。国无德不兴，人无德不立，"霾"无德不退。如何从中华优秀传统文化中汲取、培养和弘扬社会主义核心价值观，用其丰富滋养化解污染防治中的渎职懈怠、麻木不仁、见利忘义、甚至"要钱不要命"的道德失范，使道德成为治霾的正能量；让勇于担当、敢于担当和善于担当，让合心、合力和合作，让干劲、闯劲和韧劲，让成效、实效和长效从梦想中走出，变成公民向往和追求的讲道德、尊道德、守道德的生活，形成向上的力量，向善的力量。

人类在追求幸福与美好梦想中回避不了一时的瘟疫侵袭，回避不了一时的沉渣泛起，回避不了一时的污霾满天，但我们应时刻谨记三条约定：热爱生命，追求幸福——是安身立命的基本约定，也是今天发展的动力；尊重生命，道德约束——是追求幸福的集体约定，也是实现更好梦想的约定；敬畏生命，关切生态——是追求幸福的未来约定，也是传给子孙万代的约定。没有道德的培育，治霾会缺乏斗志；没有道德的磁力，治霾会出现非分；没有道德的监督，治霾会反复反弹；没有道德的约束，治霾很有可能会变成制霾……等到何时法外没有避罪天堂，处处皆是落网之地之时，新《环保法》才算真的长出了钢牙利齿。

到那时，蓝天白云就真的一定会常驻了吗？

梦中，我送老康回监。路上，老康突然问我："霾，向人类服罪认错了吗？霾，伏法伏罚了吗？"

我答："向人类伏法服罪的不应该是霾，向治霾派伏兵、搞伏击的也不该是霾。该低头认罪的是谁？这事儿，你明白。"

"你为什么赶在三伏首日聚友讲这些故事呢？"

"秋至备煤，秋凉虑冬。立秋已过四五日，再过半月就是我生日。"

"噢，你的生日在中元，延续一月是中秋，对吧？"

"对！不过啊，头伏饺子二伏面三伏烙饼摊鸡蛋——诱人；过了中元是中秋——闯关。看表现吧。"

"你好像有点累了，说话有点颠三倒四的啦？"老康嘀咕。

此时，我突然发现，老康不见了。寻觅良久，蓦然回首，却见蒙蒙夜幕之下，一男子脸向下、体前屈，伏在地上，双手合十捧至胸前，面对似乎是浑浊不清的天空和一湖积水，嘴角蠕动着，不知是在絮叨、在祈祷，还是在抽搐……在他面前，围了几只颜色各异的猫，其中就有那只酷似他自家养的那只黄毛、红肚皮的猫……

九十三

故事会后的第三天，我又做梦，梦中，大侃约我去C市政府，商谈雾霾三部曲第三部的创作构想。我骑着自行车，行驶过城区三条主线道路，低空的飞尘与路面的黄尘在大小车辆的飞驶中极为匹配地上下翻跃，但与高高在上的蓝天、白云，形成了极为强烈的反差。此时来之不易的高原蓝，低头下望，不知做何感想……

途经世代广场，依旧人如潮海，伴乐扭跳。但一路上让我作呕不断的是街头路边数不清的一摊摊狗屎。自打盼姐家寄养过的那只老猫死去之后，C市街头垃圾堆点在减少，供野猫捡食的食物在减少，各类的无主猫也在减少。但与之相反的是，有主的狗在增多，流浪狗在增多，街头巷尾的狗屎也在增多。看来，要管住家狗野狗不随地拉屎，靠猫靠不住，还是要给人定些规矩。我自己心里嘀咕。离开广场不远，我见到了老黄，和他寒暄之中，老黄突然问我："你把老康送回去了？"

我没有正面回答，只是"噢、噢"了两声。但老黄此时提到了老康，却让我的思绪回到了故事会上的一幕。

那天，在桃园故事会即将散场的当口，老康突然情绪消沉起来。起初，我还当是他担心又要回监狱吃苦头了，但下来，老康絮絮叨叨地对大家伙儿说："我大哥近日在狱中思想很不稳定，他多次找监狱领导，要求为他减刑，早一天放他出去。如果实在减不了刑，他也想像我一样，办个保外就医什么的，出去几天，去办一件大事，去办一件在他看来，是一件非常大、非常大的事儿。"

"他有什么狗屁大事儿，让他在里边好好改造，出来后别再制霾了。"

"老黄，你说话别那么没头没脑的，你听老康说。到底是因为什么事儿，搅得小模特心神不安的。"

"嗨，孽债呀！"老康长叹一声道，"天不藏奸，天不藏污，天也藏不住孽情啊！"

"老康，到底是怎么回事儿呀？"盼姐问。

"是干爹收到了干娘的一封信，这才炸窝啦！"老康一拍大腿道，"信我都看了，他能不急吗？这事儿轮到谁头上能不火急火燎的呢？身陷囹圄喜变祸，孽到头来也含情啊！"

"老康，你这东一句西一句，说的什么意思，把人闹眯瞪了！"老黄又急了。

"前边不是说过了吗，梅艳认我大哥做干爹，后来又认县里一名女局长做了干娘。再后来，女局长在西部被抓了，我大哥回到家来，也被抓了。再再后来，俩人都被判了刑，再再再后来，女局长在西部的狱中给在东部狱中的我大哥写来了一封信。这不就是我大哥与当年的女知青以'梅'为'媒'，以干爹和干妈的身份又接上火、续上旧情了吗！"

"续旧情也得等出了狱再续啦，这东一个西一个的都关在铁牢里，能接得上火吗？火急火燎地出去又有什么用，还不如老老实实改造，多捞几天减刑合算，总共不就判了两三年吗？"

"咱这头判得少，她那头判得多，二十年呢，出来都七老八十的了。"

"那小模特还急个屁呀，他出去也和她成不了大事儿了。"

"你这是说哪去了。我大哥家有妻眷，既使俩人都一块出来，也不能离婚重婚的啦！"

"对呀，干爹、干娘的，当家儿子亲戚走着就行了，急着出去也没啥盼头。"

"咋就没个盼头了呢？早出去是为了找闺女，丢了闺女你不急呀？"

"干爹、干妈、干闺女，三一三二一，三码子事儿，谁也挨不着谁。《沙家浜》里阿庆嫂不是说了吗，相逢开口笑，过后不思量。"

"这事儿是没轮到谁头上谁不揪心呀，换了你，说不定你比我大哥还着急呢！"

"我才不会急呢，干爹、干娘就是逢场作戏，就那么回子事儿。"

"你不急？"

"我不急！"

"一会儿你要是急了呢？"

"八会儿我也急不了！"

"你要急了怎么办？"

"我要急了我把你叫干爹！"

"说准了？"

"说准了！"

"好，那我给你背一下她给他的这封信。"

"背什么？念呀！"

"信又不是给我的，看完我就还给大哥了。"老康神情凝重地开始背雅茹给小模特的那封信儿：

求知啊，你好：

此时此刻，给你写这封信，你真的不会知道，我的心情有多么的复杂，多么的心如刀绞，多么的痛首疾心，多么的期盼与渴望能从这里走出去。

二十年，既使我能出去，也老态龙钟啦。听高站长说，你只判了两三年，我是没有你那么大的福气了。你出去后，可能会很快找到咱们闺女的。想到你们父女能很快团聚，我的心既喜又痛，真是五味杂陈啊。

"这老娘们太多情啦，一个干爹、干妈的，发什么酸呢？是在监狱里憋出病来了吧？"

"老黄，你不明白，你别打搅我的思路，否则，一会儿背不下来了，你可别反悔，不认我做干爹喽。"

"呸，你老东西想占我便宜，没门。快背你的吧！"

求知啊，缘分就是缘分，爹妈与子女也是做不了假的，有血融之缘的。虽然干爹代替不了血亲，但干爹有时真的可以在天地灵知面前变成血亲。

"这女人纯属胡说，干爹怎么会变成血亲呢？"老黄话毕，大铃铛起身朝他瞪了一眼，老黄认怂，否则肯定又是挨一大巴掌。

求知啊，你出去后什么也别干，就是倾尽家底、搭上老命，也要把闺女找回来，把闺女找回来，把闺女找回来……二十多年前，一夜留情，你我分别，十月怀胎，家父翻脸，

为保儿命，我离家出走，一年后，我把闺女送给城中一对
老夫妇寄养。可不承想，古城翻建，老夫妇搬迁不知去向。
万万没有想到啊，二十多年后，我竟在锅炉房认出了和你面
相极相似的梅艳。天哪，酒后住院，我借帮她验血之机，连
同我的血液一起，去做了DNA鉴定。老天爷呀，你到底是在帮
我们还是在伤我们啊？为什么有情还有霾？为什么霾在人却
散？为什么！为什么！这究竟是为什么？求知啊，快快出去，
快快出去，快去把咱们的闺女找回来吧！

"老康，你小子还不赶紧回去，把你哥替换出来，让他快找找闺
女去！亲骨亲肉，骨肉分离，就像大陆与台湾，骨肉难离，离之怀
痛啊！"

"老黄，你急什么啊，又不是你丢了闺女？"

"能不急吗？霾爹霾妈锒铛入狱，亲生闺女不知下落，谁听了不
急啊！"

"干儿子呀，你在外边没事儿，先去帮我大哥找闺女去好不好呀？"

"老康，你叫谁干儿子呀？"

"你想想，刚才咱们俩是怎么打的赌。谁该叫我干爹了，我就叫谁
干儿子呗！"

我还站在那里，转眼间，却见老黄骑着个三轮挂斗儿的电动车，
早已急匆匆消失在了远方的人海中。

大侃告诉我，他知道胡阵雨自杀被救的经过。在故事会上，因为
旁人太多，官场上的事儿不便深讲。大侃说，那天，也就是国家水污
染防治十条公布之后的第二天，E县副县长吕正天，带环保局、水务局
和建设局三个局的局长，去县污水处理厂检查运行情况。大家同车返
回时，已近傍晚，但迷雾之中，途经城西潆沱河第九干渠时，大家还
是十分清楚地看到，干渠中的水乌黑发臭，河两岸很多树木都只剩枯

干枯枝。河西岸几排外部装修十分漂亮的楼房，一家有亮光的也没有。

"谁要是从这儿买房子，既使能接受臭味，夏天的蚊子也保准儿让人受不了。"水务局长说。

"算了吧，要不怕臭你可以来，这里的臭水大部分是化工厂排出来的，别说长蚊子，连苍蝇也长不了。"建设局长答。

"该治了，该治了，这条河确实该治了。"吕正天自言自语。

"吕县长，你看那人要干吗？"随着环保局长的喊声和手势望出去，河对岸边，似乎是有一个壮汉在往一棵大柳树上扔绳子……

"快停车、快停车。"见此情景，吕正天一边急喊着让司机停车，一边率先跳下车，飞奔似的绕过路边的小桥，跑到干渠对面的大柳树下，紧紧抱住那位绳套已经挂到脖子上，两腿已伸向渠沟内的男人的双腿，一边用力向上推举，一边向三位局长大声喊道："快把绳套脱开，快把绳子解开。"

"你放开我，你快放开我，你让我去死。"被救的人面对吕正天的解救，好像根本就不领情一样，踹着双脚，扭动着双腿。

"哎哟。"

伴随着一声"哎哟"，站在堤坡上抱着自杀者的吕正天，此时已顺着堤坡被自杀者一脚踹滑到了干渠的臭水中。

自杀者被救了，吕正天也被人从臭水渠中拉上来。

"快送医院吧。"

"去医院干什么，我才刚下去就被你吕正天抱起来了。正天啊，你让我死了算了。"

大家刚才风风火火跑来，急着抱下一个、拉上一个，谁也没顾上看救的人是谁，长的啥模样，此时，听被救者叫出了吕县长的名字，大家这才猛然听出了那熟悉的声音，又看清了那熟悉的面孔。

"老胡，你这是干什么嘛？"

"正天哪，我心里憋屈得慌啊。"

"有事好说，你怎么能选这条路呢？"

"正天哪，我对不住你啊，你已经救我多回了。而且，这回，我又是恩将仇报，让你受委屈了。"话毕胡阵雨在几位老部下面前抽搐出声音来，"正天呀，你说说，过去E县的污染难道全怪我县长一个人吗？"

"老胡，过去的事儿也不能全怪你，现在的关键是如何面对和防治。你这样做不是解决问题的办法啊！"吕正天劝说胡阵雨。

"我想这样了结了，也算给E县的父老乡亲有个交代，也算给F县的老魏提个醒儿，也算我给环境保护的紧迫与危机发出一声呐喊，做出一点贡献。正天啊，你们能原谅我的过去吗？"

"胡副主任，我们E县的大气污染防治工作，在你的指导下，应该还是有很大成果的。前些日子，马市长不是还表扬你胡副主任抓协调全市大气污染防治工作兢兢业业，吃苦耐劳，要给你记功呢吗？"

"见笑了见笑了。正天啊，你是君子坦荡荡啊！前几年，我制污，你受气，现在，你治污，还挨处分，而我却还在捞功，但你却能一次次地原谅我、挽救我，我这辈子也还不了你的真情啊！"

吕正天听后，只是淡淡一笑，算是做了回答……

但让吕正天万万没有想到的是，胡阵雨此时竟放弃哭腔低声问他道："正天，以你的观察，我省里那位'老保'还能放出来提拔我吗？"

"老胡啊，你的思想太复杂了，怪不得你总走绝路。我们应该共同把环保压力化为治霾动力。摘掉黑帽子，戴上大红花，才是我们共同的期盼。"

"C市治霾的路程太艰难了。"感慨之时，我忽然发现，在大侃的手边，放着一张《中国环境报》，报纸的字里行间，布满了一条又一条的红线。大侃似乎是看出了我的凝神之疑，急忙向我解释说："经来了，经来了。"

听大侃说话，我有点犯糊涂。

大侃告诉我，在师博士义正词严的那场演讲结束后的第二天，C市就派出二十多人的考察取经团，专程到廊坊市捞取治霾真经。但遗憾的是，各部门、各县区，去的大都是副职和机关普通干部，带队的是胡阵雨副主任。到廊坊后，和市大气办工作人员聊聊天，到风光秀美的天下第一城看看荷花，到时代广场转了转，大家都觉得各地做法差不多一样，但廊坊的"真经"是什么，谁也没闹明白。一次，C市的马市长问大侃，学了半天不见效，这到底是怎么一回事儿。大侃回答说："人文化成。等霾急了，您会明白的。"

巧合的是，在那天的《中国环境报》上，正好刊登了记者总结的廊坊治霾经验报道。报道的肩题是：党政同责，主官亲厉，专家引路，准防精治。主题是：廊坊市实现大气污染防治精细化管理。

大侃拿到报纸后，像和兔子赛跑似的赶回C市，把报纸递到马市长手中。当天下午，大侃就收到政府督察室电话，要他马上到督察室领旨。大侃见到，马市长在报纸上画了很多的红杠杠，并做了这样一段批示：做法差不多，力度差得多。看似都一样，就看谁更实。天不藏污，霾不饶人。是我们的工作空浮，导致了霾的飘浮。请政府办立即参照廊坊经验，提出我市相关举措，本周立即开始付诸行动。请汪书记阅示。大侃急中生智，马上把马市长画红线的内容全部摘抄，马市长在报纸上画红线的主要内容，大侃至今记忆犹新……

听大侃说这些，我很兴奋，同时我说："但我担心呀，这些真经，在C市能落实得了吗？"大侃不语，但我俩却不约而同地把脸扭向窗外，把头举向天空……

九十四

桃园故事会让我入心入脑，想到短暂的桃园聚会，我就发愁，作诗，不能入睡。上苍不是上苍，雾霾不是局地，不知为什么，此时，我愈是担心，心里愈是往外滋发诗意：

在这个世界，

他和她，

是主宰。

在这个世界，

主宰发展与生命，

很难调理。

霾来了，

不单是因为发展，

更不能总是在霾前边，把雾加上，

形成雾霾。

霾也是人类的子孙，

但人类只是，

生他无心，

送他无日。

梦最多的是人类，

梦最美的是人类，

梦后失望的，

同样，

也是人类。

其实，

让人类失望的不是梦，

而是，

失态与自己。

无论是往日今日还有来日，

人类的主宰地位不可动摇，

但，真的有一天动摇了，

谁也不要猜其他生物动物会是罪人，

罪人，

就是人类。

如果你是地球生物动物，

千万切记再切记，

人类什么都不怕，

甚至，

制霾，

自己去伤害

自己。

知道了吧？

在这个世界，

万物生灵，

谁也不能得罪人类，

否则，

你就没命了。

因为，

面对霾凶，

人类都能，忘去，

受伤害的，

还有自己。

九十五

天快亮的时候，大侃打手机和我聊天，问我给他发去的诗是哪抄来的。

"我自己都明白，这段小诗，在诗人面前根本算不上是诗，我也不想传出去，我只是想无聊时自我欣赏。若不是看霾都急了，我才没有勇气到你这位大才子面前去丢这个人呢。"我答。

"霾很复杂。"大侃听后说，"霾急了，我比霾还急呢！我天天都在算计着，如何给市长支招，让霾快快去、快快走、快快退。可是，那一天，到底会是哪一天呢？"

"限煤、拔烟囱，易！让老天爷不帮倒忙，难！云来了，放两炮，把雨留下，易！雾来了，放三炮，把霾和雾分开，恐是妄想。"我劝大侃，"咱都别急，急了容易上火，上火容易牙痛。霾既是不能一蹴而就，早晚也会有它灭掉的那一天。看德行吧，看法力吧！"

"你说什么，是发力还是法力？"

"缺一不可，我看清楚了！"

"你说得对。"大侃说，"你和我说过，你在梦中听到了霾的警告，这梦我也做过。人类说要治霾，霾马上表示自己不想活了，它说它要保护人类。甚至，它还因为人类的不行动不作为而心急，其实，我倒认为，它这才是真正的装孙子。这是霾无可奈何的选择。面对人类的强势，它这种态度，我反倒觉得它是在向人类叫板。霾是摸准了人类自私与贪欲的弱点，在实施精神欺骗。霾就是霾，它始终怀揣着祸害人类的黑心、黄心、臭心。它不会轻易向人类低头，人类更不能相信它的任何鬼话。团结起来，对它宣战到底，才是唯一出路！"

"是啊，专家为什么会把害人的污染物称为霾呢？"我自问自答，

"其实，专家就是在提醒我们，被人类无情灭绝的生物，它们早晚都会托生新的生物、事物，来到人间，实施报复。在生态危机面前，人类如果不能真正觉醒，来日将会四面伏敌，更加孤立。"

"是啊。事物发展总是与矛盾相伴而生。任性的人，嘚瑟的霾，就像一对不该合作的朋友，在这个特殊的时间段上，面对生死，相互施展计术与心术，施展战术与变术，孰输孰赢，不是短时出现的'阅兵蓝'所能证明的，来日方长，从眼前的'景态蓝'，到2022年实现北京'冬奥蓝'的'常态蓝'，我看仍是考验多多，磨砺多多……"

"是啊。新松恨不高千尺，恶竹应需斩万竿。无论大大小小的各类污霾，它们如何人死霾悲假殇情，人类，一时一事都不能心慈手软。"

"是啊！手软了空气早晚也会爆炸。"

听到"爆炸"二字，我的心脏好像是在北极又突遇寒流，震颤、收缩、抖动……

"大侃啊，邻市突发的特重大火灾加化学危险品爆炸事故，对生存、对安全，算得上是一场刮骨挖心的环境灾难了吧？"

大侃说："面对没有商量余地又无法抗拒的自然力量，面对区域大气环境容量特性之限制，身居其中很难独善其身之客观现实，退五退十，有可望，难可及，求是求实求效，才是上下期待。但，静稳天气最能检验'独联体'防治底数。因此，千难万难，只要重视就不难；治霾之路，大路小路，只有真实行动才是出路。如用反腐打虎精神治霾，霾必败。反腐已开辟伟大复兴光明前景，开启治霾'凤凰涅槃、浴火重生'新征程，定是指日可待……"

"是啊！"

"是啊！"

"是啊！"

附录

环保法规知识解说

一 新法解读

1.新《环保法》：全称新《环境保护法》，于2014年4月24日颁布，2015年1月1日起正式施行。新《环保法》借鉴了国外环境法的最新发展趋势，平衡了各方面的利益，体现了中国环境问题的实际。新《环保法》的立法理念有创新、基础手段有加强、监管模式有转型、监管手段出硬招、监督参与显民主、法律责任求严厉。被称为"史上最严的环保法"。

2.《环境保护主管部门实施按日连续处罚办法》：于2014年12月19日发布，2015年1月1日起实施。"办法"明确了适用按日连续处罚的违法行为种类、责令改正的内容和形式、按日连续处罚制度与其他相关环保制度的并用关系，确定了拒不改正违法排放污染物行为的评判标准，规定了按日连续处罚的计罚方式。

3.《环境保护主管部门实施查封、扣押办法》：于2014年12月19日发布，2015年1月1日起实施。"办法"明确了查封、扣押的定义、适用范围、具体对象和实施程序。全面规定了调查取证、审批、决定、执行、送达、实施期限、保管、解除、移送以及检查监督等实施程序。

4.《环境保护主管部门实施限制生产、停产整治办法》：于2014年12月19日发布，2015年1月1日起实施。"办法"明确了限制生产、停产整治和报请政府关闭的使用情形，细化了限制生产、停产整治的实施程序，加大了限制生产、停产整治的监管力度。

5.《行政主管部门移送适用行政拘留环境违法案件暂行办法》：由公安部、环保部、农业部、工信部、国家质检总局等部门联合制定出台。"办法"细化了行政拘留移送情形，明确了行政拘留的对象和案件移送的规程。"办法"指导环境案件正确适用行政拘留，期冀行政拘留能成为"罚款"与"定罪"之间的一个有力手段，震慑住那些游走在罪与非罪之间仍然心存侥幸的违法者。

6.《关于加强环境监管执法的通知》："通知"由国务院印发，提出了五个方面的政策措施：一是严格依法保护环境，推动监管执法全覆盖，有效解决环境法律法规不健全、监管执法缺位问题；二是对各类环境违法行为"零容忍"，加大惩治力度，坚决纠正执法不到位、整改不到位问题；三是积极推行"阳光执法"，严格规范和约束执法行为，坚决纠正不作为、乱作为问题；四是明确各方职责任务，营造良好执法环境，有效解决职责不清、责任不明和地方保护问题；五是增强基层监管力量，提升环境监管执法能力，加快解决环境监管执法队伍基础差、能力弱等问题。

7.《最高人民法院、最高人民检察院关于办理环境污染刑事案件适用法律若干问题的解释》：2013年6月8日最高人民法院审判委员会第1581次会议、2013年6月8日最高人民检察院第十二届检察委员会第7次会议通过。"解释"根据法律规定和立法精神，对有关环境污染犯罪的定罪量刑标准做出了新的规定，进一步加大了打击力度，严密了刑事法网。"解释"主要规定了八个方面的问题：界定了严重污染环境的十四项认定标准；依法严惩非法处置进口的固体废物罪、擅自进口固体废物罪、环境监管失职罪；对于环境污染犯罪的四种情形应当酌情从重处罚；从严惩处单位犯罪；加大对环境污染共同犯罪的打击力度；对于触犯多个罪名的从一重罪处断；明确界定了"有毒物质"的范围和认定标准；规范环境污染专门性问题的鉴定机构及程序。

8.《**最高人民法院关于审理环境侵权责任纠纷案件适用法律若干问题的解释**》：于2015年6月1日发布，自6月3日起施行。"解释"旨在统一审理环境侵权责任纠纷案件的裁判标准，解决司法实践中环境污染责任归责原则、责任构成以及数人侵权责任划分等法律适用不统一的疑难问题，指导全国法院正确审理环境侵权责任纠纷案件，切实保护受害人的民事权益。"解释"主要从八个方面对环境侵权责任纠纷案件的法律适用问题进行了明确：一是明确"解释"的适用范围，既包括环境私益诉讼案件，也适用于环境公益诉讼案件；既适用于污染环境案件，又适用于破坏生态案件；二是明确了环境侵权责任纠纷案件的归责原则和减免事由；三是明确了数人分别或者共同排污时，污染者对内对外的责任承担方式；四是明确了因第三人的过错污染环境造成损害的，第三人和污染者的诉讼地位和责任承担；五是明确了被侵权人和污染者之间的举证证明责任分配原则；六是明确了环境污染案件中有关鉴定意见、检验检测或者监测报告以及专家辅助人的意见等有关证据的适用；七是明确了环境污染案件中有关行为保全和证据保全措施的适用条件和程序；八是明确了环境侵权责任纠纷案件中侵权的承担责任方式。

9.《**大气污染防治行动计划**》：于2013年9月12日发布，是当前和今后一个时期全国大气污染防治工作的行动指南。"计划"提出要加快形成政府统领、企业施治、市场驱动、公众参与的大气污染防治新机制，本着"谁污染、谁负责，多排放、多负担，节能减排得收益、获补偿"的原则，实施分区域、分阶段治理。"计划"提出，经过五年努力，使全国空气质量总体改善，重污染天气较大幅度减少；京津冀、长三角、珠三角等区域空气质量明显好转。力争再用五年或更长时间，逐步消除重污染天气，全国空气质量明显改善。具体指标是：到2017年，全国地级及以上城市可吸入颗粒物浓度比2012年下降10%以上，优良天数逐年提高；京津冀、长三角、珠三角等区域细颗粒物浓度分别下降25%、20%、15%左右，其中北京市细颗粒物年均浓度控制在60微克每立方米左右。

10.《水污染防治行动计划》：于2015年4月16发布。"计划"就水污染防治工作目标指出，到2020年，饮用水安全保障水平持续提升，地下水超采得到严格控制。"计划"指出，到2020年，全国水环境质量得到阶段性改善，污染严重水体较大幅度减少，饮用水安全保障水平持续提升，地下水超采得到严格控制，地下水污染加剧趋势得到初步遏制，近岸海域环境质量稳中趋好，京津冀、长三角、珠三角等区域水生态环境状况有所好转。到2030年，力争全国水环境质量总体改善，水生态系统功能初步恢复。到本世纪中叶，生态环境质量全面改善，生态系统实现良性循环。"计划"明确，到2020年，长江、黄河、珠江、松花江、淮河、海河、辽河等七大重点流域水质优良（达到或优于Ⅲ类）比例总体达到70%以上，地级及以上城市建成区黑臭水体均控制在10%以内，地级及以上城市集中式饮用水水源水质达到或优于Ⅲ类比例总体高于93%，全国地下水质量极差的比例控制在15%左右，近岸海域水质优良（一、二类）比例达到70%左右。京津冀区域丧失使用功能（劣于Ⅴ类）的水体断面比例下降15个百分点左右，长三角、珠三角区域力争消除丧失使用功能的水体。到2030年，全国七大重点流域水质优良比例总体达到75%以上，城市建成区黑臭水体总体得到消除，城市集中式饮用水水源水质达到或优于Ⅲ类比例总体为95%左右。

11.政府的环保责任：新《环保法》规定，地方各级人民政府应当对本行政区域的环境质量负责。具体责任如下：1.改善环境质量；2.加大财政投入；3.加强环境保护宣传和普及工作；4.对生活废弃物进行分类处置；5.推广清洁能源的生产和使用；6.做好突发环境事件的应急准备；7.统筹城乡污染设施建设；8.接受同级人大及其常委会的监督。

12.企业事业单位和其他生产经营者的环保责任：新《环保法》规定，企业事业单位和其他生产经营者应当防止、减少环境污染和生态破坏，对所造成的损害依法承担责任。具体责任如下：1.实施清洁生

306

产；2.减少环境污染和危害；3.按照排污标准和总量排放。包括按照排污标准和重点污染物排放总量控制指标排放；4.安装使用监测设备；5.缴纳排污费；6.制定突发环境事件应急预案；7.公布排污信息；8.建立环境保护责任制度。

13.公民的环保义务：新《环保法》要求，公民应当低碳生活；应当绿色消费；应当减少日常生活对环境的影响。

14.污染环境罪的情形：1.水源保护区、自然保护区核心区排放倾倒处置危险物的；2.非法排放、倾倒、处置危险废物三吨以上的；3.非法排放含有重金属、VOC等污染物超标三倍以上的；4.私设暗管或利用渗井、渗坑等排放、倾倒、处置危险物质的；5.两年内曾因排放、倾倒、处置危险物质受过两次以上行政处罚，第三次实施该行为的；6.乡镇以上集中饮用水源取水中断12时以上的；7.基本农田五亩以上遭受永久性破坏的；8.森林死亡50立方米以上，或者幼树死亡2500株以上的；9.致使公私财产损失30万元以上的；10.致使疏散、转移群众5000人以上的；11.致使30人以上中毒的；12.致使3人以上轻伤的；13.致使1人以上重伤的；14.其他严重污染环境的情形。

15.实施查封、扣押的情形：1.违法排放、倾倒或者处置含传染病病原体的废物、危险废物、含重金属污染物或者持久性有机污染物等有毒物质或者其他有害物质的；2.在饮用水水源一级保护区、自然保护区核心区违反法律法规规定排放、倾倒、处置污染物的；3.违反法律法规规定排放、倾倒化工、制药、石化、印染、电镀、造纸、制革等工业污泥的；4.法律、法规规定的其他造成或者可能造成严重污染的违法排污行为。

16.实施按日计罚的情形：排污者有以下五种行为之一，受到罚款处罚，被责令改正，拒不改正的，依法作出罚款处罚决定的环境保护主管部门可以实施按日连续处罚。1.超过国家或者地方规定的污染物排放标准，或者超过重点污染物排放总量控制指标排放污染物的；2.通过暗管、渗井、渗坑、灌注或者篡改、伪造监测数据，或者不正常运行防治污染设施等逃避监管的方式排放污染物的；3.排放法律、法规规定禁止排放的污染物的；4.违法倾倒危险废物的；5.其他违法排放污染物行为。

17.实施行政拘留的情形：1.建设项目未依法进行环境影响评价，被责令停止建设，拒不执行的；2.违反法律规定，未取得排污许可证排放污染物，被责令停止排污，拒不执行的；3.通过暗管、渗井、渗坑、灌注或者篡改、伪造监测数据，或者不正常运行防治污染设施等逃避监管的方式违法排放污染物的；4.生产、使用国家明令禁止生产、使用的农药，被责令改正，拒不改正的。

18.实施限制生产的情形：排污者超过污染物排放标准或者超过重点污染物日最高允许排放总量控制指标的，环境保护主管部门可以责令其采取限制生产措施。简言之，一般的超标、超日最高总量排污的行为，环保部门可以对排污者限制生产。

19.限制生产的期限：限制生产一般不超过三个月；情况复杂的，经本级环境保护主管部门负责人批准，可以延长，但延长期限不得超过三个月。

20.实施停产整治的情形：1.通过暗管、渗井、渗坑、灌注或者篡改、伪造监测数据，或者不正常运行防治污染设施等逃避监管的方式排放污染物，超过污染物排放标准的；2.非法排放含重金属、持久性有机污染物等严重危害环境、损害人体健康的污染物超过污染物排放标准三倍以上的；3.超过重点污染物排放总量年度控制指标排放污染物的；4.被责令限制生产后仍然超过污染物排放标准排放污染物的；5.因突发事件造成污染物排放超过排放标准或者重点污染物排放总量控制指标的；6.法律、法规规定的其他情形。

21.停产整治的期限：自责令停产整治决定书送达排污者之日起，至停产整治决定解除之日止。停产整治的期限是开放的，决定的解除与否不再依赖环保部门的监督检查，而是完全取决于排污者自身。企业什么时候完成整改，环保部门什么时候解除处罚决定。

22.实施停业、关闭的情形：1.两年内因排放含重金属、持久性有机污染物等有毒物质超过污染物排放标准受过两次以上行政处罚，又实施前列行为的；2.被责令停产整治后拒不停产或者擅自恢复生产的；3.停产整治决定解除后，跟踪检查发现又实施同一违法行为的；4.法律法规规定的其他严重环境违法情节的。实施停业、关闭是停产整治的后手，也是终极版。

23.应当引咎辞职的情形：地方各级人民政府、县级以上人民政府环境保护主管部门和其他负有环境保护监督管理职责的部门有下列行为之一的，对直接负责的主管人员和其他直接责任人员给予记过、记大过或者降级处分；造成严重后果的，给予撤职或者开除处分，其主要负责人应当引咎辞职：1.不符合行政许可条件准予行政许可的；2.对环境违法行为进行包庇的；3.依法应当做出责令停业、关闭的决定而未做出的；4.对超标排放污染物、采用逃避监管的方式排放污染物、造成环境事故以及不落实生态保护措施造成生态破坏等行为，发现或者接到举报未及时查处的；5.违反本法规定，查封、扣押企业事业单位和其他生产经营者的设施、设备的；6.篡改、伪造或者指使篡改、伪造监测数据的；7.应当依法公开环境信息而未公开的；8.将征收的排污费截留、挤占或者挪作他用的；9.法律法规规定的其他违法行为。

24.重点排污单位应当公开的信息：1.基础信息，包括单位名称、组织机构代码、法定代表人、生产地址、联系方式，以及生产经营和管理服务的主要内容、产品及规模；2.排污信息，包括主要污染物及特征污染物的名称、排放方式、排放口数量和分布情况、排放浓度和总量、超标情况，以及执行的污染物排放标准、核定的排放总量；3.防治污染设施的建设和运行情况；4.建设项目环境影响评价及其他环境保护行政许可情况；5.突发环境事件应急预案；6.其他应当公开的环境信息。

25.重点排污单位公开信息的方式：可以通过其网站、企业事业单位环境信息公开平台或者当地报刊等便于公众知晓的方式公开环境信息，同时还可以采取以下一种或者几种方式予以公开：1.公告或者公开发行的信息专刊；2.广播、电视等新闻媒体；3.信息公开服务、监督热线电话；4.本单位的资料索取点、信息公开栏、信息亭、电子屏幕、电子触摸屏等场所或者设施；5.其他便于公众及时、准确获得信息的方式。

26.重点排污单位存在下列情形将受到处罚：1.不公开或者不按照《企业事业单位环境信息公开办法》规定的内容公开环境信息的；2.不按照《企业事业单位环境信息公开办法》规定的方式公开环境信息的；3.不按照《企业事业单位环境信息公开办法》规定的时限公开环境信息的；4.公开内容不真实、弄虚作假的。

27.新《环保法》规定的企业十个应当：1.应该清洁生产；2.应当防止污染和危害；3.应当接受现场检查；4.应当执行"三同时"制度；5.应当建立环境保护责任制度；6.应当安装使用监测设备；7.应当缴纳排污费；8.应当按照排污许可证排污；9.应当制定突发环境事件预案；10.应当公开排污信息。

28.新《环保法》规定的企业七个不得：1.不得未批先建；2.不得通过暗管等逃避监管的方式违法排污；3.不得生产、销售或者转移、使用严重污染环境的工艺、设备和产品；4.不得将不符合标准的污染物施入农田；5.不得生产、使用国家明令禁止生产、使用的农药；6.不得超标、超总量排放污染物；7.不得违法排放污染物。

29.打击环境违法行为的四项有效举措：国务院《关于加强环境监管执法的通知》提出了四个方面的新举措：一是开展环境保护大检查。地方各级人民政府对辖区内各类工业园区和排放有毒有害废水、废气或产生处置危险废物的重点工矿企业履行环保法律、法规情况进行大检查，消除监管盲点，切实防范环境风险；二是运用综合手段加大惩治力度。限产限排、停产整治、停业关闭、行政拘留、查封扣押等行政手段；实行"黑名单"向社会公开等市场手段；鼓励社会组织、公民依法提起公益诉讼和民事诉讼；对涉嫌环境犯罪，依法追究其刑事责任；三是依法重拳打击偷排偷放、非法排放有毒有害污染物、非法处置危险废物、不正常使用防治污染设施、伪造或篡改环境监测数据等5类恶意违法行为，对涉嫌犯罪的，一律移送司法机关；对越权审批但尚未开工建设的，一律不得开工；对未批先建、边批边建的，资源开发以采代探的，一律停止建设或依法依规予以取缔；环保设施和措施落实不到位擅自投产或使用的建设项目，一律责令限期整改；四是大力推进信息公开和公众参与。要求重点排污单位如实向社会公开其污染物排放状况和防治污染设施的建设运行情况。发挥"12369"环保举报热线和网络平台作用，使违法者处于公众的监督之下，打一场防治污染的人民战争。

30.规范和约束环境监管执法行为的四项新要求：国务院《关于加强环境监管执法的通知》提出了四项新要求：一是全面落实监管执法责任制。科学划分了省、市、县级监管事权，明确农村乡镇和城镇街道纠纷调处、协助执法、信息报告、宣传引导等环境保护工作任务；二是积极推进"阳光执法"。要求地方环保部门和其他负有环境监管职责的部门定期公开区域环境质量状况、监管执法情况和群众投诉重点环境问题处理情况等信息；三是全面开展执法稽查。完善层级监督和专门监督，明确健全国家环境监察制度；另一方面，要求各级环保部门对下级环境监管执法工作开展稽查，且对稽查频次作了具体要求；四是强化责任追究。要求监察机关依法依纪追究监管不履职、该查不查、该处不处、该移送不移送（该受理不受理）等4种监管不作为行为的责任，对涉嫌职务犯罪的要及时移送人民检察院。要求实施生态环境损害责任终身追究，建立倒查机制，对发生重特大突发环境事件、任期内环境质量明显恶化、不顾生态环境盲目决策且造成严重后果、利用职权干预或阻碍环境监管执法等4种情况，要依纪依法追究有关领导和责任人的责任。

31.环境污染侵权责任的归责新原则：《关于审理环境侵权责任纠纷案件适用法律若干问题的解释》规定了"无过错原则"，即无论污染者对所排放污染物是否有主观上的"故意"，只要是排放了污染物，并产生了损害的后果，就应当承担民事责任。根据这条规定，污染者以排污符合国家或者地方污染物排放标准为由主张不承担责任的，人民法院将不予支持。

32.数个污染者实施污染环境行为造成损害时的责任分担：数个污染者实施污染环境行为，包括两种情形：一是数个污染者共同实施污染环境行为；二是数个污染者分别实施污染环境行为。《关于审理环境侵权责任纠纷案件适用法律若干问题的解释》第二、三条分别规定了这两种情形：第一，数个污染者共同实施污染环境行为造成被侵权人损害的，应当依照《侵权责任法》第八条规定承担连带责任；第二，数个污染者分别实施污染环境行为造成同一损害的，"解释"规定要区分3种情况。需要注意的是，"解释"第二、三条规定的是数个污染者实施污染环境行为造成损害，对外应当如何承担责任的问题。如果要确定数个污染者之间内部应当如何分担责任，应当适用"解释"第四条规定。

33.因第三人过错造成环境污染损害时的责任承担：实践中，有些污染环境行为是由于污染者与被侵权人之外的第三人的过错导致的。这种情况下，为了充分保护被侵权人的合法权益，《侵权责任法》第六十八条规定，被侵权人可以选择请求污染者或者第三人赔偿。但《侵权责任法》并未明确污染者与第三人的诉讼地位，污染者对污染环境行为也有过错的，第三人应当如何承担责任以及污染者能否以第三人过错为由主张减免责任等问题。为此，《关于审理环境侵权责任纠纷案件适用法律若干问题的解释》第五条规定了三个方面的内容予以明确。

34.在环境侵权责任纠纷案件中污染者应承担的民事责任：《关于审理环境侵权责任纠纷案件适用法律若干问题的解释》规定，人民法院应当根据被侵权人的诉讼请求以及具体案情，合理判定污染者承担停止侵害、排除妨碍、消除危险、恢复原状、赔礼道歉、赔偿损失等民事责任。其中，"恢复原状"主要是要求损害者承担治理污染和修复生态的责任，包括原地恢复与异地恢复。如果损害者不治理、修复或者没有能力治理、修复的，人民法院可以委托有关单位代履行，费用由污染者承担。"赔偿损失"包括被侵权人因污染行为而造成的财产损失、人身损失以及为防止污染扩大、消除污染而采取的必要合理措施所发生的费用。

35.环境服务机构应承担的责任：新《环保法》第六十五条规定，环境影响评价机构、环境监测机构以及从事环境监测设备和防治污染设施维护、运营的机构，在有关环境服务活动中弄虚作假，对造成的环境污染和生态破坏负有责任的，除依照有关法律法规规定予以处罚外，还应当与造成环境污染和生态破坏的其他责任者承担连带责任。为了增强本条的实际操作性，统一法律适用标准，《关于审理环境侵权责任纠纷案件适用法律若干问题的解释》第十六条规定，符合情形之一的，应当认定为新《环保法》第六十五条规定的弄虚作假。

二　常识解说

36.雾霾天气的形成：雾霾天气的形成原因主要有以下三个：1.悬浮细颗粒物和气态污染物的增加。悬浮细颗粒物中可溶性粒子具有强吸水性，它们与水蒸气结合在一起，形成雾霾天气，让天空变得灰蒙蒙；2.大气水平方向静风现象的增多。近年来随着城市建设的迅速发展，静风现象增多，不利于大气污染物向城区外围扩展稀释，容易在城区内积累高浓度的污染；3.大气垂直方向的逆温现象。逆温层好比一个锅盖覆盖在城市上空，使城市上空出现高空比低空气温更高的逆温现象。

逆温现象下，低空的气温反而更低，导致污染物停留，不能及时排放出去。

37.我国雾霾天气增多的原因：首先，是污染物排放的总量不断增加。由于我国工业企业的迅猛发展，煤炭和石油的消费量大量增加，而多年来的环保欠账，导致工厂脱硫、脱硝、降尘的设备严重不足，使工业污染物的排出量迅猛增加。由于城镇化进程的加快，人们的居住更加集中，冬季供暖和烹饪等生活来源的污染也大幅增加；机动车保有量的增加导致交通污染的增加；建筑工地产生大量扬尘，这些因素使空气污染物的排出量大大超过了空气的自净能力；其次，是近年来有利于形成雾霾的气象条件频繁出现，主要包括雨水冲刷作用逐渐减弱和大气稳定性增加，减缓了污染物的扩散速度；最后，是土地荒漠化、水土流失严重、沙尘暴频发等因素。

38.城市更容易形成雾霾：城市更容易形成雾霾，并且雾霾程度更为严重，究其原因有以下几方面：污染物排放量大。随着大城市汽车保有量的急剧增加，排放污染物总量也大幅增加；大城市人口密度过高，生活性污染严重，冬季供暖产生大量空气污染物；大型工厂增多，工业污染物排放量大且集中；城市大拆大建所形成的建筑扬尘，使空气污染物，特别是悬浮颗粒物浓度增高；大城市高楼林立，导致空气的流动受限，往往产生微风或静风，使污染物的扩散速度降低，从而导致大气污染更为严重。

39.雾霾天气的预报：雾霾天气是可以预报的，但要做到精准预报雾霾天气仍有许多困难。这是因为：雾和霾一样，主要发生在近地层，下垫面条件非常复杂，影响因素众多，精准预报存在较大难度；预报是以数据为基础的，数据主要来源于高空，这必然会影响雾霾的预报准确率；在雾霾的预报中，对于水汽凝结的临界点很难把握，因为临界点的变化常常是在误差范围以内的。另外，气溶胶的化学组成非常复杂，粒径分布不同，模拟起来比较困难，而且对计算机的运算和储存能力要求相当高，这增加了对雾霾精准预报的难度。

40.雾与霾相互影响：雾与霾的区别主要在于水分以及颗粒物含量的不同。水分含量达到90%以上的称为雾，低于80%的称为霾，介于80%～90%时，是雾与霾的混合物。不过，雾和霾也能够互相影响，有时还能够相互转换。首先，形成霾的核心颗粒飘浮在空气中，当湿度增加时能够吸收空气中的水蒸气从而形成较大液滴，加重雾的严重程度；其次，雾能够影响霾的扩散，延长飘浮时间；第三，雾所形成的小液滴还能够吸附空气中的气体污染物（如二氧化硫、氮氧化物）而加重霾的程度。雾和霾能够相互影响，使空气污染的程度更加严重。在大雾天气中再加上大量空气污染物时，我们很难区分是雾还是霾，因而统称为雾霾。

41.雾霾影响人的情绪：雾霾能引发部分人产生气象官能症。在气象术语中有一个名词叫作气象官能症，又称气象敏感，指天气变化会使健康人产生不适的感觉。症状有多种，其中常见的是乏力、失眠、头痛、疤痕痛。在天气变化之前这些自觉症状就开始出现，当天气趋于稳定后，一般会自行消失，不会使机体产生器质性损害。如某地连续几天出现灰霾天气时，有些人在精神上可陷入不知所措、沮丧、抑郁；或表现为坐立不安，工作效率降低；儿童则常表现出易受激惹，并出现骚动、暴怒、哭泣、吵闹、叫喊。

42.雾霾的健康保护：雾霾天气来临时，应做好健康防护：减少室外暴露时间，降低活动强度；选择合适的防霾口罩；及时清洗。出门后入室要及时洗脸、漱口、清理鼻腔，去掉身上所附带的污染残留物；尽量不开窗；使用空气净化器；调整饮食结构。雾霾天应多饮水，适当调节饮食，以清淡为佳。

43.空气污染浓度最高的地方：室外有高速公路两侧、城市交通繁忙的马路两边、公交站旁边、有红绿灯的交叉路口、建筑工地、垃圾厂附近等；室内有厨房和不禁烟的餐厅。

44.空气污染密度最大的时段：一年中的秋、冬季供暖期。每天早晚的上下班高峰是路上汽车最多的时候，所以该时段的PM2.5浓度也最高。

45.机动车尾气的危害：随着机动车保有量的快速增长，我国城市空气开始呈现出煤烟和机动车尾气复合污染的特点。由于机动车大多行驶在人口密集区域，尾气排放直接影响群众健康。据环保部统计，全国货车排放的氮氧化物和颗粒物明显高于客车，其中重型货车是主要贡献者；而客车碳氢化合物和一氧化碳排放量则明显高于货车；按燃料分类，全国柴油车排放的氮氧化物接近汽车排放量总量的70%，颗粒物超过90%；而汽油车碳氢化合物和一氧化碳排放量则较高，超过排放总量的70%；按排放标准分类，占汽车保有量7.8%的国Ⅰ前标准汽车，其排放的四种主要污染物占排放总量的35%以上；而占保有量61.6%的国Ⅲ及以上标准汽车，其排放量还不到排放总量的30%；按环保标志分类，仅占汽车保有量13.4%的黄标车却排放了58.2%的氮氧化物、81.9%的颗粒物、52.5%的一氧化碳和56.8%的碳氢化合物。所以说，黄标车是机动车污染的罪魁祸首，必须加快淘汰。

46.机动车是一氧化碳污染的首要来源：一氧化碳是燃料未完全燃烧的产物，燃料氧化不完全时生成一氧化碳，完全氧化时则生成二氧化碳。美国的资料表明，按一氧化碳排放源划分，上路车辆排放一氧化碳的量占总排放量的51%，非上路流动排放源占26%，固定源占23%。可以看出，汽车是城市一氧化碳污染的首要来源。北京市的研究成果表明，流动源（机动车辆）占城市近郊区一氧化碳总排放量的92%，可见，汽车也是北京城市近郊区一氧化碳污染的首要来源。

47.机动车是氮氧化物污染的主要来源：汽车快速奔跑，燃料不断燃烧。在发动机内的高压和高温条件下，空气中的氮和氧发生反应，形成多种氧和氮的化合物，统称为氮氧化物。北京市的研究成果表明，流动源（机动车辆）占城近郊区氮氧化物总排放量的64%，可以看出，汽车也是北京城市近郊区氮氧化物的主要排放源。应当说明的是，机动车均为低空排放源，它对大气污染浓度的贡献率远远高于它在排放总量中所占的比率。在北京市城市近郊区各类污染源中，机动车对大气氮氧化物浓度的贡献率竟高达74%。

48.**车辆达标也要油品达标**：车辆达到的排放标准越高，对车用燃油的环保品质要求也越高。例如，在汽油车方面，国三车辆要求燃油中的硫含量是150ppm，国四车辆要求燃油中的硫含量小于50ppm，国五车辆要求硫含量10ppm。如果油品质量跟不上，可能会损害净化器，从而使机动车的污染物排放达不到机动车标定的排放标准。目前，国内供油主渠道即中石油和中石化供应的燃油品质基本上是有保障的，但他们占有大约80%的市场份额，还有以各种方式进入市场的不达标燃油，甚至是非法调和勾兑的。这需要政府相关部门的强力监管，同时也希望车主们不要只图便宜，加注不合格燃油而损害车辆排放净化系统。

49.**餐饮油烟的危害**：餐饮油烟废气、工业废气和机动车尾气被视为城市的三大"污染杀手"。研究发现，在常温下，整个炒菜过程产生的油烟污染物大致可以分为三类：第一类为可沉降颗粒，其粒径在10微米以上，受地球重力的影响，它们不会对大气造成持久性污染；第二类为可吸入颗粒，其粒径在0.01～10微米之间，其中大多数为餐饮源排放的细颗粒PM2.5；第三类主要为有机气态污染物，是挥发性有机物的重要来源，挥发性有机物是大气区域性复合型污染的重要前体物，在餐饮油烟中，可检测出的有300多种。油烟侵入人体呼吸道，还会引发疾病，医学上称为油烟综合征。患者常出现食欲减退、心烦、精神不振、嗜睡、疲乏无力等症状。此外，油烟中含有一种称为苯并芘的致癌物，长期吸入这种有害物质可诱发肺脏组织癌变。

50.**夏季臭氧更容易超标**：臭氧是氧气的同素异形体，在常温下，它是一种有特殊臭味的淡蓝色气体。夏天强烈的太阳辐射和较高的温度，易造成光化学烟雾和二次臭氧生成，如果地面风速较低、混合层高度较低，还会导致地面臭氧不断累积。同时，大气中的气态污染物也可能在这种强氧化环境中生成二次气溶胶，进一步加重PM2.5污染，呈现出地面臭氧和PM2.5复合型污染的特征。

51.臭氧的双重角色：由于臭氧和氧气之间的平衡，大气中形成了一个较为稳定的臭氧层，这个臭氧层的高度大约在距离地表面15～25千米处。臭氧层对太阳的紫外线辐射有很强的吸收作用，有效地阻挡了对地表生物有伤害的紫外线。因此可以说，臭氧层形成之后，才有了生命在地球上的生存、延续和发展，臭氧层是地表生物系统的"保护伞"。臭氧层无时无刻不在保护着地球上所有生命免遭太阳紫外线的伤害。然而，臭氧也并不是十全十美，低空空气中的臭氧对人体有着很大的危害，因为臭氧是强氧化剂，能够刺激和破坏人体深呼吸道黏膜和组织，对眼睛有轻度刺激性。实验表明，当空气中臭氧浓度为0.2～0.94毫克/立方米时对鼻和喉头黏膜有刺激作用，0.6～1.0毫克/立方米时对眼睛有刺激，1.0毫克/立方米时引起肺活量减少，1.88～18.8毫克/立方米时可出现咳嗽、胸痛、呕吐等症状，20毫克/立方米时引起肺气肿。

52.二氧化硫的来源及其危害：空气中的二氧化硫很大部分来自煤的燃烧、含硫矿石的冶炼及硫酸、磷肥等生产过程。原油、煤以及铁、铜、铅、锌、铝矿石等许多原料中都含有硫。煤和油等含硫燃料的燃烧、原油的炼制、金属矿石的冶炼等过程中，燃料和工业原料中的硫与氧结合，生成二氧化硫气体，排放到大气中，造成二氧化硫污染。二氧化硫是一种无色、有强烈刺激性气味的气体，是造成空气污染的主要物质之一。患有心脏病和呼吸道疾病的人对这种气体最为敏感，就是正常人在二氧化硫浓度过高的地方停留得过久也会生病。有关研究表明，大气中二氧化硫的浓度每增加1倍，总死亡率就会增加11%。二氧化硫的危害还在于它可以在高空中与水蒸气结合形成酸性降雨，对生态环境造成危害。

53.二氧化氮的来源及其危害：二氧化氮的自然源主要是闪电和微生物生命活动，除自然来源的二氧化氮外，能导致环境污染的二氧化氮主要来自于燃料的燃烧，城市汽车尾气中也含有较多的二氧化氮。此外，工业生产过程也可产生一些二氧化氮。二氧化氮可以在大范围内引起多种环境问题。它是形成光化学烟雾的主要因素之一，也是酸雨的来源之一。二氧化氮被人体吸入后，能够对肺组织产生强烈的刺激作用和腐蚀作用，从而引起肺水肿。呼吸系统有疾患的人如哮喘病患者，较易受二氧化氮的影响。对于儿童来说，二氧化氮可能会造成肺部发育障碍。研究指出，长期吸入二氧化氮会导致肺部构造改变。

54.一氧化碳的来源及其危害：一氧化碳主要来自汽车尾气，也可由燃料的不完全燃烧而产生，它在大气中寿命很长，一般可达2～3年，因而成为大气中一种数量大、累积性强的毒气。一氧化碳通过呼吸系统进入人体血液循环系统，与血液中的血红蛋白结合后形成碳氧血红蛋白，不仅减少了红细胞的携氧能力，而且抑制氧的输送能力、减缓血红蛋白的解析与氧的释放，阻碍氧从血液向重要组织（如心肌、脑）传递。人体少量吸入一氧化碳即可产生头痛、恶心、体力不支、警惕性降低等症状，浓度较大时可使人昏迷、死亡。

55.颗粒物的来源及其危害：大气中颗粒物是悬浮在大气中的固态、液态颗粒状物（或称气溶胶）的总称。由于来源和形成不同，它的形状，密度、粒径大小，光、电、磁学等物理性质及化学组成有很大差异。大气中颗粒物的粒径从0.001～1000微米，一般粒径大于50微米的颗粒物受重力作用很快沉降到地面，在大气中滞留几分钟到几小时；粒径为0.1微米的颗粒不但在大气中滞留时间长，而且迁移距离远。颗粒物的来源可分为天然来源和人为来源。人为排放源有化石燃料燃烧产生的煤烟；工业生产、建筑产生的工业粉尘、金属尘、水泥尘等；汽车、飞机排气等。天然源有土壤尘、火山灰、森林火灾灰、海盐粒等。

当颗粒物的颗粒小到10微米以下（称可吸入颗粒物）就可以随着人们的呼吸吸入人体肺部，容易引起呼吸道感染、心脏病、支气管炎、哮喘、肺炎、肺气肿等疾病，影响人体健康。因此空气质量日报选择可吸入颗粒物作为一个指标。悬浮颗粒还会造成大气能见度降低。其中0.1～1微米的颗粒对能见度的影响最大，特别是浓度大于100微克/立方米的时候。

56.挥发性有机污染物的危害：大气中的挥发性有机污染物种类繁多，其中不少对人体都有毒害性，这些有毒有机物经呼吸作用和血液循环作用而影响全身。随着大气中有毒有机物浓度的增加，它们不但会损害人体的中枢神经系统，而且在体内不断积累后对人体多种内脏器官有致癌、致畸和致基因突变作用，其中苯系物还是遗传中的毒性物质。

57.气溶胶粒子的危害：气溶胶由固体或液体小粒子分散悬浮在气体介质中形成的胶体分散体系，又称气体分散体系。含有水溶性成分的气溶胶粒子被人体吸入后危害性很大，因为水溶性的有害物质可以很快地被人体组织吸收，进而对人体造成危害。非水溶性的气溶胶粒子中也有对人体有害的物质，如二氧化硅、石棉及铅、汞、镉等重金属，它们在肺中长期沉积，使肺产生弥漫性纤维组织增生，最后导致尘肺病。另外，由于气溶胶浓度增加，可使紫外线辐射强度减弱10%～25%，而波长290～315μm的紫外线具有抗菌作用，并能使7-脱氢胆固醇转变成维生素D，因而具有抗佝偻病的作用，所以灰霾天气严重的地区，儿童佝偻病的发病率往往较高。

58.噪声污染的危害：对听觉系统，噪声会造成暂时性或永久性的听力损伤，甚至耳聋；对非听觉系统，噪声会对人体的神经、心血管、消化等系统产生不良影响，诱发多种疾病。同时，噪声可能会掩蔽警报信号，产生安全隐患，造成安全事故。噪声造成的长期生理影响和心理影响还容易导致过激行为。噪声除对人的听力会直接造成损伤外，对人的其他伤害是间接的，并有一个时间的积累过程，因此，相对大气污染和水污染而言，许多人对噪声的危害重视不够。

59.水污染及其危害：各种污染物进入水体，最直接的危害后果是降低和破坏了水体质量。对人体健康的危害：水是人体主要的组成部分，人体的一切生理活动，如输送营养、调节温度、排泄废物等都要靠水来完成。人喝了被污染的水体或吃了被水体污染的食物，就会对健康带来危害。例如，饮用水中氟含量过高，会引起牙齿龋斑及色素沉淀，严重时会引起牙齿脱落。相反含氟量过低时，会发生龋齿病等。当人畜粪便等生物性污染物管理不当也会污染水体，严重时会引起细菌性肠道传染病，如伤寒、霍乱、痢疾等，也会引起某些寄生虫病等。对工业生产的影响：水质受到污染会影响工业产品的产量和质量，造成严重的经济损失。水质污染同时会使工业用水的处理费用增加。对农业、渔业生产的影响：使用污染的天然水体或直接使用污染水来灌溉农田，会破坏土壤，影响农作物的生长，造成减产，严重时则颗粒无收。当土壤被污染的水体污染后，会在今后长时间内失去土壤的功能作用，造成土地资源严重浪费。水也是水生生物生存的介质。当水受到污染，就会危及水生生物生长和繁衍，并造成渔业大幅度减产。

60.减少水污染，从节水做起：节约用水。选用节水器具，如节水龙头、洗浴设备、马桶，节水数量相当可观。刷牙、洗脸、淘米、洗菜时选用适当容器，不要长流水冲洗。尽量一水多用。洗衣废水可以冲厕所，用过但还比较干净的水也可以用来擦地、冲厕所、浇花等。少用化学合成剂。家庭使用最多的化学品主要用于消毒厕所和清洁厨房。这些化学品往往对微生物有很强的杀伤作用。它们从下水道流入河水或湖泊之中，会杀死水中的微生物，使水体的自净能力丧失，水中的毒素就会积累起来。因此，应尽量少用化学合成剂，必须使用时，应选用具有环保标志的清洗剂。收集利用雨水。这种主动增加淡水资源的做法目前在欧洲的家庭节水行动中十分盛行。雨水主要用于浇灌花园、擦洗车辆、做清洁和冲厕所等。这样可以减少家庭用水量和污水排放量。

三　名词解释

61.生态安全：是指生态系统的健康和完整情况。是人类在生产、生活和健康等方面不受生态破坏与环境污染等影响的保障程度，包括饮用水与食物安全、空气质量与绿色环境等基本要素。健康的生态系统是稳定的和可持续的，在时间上能够维持它的组织结构和自治，以及保持对胁迫的恢复力。反之，不健康的生态系统，是功能不完全或不正常的生态系统，其安全状况则处于受威胁之中。

62.循环经济：即物质循环流动型经济，是指在人、自然资源和科学技术的大系统内，在资源投入、企业生产、产品消费及其废弃的全过程中，把传统的依赖资源消耗的线形增长的经济，转变为依靠生态型资源循环来发展的经济。是以资源的高效利用和循环利用为目标，以"减量化、再利用、资源化"为原则，以物质闭路循环和能量梯次使用为特征，按照自然生态系统物质循环和能量流动方式运行的经济模式。

63.环境容量：指某一环境在自然生态结构与正常功能不受损害、人类生存环境质量不下降的前提下，能容纳的污染物的最大负荷量成为该环境的容量。当污染物的排放量超出环境容量时，环境污染就会发生，环境的生态平衡和正常功能也会相应遭到破坏。

64.环境道德：是人类在处理与自然关系时应该遵循的行为准则之一，是公民道德建设的重要内容，已经被写入了我国《公民道德建设实施纲要》。它的主要内容包括：热爱自然，珍爱生命；节约资源，保护生态；减少污染，改善环境；绿色消费，重复使用；分类回收，循环利用；植绿护绿，保护自然。

65.国家环境保护模范城：是原国家环保总局根据《国家环境保护"九五"计划和2010年远景目标》而提出的。它涵盖了社会、经济、环境、城建、卫生、园林等方面的内容；涉及面广、起点高、难度大，在已具备全国卫生城市、城市环境综合整治定量考核和环保投资达到一定标准基础上才能有条件创建。

66.可再生能源：为来自大自然的能源，例如太阳能、风力、潮汐能、地热能等，是取之不尽，用之不竭的能源，是相对于会穷尽的不可再生能源的一种能源，对环境无害或危害极小，而且资源分布广泛，适宜就地开发利用。

67.点源污染与面源污染：环境污染分为点源污染与面源污染，点源污染指有固定排放点的污染源，如企业，面源污染则没有固定污染排放点，如没有排污管网的生活污水的排放。随着国家对点源污染的治理整顿，由生活引起的污染越来越严重，将是未来环境治理的重点。

68.固体废物：是指在生产、生活和其他活动过程中产生的丧失原有的利用价值或者虽未丧失利用价值但被抛弃或者放弃的固体、半固体和置于容器中的气态物品、物质以及法律、行政法规规定纳入废物管理的物品、物质。不能排入水体的液态废物和不能排入大气的置于容器中的气态物质。由于多具有较大的危害性，一般归入固体废物管理体系。

69.危险废物：是指在操作、储存、运、处理和处置不当时会对人体健康或环境带来重大威胁的废物。随着工业的发展，工业生产过程排放的危险废物日益增多。根据危险废物的定义，某种废物只要具备一种或一种以上的危险特性就属于危险废物。由于危险特性种类较多，从实用的角度通常主要鉴别废物的腐蚀性、可燃性、反应性、毒性这四种性质。

70.光化学反应：空气中的污染物在阳光（特别是其中紫外线）的

照射作用下，会发生一系列化学反应。如光化学烟雾的起始反应是二氧化氮在阳光照射下，吸收紫外线而分解为一氧化氮和原子氧，原子氧与空气中的氧分子结合生成臭氧，由此开始了链反应，导致了臭氧及与其他有机烃化合物的一系列反应而最终生成了光化学烟雾的有毒产物，如过氧乙酰硝酸酯（PAN）等。

71.**逆温层**：一般情况下，在低层大气中，气温是随高度的增加而降低的。但有时在某些层次可能出现相反的情况，气温随高度的增加而升高，这种现象称为逆温。出现逆温现象的大气层称为逆温层。

72.**霾三级预警**：霾预警信号是气象部门通过气象监测在霾到来之前做出的预警信号，提示公众预防霾带来的影响。霾天气预警信号分为三级，以黄色、橙色和红色表示，分别对应预报等级用语的中度霾、重度霾和极重霾。

73.**霾黄色预警信号**：预计24小时内可能出现下列条件之一或实况已达到下列条件之一并可能持续：能见度小于3000米且相对湿度小于等于80%；能见度小于2000米且相对湿度大于80%，PM2.5大于75微克/立方米且小于150微克/立方米；PM2.5大于等于150微克/立方米且小于500微克/立方米。

74.**霾橙色预警信号**：预计24小时内可能出现下列条件之一或实况已达到下列条件之一并可能持续：能见度小于2000米且相对湿度小于等于80%；能见度小于1000米且相对湿度大于80%，PM2.5大于等于150微克/立方米且小于500微克/立方米；PM2.5大于等于500微克/立方米且小于700微克/立方米。

75.**霾红色预警信号**：预计24小时内可能出现下列条件之一或实况已达到下列条件之一并可能持续：能见度小于1000米且相对湿度小于等于80%；能见度小于1000米且相对湿度大于80%，PM2.5大于等于500微克/立方米且小于700微克/立方米；PM2.5大于等于700微克/立方米。

76.**机动车环保标志**：检验合格的车辆发放环保合格标志，标志分为黄色、绿色和蓝色三种类型。国一以下标准汽油车和国三以下标准柴油车发放黄色环保标志；已把化油器供油改为闭环电控喷油，并加装了三元净化器的汽油车，以及国三以上标准柴油车发放无星绿色环保标志。达国一标准轻型汽油车发放1星绿色环保标志；达国二标准轻型汽油车发放2星绿色环保标志；达国三标准轻型汽油车发放3星绿色环保标志；达国四标准轻型汽油车发放4星绿色环保标志；达国五标准机动车和电动车发放蓝色环保标志。发放机动车环保标志首先有利于提高公众的环境意识，其次可以方便执法，第三还可为城市设置低排放区创造条件。

77.PM2.5敏感人群：研究显示，婴幼儿、儿童、老年人、糖尿病人、心血管疾病患者、有慢性肺疾患的病人对PM2.5的危害较为敏感。PM2.5可降低人体呼吸系统的防御能力，增加人体呼吸道对细菌以及病毒等感染的易感性。据不完全估计，大气PM2.5的日平均浓度升高20微克/立方米，儿童急性下呼吸道感染的风险将可能增加8%。最近的研究还表明，肥胖者对PM2.5的健康危害也较为敏感，尤其是PM2.5暴露所导致的心血管疾病风险。

78.扬沙、沙尘暴与浮尘：扬沙与沙尘暴都是由于本地或附近尘沙被风吹起而造成的。其共同特点是能见度明显下降，出现时天空浑浊，一片黄色。两者大多在冷空气过境或雷雨、飑线影响时出现，北方都是在春季容易出现。所不同的是扬沙天气风较大，影响的能见度在1~10千米之间；沙尘暴风很大，能见度小于1千米。而浮尘是由于远地或本地产生沙尘暴或扬沙后，尘沙等细粒浮游空中而形成，俗称"落黄沙"，出现时远方物体呈土黄色，太阳呈苍白色或淡黄色，能见度小于10千米，大致出现在冷空气过境前后。除气象原因带来的浮尘以外，生产生活中煤、石油燃烧不尽也会向空气中排放大量的浮尘污染物，浮尘污染物对环境及人体健康危害很大。它们被人吸进身体后，会沉积在呼吸道各部位，其中大部分沉积在肺部。浮尘污染严重的地区，咽喉炎、支气管炎、末梢气管炎的发病率明显高于污染轻的地区。

79.地表水类别：在《地表水环境质量标准》（GB 3838-2002）中规定，依据地表水水域环境功能和保护目标将其划分为五类，对五类水体实行不同要求：Ⅰ类主要适用于源头水、国家自然保护区；Ⅱ类主要适用于集中式生活饮用水地表水源地一级保护区、珍稀水生生物栖息地、鱼虾类产卵场、仔稚幼鱼的索饵场等；Ⅲ类主要适用于集中式生活饮用水地表水源地二级保护区、鱼虾类越冬场、洄游通道、水产养殖区等渔业水域及游泳区；Ⅳ类主要适用于一般工业用水区及人体非直接接触的娱乐用水区；Ⅴ类主要适用于农业用水区及一般景观要求水域。对应地表水上述五类水域功能，将地表水环境质量标准基本项目标准值分为五类，不同功能类别分为执行相应类别的标准值。水域功能类别高的标准值严于水域功能类别低的标准值。同一水域兼有多类使用功能的，执行最高功能类别对应的标准值。

80.化学需氧量：在一定条件下，用强氧化剂处理水样时所消耗氧的量，称为化学需氧量，简写为COD，单位为毫克/升。化学需氧量可以反映水体受还原性物质污染的程度，其数值越大，表明水体污染越严重。

81.污水处理技术：随着社会经济的不断发展，城市污水的净化和处理成了人们日益关注的问题，而所谓的污水处理就是人们利用各种设备和工艺技术把污水中含有的污染物质从水中分离、去除，使有害物质转化为无害的物质、有用的物质，使水得到净化。污水的处理有不同工艺，不过在大的方面都是大同小异的。总体上工艺流程可以分为：格栅处理、泵房提升、沉砂处理、一次沉淀池、曝气池处理、二次沉淀池处理、泥浆制备等。

82.再生水：主要指城市污水或生产生活用水经污水厂二级上理再深化处理后，水质指标低于生活饮用水的水质标准，但又高于允许排放污水质标准。再生水是污水经处理后的再利用，是国际公认的"第二水源"。城市污水再生利用是提高水资源综合利用率，减轻水体污染的有效途径之一。再生水合理回用既能减少水环境污染，又可以缓解水资源紧缺的矛盾，是贯彻可持续发展的重要措施。污水的再生利用和资源化具有可观的社会效益、环境效益和经济效益，已经成为世界各国解决水问题的必选。

83.噪声污染：依据《中华人民共和国环境噪声污染防治法》，环境噪声污染是指所产生的环境噪声超过国家规定的环境噪声排放标准，并干扰他人正常生活、工作和学习的现象。城市最难治理的问题之一就是交通噪声，道路交通噪声的影响范围在不断扩大。在大城市，公交车是主要的交通噪声源，据测算，一辆公交车所产生的噪声约相当于20辆小车的排放水平。建筑施工也是困扰周边居民的重要噪声污染源。商业活动、邻里生活等产生的社会噪声也很恼人。在外，商店促销的大喇叭，酒吧、KTV的音乐……在家，大到装修，小到走路说话……都可能成为噪声源。

84.绿色化：首先，在经济领域，它是一种生产方式——"科技含量高、资源消耗低、环境污染少的产业结构和生产方式"，有着"经济绿色化"的内涵，而且希望带动"绿色产业"，"形成经济社会发展新的增长点"。同时，它也是一种生活方式——"生活方式和消费模式向勤俭节约、绿色低碳、文明健康的方向转变，力戒奢侈浪费和不合理消费"。并且，它还是一种价值取向——"把生态文明纳入社会主义核心价值体系，形成人人、事事、时时崇尚生态文明的社会新风"。简单来说，就是把生态文明摆到了非常高的位置，不仅要在经济社会发展中实现发展方式的"绿色化"，而且要使之成为高级别价值取向。其阶段性目标，就是通稿里提到的，"推动国土空间开发格局优化、加快技术创新和结构调整、促进资源节约循环高效利用、加大自然生态系统和环境保护力度"，也就是朝着生态文明建设的总体目标进发。

85.绿色生活：日常生活中，许多小行动，都可以成为环境保护的助力。选择无磷或少磷的环保型洗涤剂，可在一定程度上减少废水中磷的含量，避免废水排入江河后造成水体富营养化，影响鱼虾生长，威胁自身用水安全。餐厨环节绿色化。餐厨垃圾源头减量，参与光盘行动，剩菜打包，减少一次性餐具等资源消耗品的使用。有条件的家庭，还可以安装家用食物垃圾处理器。垃圾分类回收。了解垃圾分类制度和方法，以家庭为单位，开展垃圾分类回收，让"放错了位置的宝贝"发挥作用，让有毒有害垃圾被安全处理。绿色家装。使用节水、节电器具，拒绝使用含有有毒有害物质的家装产品，减少实木家具、建材的使用。

86.绿色消费：绿色消费即崇尚俭朴，反对奢侈浪费和攀比炫耀的不合理消费。应避免消费六类产品：一是危害到消费者和他人健康的商品；二是在生产、使用和丢弃时，造成大量资源消耗的商品；三是因过度包装，超过商品本身价值或过短的生命周期而造成不必要消费的商品；四是使用出自稀有动物或自然资源剂的商品；五是以对动物造成残酷伤害或不必要的福利剥夺而生产的商品；六是对其他国家尤其是发展中国家有不利影响的商品。例如以野生动物、鱼翅、燕窝等为食材的食品消费，会加大野生动物被猎杀的风险。而对图书等二手或翻新物品的消费则值得提倡，它既经济实惠，又绿色环保。

87.绿色社区：是指具备一定的符合环保要求的"软""硬"件设施，建立起较完善的环境管理体系和公众参与机制的文明社区。硬件建设，主要包括绿色建筑、社区绿化、垃圾分类、污水处理、节水节能等设施，是在传统社区的基础上将"人与自然和谐共生"作为主旨，从社区的开始设计到消费、管理始终贯彻绿色的理念，让社区达到既保护环境又有益于人们的身心健康，同时又与城市经济、社会、环境的可持续发展相统一。

88.区域限批：是指如果一家企业或一个地区出现严重环保违规的事件，环保部门有权暂停这一企业或这一地区所有新建项目的审批，直至该企业或该地区完成整改。

89.**挂牌督办**：指的是上级政府和行政主管部门通过社会公示等办法，督促限期完成对重点环保案件的查处和整改任务。挂牌督办的案件如果到时间不能够办理好是要问责的。挂牌督办的目的是想方设法提高对案件的重视程度，其根本目的还是要解决问题、办成事情。挂牌督办的案件一般都是在一定的区域内有重大影响。

90.**环保后督察**：是促使对环境违法的处罚措施落实到位的一项新制度，包含了四个方面的内容：首先公开环境处罚决定，即要在当地主流媒体及时公布被处罚企业的名单、违法事实、整改要求；二是加强督办，即对行政处罚案件定期督察督办，对拒不执行关闭决定的企业，必须停水停电，拆除设施，吊销执照；对拒不执行停产整治决定的企业，停止生产性用水用电；对拒不执行停建决定的建设项目，不予受理补办环评手续；三是强制执行，即各级环保部门必须将申请法院强制执行作为执法工作的基本程序，与人民法院保持密切联系和协调，确保执行到位；四是追究责任，即对企业拒不执行处罚决定的责任人，要会同纪检监察部门，从严追究责任；对政府及监管、执法部门存在行政不作为、监管执法不到位、徇私枉法、权钱交易等行为的，要依法依纪追究有关责任人的责任。